T0037827

The Push
(El instinto)

Ashley Audrain

The Push

(El instinto)

Traducción del inglés de Carlos Jiménez Arribas

ALFAGUARA

Penguin
Random House
Grupo Editorial

Título original: *The Push*

Primera edición: marzo de 2021

© 2021, Ashley Audrain Creative Inc.
© 2021, Penguin Random House Grupo Editorial, S. A. U.
Travessera de Gràcia, 47-49. 08021 Barcelona
© 2021, Penguin Random House Grupo Editorial USA, LLC
8950 SW 74th Court, Suite 2010
Miami, FL 33156

Traducción: Carlos Jiménez Arribas
Diseño: Penguin Random House Grupo Editorial, inspirado en un diseño original de Enric Satué

Penguin Random House Grupo Editorial apoya la protección del *copyright*.
El *copyright* estimula la creatividad, defiende la diversidad en el ámbito de las ideas y el conocimiento, promueve la libre expresión y favorece una cultura viva. Gracias por comprar una edición autorizada de este libro y por respetar las leyes del *copyright* al no reproducir, escanear ni distribuir ninguna parte de esta obra por ningún medio sin permiso. Al hacerlo está respaldando a los autores y permitiendo que PRHGE continúe publicando libros para todos los lectores. Diríjase a CEDRO (Centro Español de Derechos Reprográficos, http://www.cedro.org) si necesita fotocopiar o escanear algún fragmento de esta obra.

ISBN: 978-1-64473-364-6

Impreso en Estados Unidos - Printed in USA

21 22 23 24   10 9 8 7 7 6 5 4 3 2 1

Para Oscar y Waverly

Dicen que lo primero que oímos en el útero son los latidos del corazón materno. En realidad, lo primero que suena y hace que vibre el aparato auditivo recién formado es el pulso de la madre en la sangre que corre por sus venas y arterias. Vibramos al son de ese ritmo primordial antes incluso de tener oídos para oírlo. Antes de ser concebidas, existíamos de manera parcial en forma de óvulo en el ovario materno. Todos los óvulos que la mujer llevará dentro se forman cuando es un feto de cuatro meses en el útero de su madre, lo que significa que nuestra vida celular en forma de óvulo empieza en el útero de nuestra abuela. Todas pasamos cinco meses en el útero de nuestra abuela, quien a su vez se formó en el útero de su abuela. Vibramos con los ritmos de la sangre materna antes de que nuestra madre haya nacido...

LAYNE REDMOND,
When the Drummers Were Women

Tu casa reluce de noche como si ahí dentro todo estuviera en llamas.

La tela que eligió para las cortinas parece lino. Lino del caro. No son muy tupidas, y desde fuera os leo en la cara el estado de ánimo. Veo cómo la niña se aparta la coleta y acaba los deberes. Veo al pequeño, que tira pelotas de tenis contra el techo de tres metros y medio de altura mientras tu mujer va por el salón en mallas y pone todo en su sitio. Los juguetes, en la cesta. Los cojines, en el sofá.

Aunque esta noche habéis dejado abiertas las cortinas. Para ver cómo nieva, quizá. Para que tu hija busque renos en la nieve. Ya hace tiempo que no se lo cree, pero sigue fingiendo por ti. Haría cualquier cosa por ti.

Os habéis vestido todos para la ocasión. Los niños van de cuadros escoceses, a juego; posan en el escabel de cuero mientras tu mujer les hace una foto con el teléfono. La niña le sujeta la mano al niño. Tú trajinas con el equipo de música al fondo del salón, y tu mujer te dice algo, pero la callas con un dedo porque ya casi lo tienes. La niña salta, y tu mujer coge al niño y se pone a dar vueltas con él en brazos. Alcanzas el vaso de whisky y le das uno, dos sorbitos, luego te apartas con sigilo del equipo de música, como si fuera un bebé dormido. Así das siempre tus primeros pasos de baile. Agarras al niño y él echa la cabeza para atrás. Lo pones boca abajo. Tu hija quiere que le des un beso, y tu mujer te sostiene el vaso de whisky. Va hasta el árbol con gráciles pasos y endereza las luces de Navidad, que se han torcido un poco. Y ahora todos hacéis corro y gritáis algo a la vez, una palabra, todos a una, y seguís bailando; os sabéis muy bien esa canción. Tu mujer sale un momento, y el niño la sigue con la mirada en un acto reflejo. Recuerdo haberme sentido así. La sensación de ser imprescindible.

Cerillas. Vuelve para encender las velas en la repisa de la chimenea engalanada para la ocasión, y me pregunto si las ramas de abeto que la orlan son de verdad, si huelen a vivero. Dejo vagar la mente unos instantes, imagino que esas ramas se prenden mientras dormís. Veo cómo reluce tu casa, y el resplandor dorado, de un amarillo cálido, se vuelve rojo candente y crepitante.

El niño tiene en la mano el hierro de atizar la lumbre, y la niña se lo quita con cuidado antes de que tu mujer y tú os deis cuenta. La hermana buena. La que ayuda y protege.

Nunca me quedo tanto rato, pero esta noche estáis todos tan guapos que me cuesta irme. La nieve es de la que cuaja, la niña podrá hacer un muñeco por la mañana para divertir a su hermanito. Pongo en marcha el limpiaparabrisas, regulo la calefacción justo cuando el reloj pasa de las 7:29 a las 7:30. Ya habréis acabado de leer *El Expreso Polar*.

Tu mujer se ha sentado a mirar los brincos que vais dando por el salón. Ríe y se recoge el pelo suelto, rizado y largo, por encima de un hombro. Huele tu vaso y lo deja encima de la mesa. Sonríe. La tienes a la espalda y no ves lo que yo veo, cómo se lleva una mano a la tripa, la acaricia suavemente, baja la vista y su mente se pierde en lo que le crece dentro. Son células. Pero lo son todo. Te das la vuelta y vuelve a concentrarse en lo que está pasando en el salón. En la gente que ama.

Ya te lo dirá mañana.

La sigo conociendo muy bien.

Dejo de observaros para ponerme los guantes. Cuando vuelvo a mirar, la niña ha abierto la puerta de la casa y está en el vano. Le alumbra media cara el farol que ilumina el número de la calle. Sostiene un plato lleno de zanahorias y galletas. Dejarás unas migas en el suelo de baldosas de la entrada. Harás como que te lo crees, igual que ella.

Ahora me ve sentada en el coche. Está tiritando. El vestido que le ha comprado tu mujer le queda pequeño, y veo que va echando caderas y le está saliendo pecho. Se aparta la coleta del hombro con una mano, y ese gesto, más que de niña, es de mujer.

Me parece que es la primera vez en su vida que nuestra hija se parece a mí.

Bajo el cristal y saco la mano a modo de saludo, un saludo secreto. Deja el plato en el suelo y vuelve a mirarme antes de darse la vuelta y entrar en casa. Con su familia. Estoy atenta por si corréis las cortinas de golpe, por si sales a ver qué narices hago aparcada a la puerta de tu casa en una noche como esta. Y la verdad es que no sabría qué decir. ¿Que me sentía sola? ¿Que la echaba de menos? ¿Que era yo quien merecía ser la madre en tu casa reluciente?

Pero la niña no te dice nada y entra en el salón dando brincos. Has convencido a tu mujer para que se levante. Bailáis muy juntos, tú le pones la mano en la espalda y palpas su blusa, y nuestra hija agarra al niño de la mano y lo lleva justo delante de la ventana de la sala. Parece una actriz que ocupa su puesto en el sitio exacto del escenario. De lo bien enmarcados que están.

El niño es clavado a Sam. Tiene sus mismos ojos. Y ese mechón de pelo negro que acaba en un rizo, el rizo que tantas veces me he enrollado en el dedo.

Me entran ganas de vomitar.

Nuestra hija mira por la ventana y no aparta los ojos de mí, pone las manos en los hombros de tu hijo. Se agacha para besarlo en la mejilla. Una vez. Y otra. El niño está encantado con tanto afecto. Se lo ve acostumbrado. Señala la nieve que cae, pero ella no aparta los ojos de mí. Le frota la parte superior de los brazos, como para calentarlo. Como haría una madre.

Vas hasta la ventana y te pones de rodillas a la altura del niño. Miras afuera y luego al cielo. Mi coche no te llama la atención. Señalas los copos de nieve igual que tu hijo, y trazas un camino en lo alto con el dedo. Le estás hablando del trineo. De los renos. Él escruta la noche, quiere ver lo que tú ves. Le haces cosquillas en el cuello. La niña tiene todavía los ojos fijos en mí. Me sorprendo a mí misma apretada contra el respaldo. Trago saliva y por fin aparto la mirada. Siempre gana ella.

Cuando vuelvo a mirar, ella sigue allí, pendiente del coche.

Parece que vaya a echar la cortina, pero no. Ahora la que no aparta los ojos soy yo. Cojo el taco de hojas que tengo al lado, en el asiento del copiloto, y siento el peso de mis palabras.

He venido a darte esto.

Es mi versión de la historia.

1

Arrastraste la silla hasta donde yo estaba y diste unos golpecitos en mi libro con la punta del lápiz, y yo seguí con la vista fija en la página, dudando si mirarte o no. «¿Aló?», dije, como si fuera una llamada de teléfono. Qué gracia te hizo eso. Y allí estábamos, dos extraños en la biblioteca de la facultad, con una risa nerviosa, estudiando la misma optativa. Debía de haber cientos de alumnos en clase, y yo no te había visto antes. Te caían los rizos encima de los ojos y enrollabas el lápiz en ellos. Tenías un nombre de lo más raro. Me acompañaste de vuelta esa tarde, aunque no nos dijimos gran cosa por el camino. Tú no disimulaste lo colado que estabas, me mirabas todo el rato con una sonrisa dibujada en la cara. Nadie me había hecho nunca tanto caso. Me besaste la mano en la puerta del colegio mayor, y nos dio la risa otra vez.

Enseguida cumplimos los veintiuno y nos hicimos inseparables. Nos quedaba menos de un año para licenciarnos. Lo pasamos en la cama de mi habitación, durmiendo juntos como náufragos en una balsa y estudiando cada uno en un extremo del sofá, con las piernas entrelazadas. Íbamos al bar con tus amigos, pero siempre acabábamos recogiéndonos pronto, en la cama, con la novedad del calor mutuo. Yo casi no bebía, y tú ya te habías cansado de ir de fiesta en fiesta..., solo querías estar conmigo. En mi mundo no había nadie que me importara gran cosa. En mi pequeño círculo de amistades éramos simples conocidos. Estaba tan centrada en sacar buenas notas y en que no me quitaran la beca que no había tenido tiempo ni ganas de formar parte de la típica vida social universitaria. Imagino que no me hice muy amiga de nadie en esos años, hasta que te conocí a ti. Tú me ofrecías algo distinto. Dejamos a un lado la vida social y fuimos felices así, no necesitábamos más que el uno del otro.

Eras tú mi consuelo y mi pasión, no tenía nada cuando te conocí y lo fuiste todo de la forma más natural del mundo. Eso no quiere decir que no te lo merecieras; te lo merecías. Eras dulce y te preocupabas y me apoyabas. Fuiste la primera persona a la que le dije que quería ser escritora, y tu respuesta fue: «No me cabe en la cabeza que vayas a ser otra cosa». Disfrutaba viendo las miradas que nos dirigían las chicas, como si tuvieran celos. Olía tu cabeza mientras dormías por la noche, el suave lustre de tu pelo negro, y pasaba el dedo por tu barbilla sin afeitar para despertarte por la mañana. Eras mi adicción.

El día de mi cumpleaños, me regalaste una nota escrita con las cien cosas que te encantaban de mí. «14. Me encanta que ronques un poquito justo cuando te quedas dormida. 27. Me encanta lo maravillosamente bien que escribes. 39. Me encanta dibujar mi nombre en tu espalda con el dedo. 59. Me encanta comerme contigo una magdalena de camino a clase. 72. Me encanta lo contenta que amaneces los domingos. 80. Me encanta cuando acabas un buen libro y te lo aprietas contra el pecho al pasar la última página. 92. Me encanta lo buena madre que serás algún día.»

—¿Por qué crees que seré buena madre? —dejé la lista encima de la mesa y, por un momento, sentí que a lo mejor no tenías ni idea de cómo era.

—¿Por qué no ibas a serlo? —me clavabas en broma el dedo en la barriga—. Eres cariñosa. Y dulce. No veo la hora de tener bebés contigo.

Forcé una sonrisa porque no podía hacer otra cosa.

No había conocido a nadie con un corazón tan ávido como el tuyo.

«Algún día lo entenderás, Blythe. En esta familia las mujeres somos... diferentes.»

Tengo vivo en el recuerdo el carmín de mi madre, de color mandarina, en el filtro del cigarrillo. La ceniza que caía en la taza o flotaba en el último sorbo de mi zumo de naranja. El olor de las tostadas quemadas.

Preguntaste por mi madre en muy contadas ocasiones. Me limité a exponer los hechos: (1) me dejó cuando tenía once años, (2) después de eso solo la vi dos veces, y (3) no tenía ni idea de dónde estaba.

Sabías que me guardaba más, pero nunca insististe; tenías miedo de lo que pudiera contarte. Lo comprendí. Es normal que esperemos ciertas cosas de los demás y de nosotros mismos. Y lo mismo pasa con la maternidad. Todos esperamos tener una buena madre, y casarnos con alguien que lo vaya a ser, y serlo.

1939-1958

Etta vino al mundo el mismo día en que empezó la Segunda Guerra Mundial. Tenía los ojos como el océano Atlántico y la cara roja y regordeta desde el primer momento.

Se enamoró del primer chico que conoció, el hijo del médico del pueblo, Louis, que era amable y bienhablado, algo poco corriente entre los chicos que conocía. Etta no había sido agraciada con una cara bonita, pero Louis no era el tipo de chico que le diera mucha importancia a eso. La acompañaba al colegio y caminaba a su lado con una mano a la espalda, desde el primer día de clase hasta el último. Y para Etta esas cosas tenían mucho encanto.

La familia de Etta era dueña de cientos de hectáreas de maizales. Cuando cumplió los dieciocho años y dijo en casa que quería casarse con Louis, su padre dejó claro que su nuevo yerno debía aprender a trabajar la tierra. No tenía hijos varones, y quería que Louis se encargara de la granja de la familia. Aunque Etta creía que la verdadera intención de su padre era demostrarle una cosa al joven: que trabajar la tierra era una labor dura y respetable. No estaba hecha para los débiles. Ni para un intelectual, eso por descontado. Etta había elegido a alguien que no se parecía en nada a su padre.

Louis quería ser médico, como su padre, y lo aguardaba una beca para ir a la facultad de Medicina. Pero más que licenciarse y ejercer de médico, lo que quería era la mano de Etta. Por mucho que Etta le suplicó que no fuera tan exigente con él, su padre mató a Louis a trabajar. Se levantaba a las cuatro de la mañana y salía a los campos llenos de rocío. Desde las cuatro de la madrugada hasta que se ponía el sol, pero nunca se quejó, como gustaba Etta de recordarle a la gente. Louis vendió el maletín de médico y los libros de la carrera heredados de su padre, y metió el dinero en un tarro que puso en la encimera de la cocina. Le dijo a Etta que con eso abrían un fondo para que sus futuros hijos fueran a la universidad. Etta creía que eso decía mucho de lo poco egoísta que era.

Un día de otoño, antes de que saliera el sol, Louis se cortó con el cabezal de una cosechadora. Murió desangrado, él solo, entre el maizal. Lo encontró el padre de Etta, y la mandó a tapar el cuerpo con una lona del granero. Ella volvió a la casa con la pierna cercenada de Louis y se la tiró a su padre a la cara cuando estaba llenando un cubo de agua para ir a limpiar la sangre de la cosechadora.

Todavía no le había dicho a su familia que llevaba un hijo de Louis en las entrañas. Era una mujer grande, con treinta kilos de sobrepeso, y disimulaba bien el embarazo. La niña, Cecilia, le nació cuatro meses más tarde en el suelo de la cocina, en medio de una gran tormenta de nieve. Etta miraba el tarro con el dinero en la encimera mientras empujaba para expulsar al bebé.

Etta y Cecilia vivían tranquilas en la granja y casi nunca se aventuraban a ir al pueblo. Cuando lo hacían, no costaba oír entre susurros que aquella mujer «estaba de los nervios». Poco más se decía por aquel entonces; poco más sospechaban. El padre de Louis le daba a la madre de Etta su ración de calmantes para que se los administrara como le pareciera conveniente. Y Etta pasaba la mayor parte del día en la camita de metal de su cuarto de siempre, mientras su madre cuidaba de Cecilia.

Pero Etta se dio cuenta enseguida de que drogada en la cama nunca encontraría a otro hombre. Aprendió a valerse por sí misma hasta que fue capaz de cuidar de Cecilia, y empujaba el carrito de la niña por el pueblo entre los gritos que daba la pobre criatura, llamando a su abuela. Etta le contaba a la gente que había estado fastidiada con unos dolores de estómago terribles, sin poder probar bocado, y que por eso había adelgazado tanto. Nadie la creyó, pero a Etta le daba igual lo que dijeran aquellos holgazanes. Acababa de conocer a Henry.

Henry era nuevo en el pueblo, e iban a misa a la misma iglesia. Tenía a su cargo a sesenta trabajadores en una fábrica de golosinas. Fue muy dulce con Etta desde el día en que se conocieron, le encantaban los niños, y Cecilia era una monada de bebé, o sea que al final no fue el problema que todo el mundo dijo que acabaría siendo.

Henry no tardó mucho en comprar una casa de estilo Tudor con su parcela de césped en el centro del pueblo. Etta abandonó de una vez la cama de metal y recuperó el peso que había perdido. Se dedicó de lleno a la tarea de darle un hogar a su familia. Había un porche bien acabado con un columpio, visillos de encaje en las ventanas y galletas de chocolate a todas horas en el horno. Un día, los que traían los muebles del salón se equivocaron de casa, la vecina no dijo nada y el operario se los instaló en el sótano, aunque no los había pedido. Cuando Etta se enteró, salió corriendo calle abajo detrás del camión, soltando improperios, en bata y con rulos. Fue motivo de jolgorio para todo el mundo y, al final, también para Etta.

Se esforzaba por ser la mujer que esperaban que fuera.

Una buena esposa. Una buena madre.

Tenía pinta de que todo iría bien.

2

Cosas que me vienen a la memoria cuando pienso en nuestros inicios:

Tu madre y tu padre. Puede que eso no tuviera tanta importancia para otras personas, pero contigo llegó una familia. Mi única familia. Los regalos generosos, los billetes de avión para pasar las vacaciones con todos vosotros en algún sitio soleado. Su casa olía a ropa lavada y cálida, siempre, y nunca quería irme cuando los visitábamos. La forma que tenía tu madre de tocarme las puntas del pelo hacía que me entraran ganas de encaramarme a su regazo. Parecía a veces que me quería tanto como a ti.

Aceptaban la situación de mi padre sin rechistar, y no lo juzgaban cuando rechazaba su invitación a ir a verlos en vacaciones; fueron detalles que agradecí mucho. De Cecilia, por descontado, no hablábamos nunca; ya les habías sacado el tema con tacto antes de llevarme a su casa por primera vez. («Blythe es maravillosa. De verdad. Pero tenéis que saber que...») Mi madre nunca habría sido tema de cotilleo entre vosotros; no teníais tan mal gusto.

Erais todos sumamente perfectos.

A tu hermana pequeña la llamabas «cariño», y ella te adoraba. Les telefoneabas todas las noches, y yo escuchaba desde el pasillo, pensando que ojalá pudiera oír lo que te decía tu madre que hacía que te rieras así. Ibas a verlos cada dos fines de semana para ayudar a tu padre en las chapuzas de la casa. Os abrazabais. Cuidabas de tus primos pequeños. Te sabías la receta del pan de plátano de tu madre. Les regalabas una tarjeta a tus padres todos los años por su aniversario. Mis padres, por no hablar, ni siquiera hablaban de su boda.

Mi padre. Ni contestó al mensaje que le envié diciendo que no iría a casa ese año por Acción de Gracias, pero te mentí y dije que estaba encantado de que hubiese conocido a alguien, y que mandaba recuerdos para tu familia. La verdad era que apenas habíamos cruzado palabra después de que tú y yo nos conociéramos. Nos comunicábamos casi siempre a través del contestador del teléfono, y aun así, era un reguero de mensajes banales sobre nada en concreto que me habría dado vergüenza que tú oyeras. Todavía no sé cómo llegamos a ese punto, mi padre y yo. Esa mentira fue inevitable, igual que el rosario de mentiras que te conté para que no vieras que mi familia era un fracaso. Tú le dabas demasiada importancia a la familia, y no podíamos arriesgarnos, ninguno de los dos, a que toda la verdad sobre la mía pudiera cambiar la imagen que tenías de mí.

Aquel primer apartamento. Cuando más te quería era por las mañanas. La manera que tenías de taparte con la sábana como si fuera una capucha y dormir un poco más, el fuerte olor a chico que dejabas en las fundas de la almohada. Yo me levantaba temprano, antes de que saliera el sol las más de las veces, para escribir al fondo de aquella cocina estrecha, tan fría siempre. Me ponía tu albornoz y tomaba el té en una taza que había pintado para ti en un taller de cerámica. Tú me llamabas más tarde, cuando ya se habían caldeado los suelos y la luz que entraba por las persianas te permitía ver mi cuerpo con detalle. Me metías otra vez entre las sábanas, y nos explorábamos; te atrevías a todo, tenías seguridad en ti mismo y comprendías de qué era capaz mi cuerpo antes que yo. Me fascinabas. Lo seguro que estabas. Lo paciente que eras. Las ganas tan grandes que tenías de mí.

Las noches con Grace. Era la única amiga de la universidad con la que mantenía contacto después de licenciarnos. Me caía muy bien, pero disimulaba un poco porque parecías celoso del tiempo que le dedicaba y pensabas que bebíamos demasiado, aunque, en comparación con lo que suelen dar las amigas, yo le di bastante poco. Aun así, nos regalaste flores a las dos el día de

San Valentín el año en que ella no tenía novio. La invitaba a casa a cenar una vez al mes más o menos, y tú le dabas la vuelta al cubo de la basura y te sentabas en él, así que en nuestras reuniones siempre había un tercero. De camino a casa al volver del trabajo parabas siempre a comprar vino del bueno. Cuando empezábamos a cotillear, cuando ella sacaba el tabaco, pedías permiso para ausentarte educadamente y abrías un libro. Una noche te oímos hablando con tu hermana en la terraza, mientras nosotras fumábamos dentro (¡habrase visto!). Estaba rompiendo con su pareja y había llamado a su hermano, su confidente. Grace dijo que tenías que tener algún defecto. ¿En la cama quizá? ¿Tenías mal carácter? Algo debía de haber, porque no hacían hombres tan perfectos. Pero no lo había. No por aquel entonces. No que yo supiera. Empleé la palabra «suerte». Tenía suerte. No tenía gran cosa, pero te tenía a ti.

El trabajo. No hablábamos mucho de eso. Me daba envidia el éxito rampante que tenías, y tú eras consciente de ello y de lo diferentes que eran nuestras carreras profesionales, nuestros sueldos. Tú ganabas dinero y yo soñaba despierta. Casi no había hecho nada después de licenciarme, algunos encargos como colaboradora, muy poquita cosa, pero gracias a ti no nos privábamos de nada, y me diste una tarjeta de crédito, diciendo tan solo: «Utilízala para lo que necesites». Ya te habían contratado en el estudio de arquitectura por aquel entonces, y tuviste dos ascensos en el tiempo que a mí me llevó escribir tres relatos. Nunca publicados. Ibas a trabajar y parecías el novio de otra.

Me llegaban las cartas de negativa tal y como estaba previsto; era parte del proceso, según me recordabas a menudo con ternura. «Alguna dirá que sí.» Creías en mí de manera incondicional, y eso era algo mágico. Quería demostrarme a mí misma a toda costa que era tan buena como tú creías. «Léemelo en alto. Lo que hayas escrito hoy. ¡Por favor!» Siempre hacía que suplicaras, y luego soltabas una risotada cuando fingía que ya no aguantaba más y decía que vale. Aquella rutina nuestra tan tonta. Te acurrucabas en el sofá después de la cena, agotado, todavía con la ropa de la oficina puesta. Cerrabas los ojos mientras te leía mis escritos y sonreías en las partes más logradas, no se te escapaba ni una.

La noche en que te enseñé el primer relato que me publicaron te temblaba la mano cuando cogiste la pesada revista. He pensado mucho en eso. En lo orgulloso que estabas de mí. Volvería a ver esa mano temblorosa años más tarde, cuando sostenías con ella su cabecita húmeda, manchada de mi sangre.

Pero antes de eso:

Me pediste que me casara contigo el día que cumplí veinticinco años.

Con un anillo que todavía llevo a veces en la mano izquierda.

3

Nunca te pregunté si te gustaba mi vestido de novia. Lo compré usado porque lo vi en el escaparate de una tienda de segunda mano y no me lo pude quitar de la cabeza mientras recorría las *boutiques* caras con tu madre. Nunca me dijiste al oído: «Estás preciosa», como hacen algunos novios en el altar, asombrados, sudorosos, aupados a los talones sin moverse del sitio. No dijiste nada del vestido cuando nos escondimos detrás de la pared de ladrillo rojo a la espalda del restaurante, donde esperábamos para hacer nuestra entrada triunfal en el jardín, mientras los invitados bebían champán, hablaban del calor y calculaban cuándo pasaría el siguiente canapé. Casi no podías mirar a otra parte que no fuera mi cara sonrosada y reluciente. Casi no podías dejar de mirarme a los ojos.

Nunca estuviste más guapo que entonces, y si cierro los ojos veo el que eras a los veintiséis años, cómo te brillaba la piel y se te rizaba el pelo en la frente. Te juro que tenías hoyuelos de niño en las mejillas.

No nos soltamos la mano en toda la noche.

Qué poco sabíamos entonces el uno del otro, y de las personas que acabaríamos siendo.

Se contaban los problemas que teníamos con los pétalos de margarita de mi ramo de novia, pero bien pronto quedaríamos sumidos en un campo entero de margaritas.

«No hace falta mesa para la familia de la novia», oí que decía en voz baja la maestra de ceremonias al hombre que montaba las sillas plegables y ponía las tarjetas. Él asintió con un movimiento sutil de cabeza.

Tus padres nos dieron los anillos de boda antes de la ceremonia. Venían en un estuche de plata con forma de concha que le había regalado a tu bisabuela el amor de su vida, un hombre que se fue a la guerra y nunca volvió. Llevaba grabada dentro su declaración: «Violet, siempre me tendrás». Tú dijiste: «Violet, qué nombre más bonito».

Tu madre, enfundada en un chal muy elegante de color gris plateado, brindó por nosotros: «Los matrimonios pueden acabar perdiendo el rumbo. Hay veces que no nos damos cuenta de lo mucho que nos hemos alejado, hasta que de repente el agua se junta con el horizonte y nos parece que ya no podremos regresar —hizo una pausa y me miró solo a mí—. Escuchad uno el corazón del otro en la corriente. Siempre os encontraréis. Y entonces siempre encontraréis la orilla». Le dio la mano a tu padre y tú te pusiste de pie para alzar tu copa.

Hicimos el amor como está mandado esa noche porque era lo que teníamos que hacer. Estábamos agotados. Pero nos sentíamos reales. Teníamos los anillos de boda y la cuenta del restaurante y tanta adrenalina en el cuerpo que nos dolía la cabeza.

Te tomo para siempre, como caro amigo y mi alma gemela, para que seas mi pareja en la vida, para pasar juntos lo bueno, y lo malo, y las decenas de miles de días que median entre ambos. Tú, Fox Connor, eres la persona a la que amo. A ti me entrego.

Años más tarde, nuestra hija me vio meter el vestido en el maletero del coche. Iba a llevarlo al mismo sitio del que lo saqué.

4

Recuerdo exactamente cómo era la vida en el tiempo que vino después.

Los años anteriores a la llegada de nuestra Violet.

Cenábamos tarde, en el sofá, viendo programas de actualidad. Anderson Cooper todas las noches. Comida picante para llevar, en aquella mesita de mármol negro y esquinas asesinas. Bebíamos copas de vino espumoso a las dos de la tarde los fines de semana y luego nos echábamos la siesta hasta que uno de los dos se despertaba, horas después, por el ruido que hacía la gente de camino al bar. Hubo sexo. Hubo cortes de pelo. Yo leía la sección de viajes del periódico y me lo tomaba como labor de documentación, y de la buena, para ver el siguiente lugar al que iríamos. Echaba una ojeada a las tiendas caras, café en mano, caliente y cremoso. Llevaba guantes de piel italianos en invierno. Tú jugabas al golf con tus amigos. ¡Me importaba la política! Nos acurrucábamos en el sofá y creíamos que era muy bonito estar juntos, tocándonos. Películas sí veía, dejaba vagar la imaginación, lejos del sitio en el que estaba sentada. La vida no era algo tan visceral. Las ideas eran más brillantes. ¡Era más fácil dar con las palabras! Tenía la regla y no me dolía. Ponías música por toda la casa, cosas nuevas, grupos que alguien te había recomendado mientras tomabas una cerveza en un bar lleno de adultos. El detergente no era orgánico, por eso olía la ropa a frescor alpino artificial. Íbamos a la montaña. Me preguntabas por mi escritura. Nunca miré a otro hombre con ganas de saber cómo sería follar con él en vez de contigo. Conducías a diario, un coche muy poco práctico, hasta la cuarta o quinta nevada del año. Querías un perro. Nos fijábamos en los perros que veíamos por la calle; nos parábamos a rascarles el cuello. El parque no era lo único que me aliviaba de las tareas domésticas. Los libros que leíamos no tenían ilustraciones. No pensábamos en el impacto de las pantallas de televisión sobre el cerebro. No comprendíamos que los niños preferían las cosas destinadas a los adultos. Creíamos que nos conocíamos el uno al otro. Creíamos que nos conocíamos a nosotros mismos.

5

El verano en que cumplí veintisiete años. Dos sillas plegables ajadas por el tiempo en la terraza que daba al callejón entre nuestro edificio y el de al lado. La guirnalda de farolillos de papel que colgué hizo que, de alguna manera, fuéramos conscientes del olor a basura caliente que venía de abajo. Allí fue donde me dijiste, entre copas de vino blanco bien seco: «Vamos a por el niño. Empecemos esta noche».

Lo habíamos hablado antes, y muchas veces. Se te caía la baba cuando cogía los bebés de otros en brazos o me ponía de rodillas para jugar con ellos. «Has nacido para ser madre.» Pero la que se quedaba pensándolo era yo. La maternidad. Cómo sería. Qué se sentiría. «Te va como anillo al dedo.»

Yo sería diferente. Sería como algunas mujeres a las que les sale de manera natural. Sería lo que mi propia madre nunca fue.

Mi madre casi nunca se me pasaba por la cabeza esos días. Ya me encargaba yo de ello. Y cuando se colaba sin ser invitada, soplaba fuerte y desaparecía. Como si fuera la ceniza que caía en mi zumo de naranja.

Aquel verano habíamos alquilado un apartamento más grande con dos dormitorios, en un bloque cuyo ascensor iba muy lento; habría sido un incordio subir la sillita de paseo a un piso sin ascensor. Cuando uno veía cosas de bebé, le llamaba la atención al otro con un pequeño codazo, nunca con palabras. Conjuntos diminutos muy a la moda en los escaparates. Hermanitos que se daban la mano, muy obedientes. Lo estábamos deseando. Lo esperábamos. Había empezado a fijarme más en mi periodo unos meses antes. Les seguía la pista a mis ovulaciones. Ponía notas en la agenda para señalar las fechas. Un día encontré caritas felices dibujadas al lado de una de mis oes. Me enternecía verte tan ilusionado. Ibas a ser un padre estupendo. Y yo sería la maravillosa madre de tu hijo.

Echo la vista atrás y me asombra lo segura de mí misma que estaba entonces. No me sentía ya como la hija de mi madre. Me sentía tu mujer. Llevaba años fingiendo que era ideal para ti. Quería tenerte contento. Quería ser cualquier cosa menos la madre de la que había salido yo. Y por eso yo también quería un hijo.

6

Los Ellington. Vivían a tres casas de donde me crie, y su césped era el único del vecindario que seguía verde todo el verano, que era seco y despiadado. La señora Ellington llamó a la puerta a las setenta y dos horas exactas de que Cecilia me dejara. Mi padre seguía roncando en el sofá, donde había dormido cada noche durante el año anterior. Hacía solo una hora que yo acababa de darme cuenta de que mi madre no volvería a casa esta vez. Había estado buscando en la cómoda y los cajones del baño, y donde guardaba su reserva de cartones de cigarrillos. Todo lo que tenía algún valor para ella había desaparecido. Y por entonces yo me cuidaba bien de preguntarle a mi padre adónde había ido.

«¿Quieres venir a casa a comer un buen asado el domingo, Blythe?» Le brillaban los rizos con la laca, recién salida de la peluquería, y no pude evitar mirarle el pelo y decir que sí con la cabeza y darle las gracias. Fui derecha al cuarto de la lavadora y metí a lavar mi mejor conjunto, un pichi azul marino y un jersey de cuello vuelto a rayas de colores. Había pensado preguntarle si podía ir mi padre también, pero no había nadie que supiera más de etiqueta que la señora Ellington, y supuse que si no le había extendido la invitación a él sería por algo.

Thomas Ellington hijo era el mejor amigo que tenía. No recuerdo en qué momento le concedí semejante distinción, pero cuando yo tenía diez años era la única persona con la que me gustaba jugar. No me sentía cómoda con las chicas de mi edad. Mi vida parecía muy diferente a la suya, con sus hornos de juguete, sus lacitos en el pelo y los calcetines apropiados. Sus madres. Tuve claro desde el principio que ser diferente a ellas no era plato de buen gusto.

Pero con los Ellington me sentía a mis anchas.

La invitación de la señora Ellington venía a decir de alguna forma que estaba enterada de que mi madre se había ido. Porque mi madre ya no me dejaba ir a cenar a casa de los Ellington. Hubo un momento en que decidió que tenía que estar en casa a las cinco menos cuarto todas las tardes, aunque nada me esperara allí: el horno estaba siempre frío y la nevera siempre vacía. A aquellas alturas, mi padre y yo cenábamos avena a diario. Él traía sobrecitos de azúcar moreno para echársela por encima. Se llenaba los bolsillos en la cafetería del hospital, donde estaba al frente del personal de limpieza. Tenía un sueldo decente, por lo menos para aquel tiempo y lugar. Era la vida que llevábamos la que no lo era.

No sé cómo me había enterado de que se consideraba de buena educación llevar un regalo cuando te invitaban a una cena especial, así que corté un puñado de hortensias de la mata que teníamos a la puerta, aunque estábamos a finales de septiembre y los pétalos blancos parecían un poco mustios. Até los tallos con la goma del pelo.

«Qué jovencita más atenta eres», dijo la señora Ellington. Las metió en un jarrón azul y las puso con cuidado en mitad de la mesa, llena de platos humeantes.

El hermano pequeño de Thomas, Daniel, me adoraba. Jugábamos con su trenecito en el salón al salir de clase, mientras Thomas hacía los deberes con su madre. Yo dejaba siempre los míos para después de las ocho, cuando Cecilia o bien se iba a la cama o a pasar la noche a la ciudad. Lo hacía a menudo, lo de ir a pasar la noche a la ciudad y volver al día siguiente. Así que los deberes me daban una ocupación mientras esperaba a que me entrara sueño. El pequeño Daniel me fascinaba. Hablaba como una persona mayor y sabía hacer multiplicaciones con tan solo cinco años de edad. Yo le preguntaba la tabla mientras jugábamos en la alfombra áspera de los Ellington, de color naranja, y me asombraba lo listo que era. La señora Ellington entraba para escuchar lo que decíamos y nos tocaba a los dos la cabeza antes de salir. «Buen trabajo, niños.»

Thomas también era muy listo, pero de otro modo. Se inventaba historias increíbles, y las escribíamos en cuadernos de anillas que su madre nos compraba en la tienda de la esquina. Añadíamos dibujos que representaban lo que sucedía en cada página. Nos llevaba semanas enteras acabar un libro: debatíamos hasta el más mínimo detalle sobre qué había que dibujar en cada parte de la historia, y entonces nos demorábamos sacándole punta a toda la caja de pinturas antes de empezar. Una vez, Thomas dejó que me llevara uno a casa, una historia que me encantaba de una familia con una madre muy guapa y muy buena que caía enferma con una variedad mortal de varicela. Se van todos de vacaciones por última vez a una isla remota y allí encuentran un gnomo mágico y diminuto en la arena que se llama George y solo sabe hablar en verso. Les otorga poderes especiales a cambio de que lo lleven al otro lado del mundo en su maleta. Ellos aceptan, y entonces les concede lo que desean: «Vuestra mamá vivirá para siempre, hasta el fin de los tiempos. Cuando estéis tristes, ¡cantad estos versillos y ya está!». El gnomo vive en el bolsillo de la madre toda la eternidad, y fueron felices y comieron perdices. Yo había dibujado con todo detalle a la familia en las páginas de ese cuaderno, y eran clavados a los Ellington, aunque tenían un tercer hijo que no se parecía nada a ellos: una niña con la piel de melocotón igual que yo.

Una mañana hallé a mi madre sentada a los pies de mi cama, pasando las hojas del cuaderno, que yo había escondido en el fondo de un cajón.

—¿De dónde ha salido esto? —no me miraba al hablar y tenía el cuaderno abierto por la página en la que me había dibujado a mí misma como parte de la familia negra.

—Lo he hecho yo. Con Thomas. En su casa —quise cogerle el cuaderno de las manos, mi cuaderno. Le imploraba con las mías. Ella las apartó de un empujón y luego me tiró el cuaderno a la cabeza, como si las páginas ensartadas en el lomo en espiral y lo que significaban le dieran asco. Me rozó la barbilla con una esquina y el cuaderno acabó en el suelo, entre ella y yo. Lo miré, avergonzada: de los dibujos que no le gustaban, de haberlo estado escondiendo para que no lo viera.

Mi madre se puso de pie, irguió el delgado cuello, enderezó los hombros. Cerró la puerta despacio al salir.

Le devolví el cuaderno a Thomas al día siguiente.

—¿No quieres quedártelo? Estabas muy orgullosa de lo que habíais hecho juntos —la señora Ellington lo recogió de mis manos y vio que algunas partes estaban dobladas. Alisó la tapa con cuidado—. No pasa nada —dijo, con un gesto de la cabeza para que yo viera que no hacía falta que dijera nada—. Aquí te lo guardamos.

Lo dejó encima de una balda en la estantería del salón. Ese día, cuando iba a salir, me fijé en que lo había abierto por la última página para que se viera el dibujo: la familia de cinco, incluida yo, abrazada, y una explosión de corazoncitos que salía de nuestra madre sonriente en medio de todos.

Tras la cena de aquel domingo, después de que mi madre se hubiera ido, me ofrecí a limpiar la cocina con la señora Ellington. Ella metió una cinta en el radiocasete y empezó a cantar por lo bajo mientras recogía la mesa y pasaba la bayeta a la encimera. Yo la miraba con el rabillo del ojo, un poco cohibida, y aclaraba los cacharros. En un momento dado, se detuvo en lo que hacía y agarró la manopla del horno. Me miró con una sonrisa juguetona, se puso la manopla y la levantó a la altura de la cabeza.

—Señorita Blythe —dijo con una voz de pito muy graciosa, moviendo la mano como si fuera una marioneta—: A todos los invitados célebres que se quedan a la entrevista después de la cena en casa de los Ellington les hacemos unas cuantas preguntas. Así que... cuéntenos, ¿qué le gusta hacer en su tiempo libre, eh? ¿Va alguna vez al cine?

Yo solté una risa torpe, porque no sabía cómo seguirle el juego.

—Huy, sí. A veces.

No había ido nunca al cine. Ni había hablado nunca con una marioneta. Bajé la vista y seguí aclarando los platos en el fregadero. Thomas entró en la cocina y dijo con un chillido:

—¡Ya está mamá con la entrevista! —y Daniel entró detrás de él a toda prisa.

—¡Pregúntame a mí, pregúntame a mí!

La señora Ellington tenía una mano apoyada en la cadera y con la otra no paraba de hablar. Le salía la voz de las comisuras de la boca, con un chirridito. El señor Ellington asomó la cabeza.

—A ver, Daniel, ¿cuál es tu plato favorito? ¡Y no digas que el helado! —preguntó la marioneta. El niño daba saltos y pensaba en la respuesta, y Thomas le daba pistas a voces.

—¡El pastel de carne! ¡Yo sé que es el pastel de carne!

La manopla del horno de la señora Ellington gritó a voz en cuello:

—¡EL PASTEL! Pero no el de ruibarbo, ¿eh? Que ese me da gases —y las risas de los chicos se confundían con los gritos que daban.

Ellos seguían con el número y yo escuchaba. Nunca antes había sentido nada igual. La espontaneidad. La tontería. El consuelo. La señora Ellington vio que no le quitaba ojo desde el fregadero y me llamó con un dedo. Me puso la manopla en la mano y dijo:

—¡Esta noche tenemos un invitado especial! ¡Qué lujo! —y entonces susurró a mi oído—: Venga, pregúntales a los chicos qué prefieren, si comer gusanos o los mocos de otro —yo solté una risita. Ella abrió mucho los ojos y sonrió, como si dijera: «Tú confía en mí, eso les va a encantar a estos niños tan tontos».

Esa noche me acompañó a casa, algo que no había hecho nunca antes. Estaban todas las luces apagadas. Se asomó dentro cuando abrí la puerta, para asegurarse de que los zapatos de mi padre estuvieran en el recibidor. Y entonces sacó del bolsillo el cuaderno sobre el gnomo mágico y me lo dio.

—Pensé que ahora querrías tenerlo.

Así era. Pasé las páginas con el pulgar y, por primera vez esa noche, pensé en mi madre.

Le di otra vez las gracias por la cena. Se volvió cuando llegó a la acera y dijo:

—Ven a la misma hora la semana que viene, si no te veo antes.

Imagino que sabía que me iba a ver.

7

Lo supe en cuanto te viniste dentro de mí. Me llené de tu calor y lo supe. Era normal que pensaras que se trataba de locuras mías —llevábamos meses intentándolo—, pero a las tres semanas casi exactas estábamos los dos riéndonos en el suelo del baño como dos locos borrachos. Todo había cambiado. Ese día no fuiste a trabajar, ¿te acuerdas? Vimos películas en la cama y pedimos por teléfono todas las comidas. Solo queríamos estar juntos. Tú y yo. Y ella. Sabía que era una niña.

Ya no podía escribir. Se me iba el santo al cielo cada vez que me ponía. Imaginaba qué aspecto tendría nuestra hija y quién sería.

Me apunté a clases de preparación al parto. Empezábamos cada clase formando un círculo, nos presentábamos y decíamos de cuántos meses estábamos. Me fascinaba ver lo que estaba por venir cuando miraba la tripa de las otras mujeres en el espejo, mientras hacíamos ejercicios aeróbicos que apenas valían para nada. Mi cuerpo no había cambiado todavía y no veía la hora de que ella se abriera paso. En mí. En el mundo.

El modo de ir a pie por la ciudad para abordar mi rutina diaria había cambiado. Tenía un secreto. Casi que esperaba que la gente me mirara de forma diferente. Quería tocarme la tripa, lisa todavía, y decir: «Voy a ser madre. Esta es la que soy ahora». Me moría de ganas.

Hubo un día en la biblioteca en que estuve horas hojeando libros en la sección de *Embarazo y parto*. Justo se me empezaba a notar. Pasó una mujer a mi lado que buscaba un libro en concreto y miraba los lomos. Lo que sacó del estante fue una guía para conciliar el sueño que estaba muy usada.

—¿De cuánto estás?

—De seis meses.

Pasó el dedo por el índice del libro y luego me miró la tripa.

—¿Y tú?

—De veintiséis semanas —asentimos las dos con la cabeza. Tenía pinta de ser de las que hacen *kombucha* casera y se levantan a las seis para ir a clase de *spinning,* aunque acabaría conformándose con comer puré del día anterior e ir andando a la tienda a comprar pañales—. No me ha dado tiempo todavía a pensar en las horas de sueño.

—¿Es el primero?

Dije que sí con la cabeza y una sonrisa.

—El mío es el segundo —la mujer levantó el libro—. De veras, calcula bien las horas de sueño y no tendrás ningún problema. Lo demás no importa. Yo la cagué con lo del sueño la primera vez.

Me reí, más o menos, y le di las gracias por el consejo. Llegó el berrido de un niño del otro extremo de la biblioteca y la mujer soltó un suspiro.

—Ese es el mío —hizo un gesto con la mano por encima del hombro, y luego buscó otro ejemplar del libro que había venido a buscar. Me lo ofreció, y vi que tenía marcas de rotulador rosa en las manos—. Buena suerte.

A medida que se alejaba vi que tenía un cuerpo rotundo y femenino, con las caderas anchas y el pelo a la altura de los hombros, revuelto aún de las pocas horas que hubiera podido dormir. Me pareció, fuera de toda duda, una madre. ¿Era por su aspecto o por cómo se movía? ¿O era porque daba la sensación de tener más cosas de las que preocuparse que yo? ¿Cuándo me tocaría a mí dar el salto? ¿Cómo iba a cambiar yo?

8

—Fox, ven a ver.

Era la tercera caja de gran tamaño que mandaba tu madre desde que le habíamos dicho lo del embarazo. Cada vez estaba más entusiasmada, y llamaba todas las semanas para ver cómo me encontraba. Saqué de la caja arrullos primorosos, gorritos de recién nacido y diminutos peleles blancos. En el fondo había un paquete aparte en el que había escrito: «Cosas de Fox cuando era bebé». Contenía un osito de peluche muy gastado con botones en vez de ojos, y una manta de franela con ribete de seda que alguna vez había sido de color marfil. Una figurita de porcelana de un bebé sentado en una luna con tu nombre en delicadas letras doradas. Me llevé el oso a la nariz y luego te lo di a oler a ti. Te trajo recuerdos. Yo tenía la mente en otra parte, rebuscaba en mi pasado detalles parecidos que hubiera atesorado de pequeña, amuletos, mantitas y peluches y mis libros favoritos, pero no encontraba nada.

—¿Tú crees que seremos capaces? —te pregunté en la cena, mientras le daba vueltas a la comida en el plato. Apenas podía ver la carne desde que me había quedado embarazada.

—¿Capaces de qué?

—De ser padres. De criar a un niño.

Alargaste sonriente el brazo y pinchaste con el tenedor en mi filete.

—Vas a ser una madre muy buena, Blythe.

Dibujaste un corazón en el dorso de mi mano.

—Es que, ya sabes..., mi madre... no lo fue..., se marchó. No se parecía en nada a la tuya.

—Lo sé.

Guardaste silencio. Podías haberme pedido que te contara más. Podías haberme cogido de la mano, mirado a los ojos y pedido que siguiera contándote. Llevaste mi plato al fregadero.

—Tú eres diferente —dijiste por fin, y me abrazaste por detrás. Y entonces, con un tono indignado que yo no esperaba, insististe—: No te pareces en nada a ella.

Te creí. La vida era más fácil cuando te creía.

Después nos hicimos un ovillo en el sofá y rodeaste mi vientre como si tuvieras el mundo en las manos. Nos encantaba esperar a que se moviera, con la mirada clavada en mi piel tensa, en el verde azulado de las venas que se veían debajo, como los colores de la tierra. Hay padres que le hablan al vientre de su mujer, dicen que el bebé los oye. Pero mientras esperábamos a que nos mostrara su presencia allí dentro, te quedabas callado y parecías temeroso, como si nuestra hija fuera un sueño y no acabaras de creerte que fuera real.

9

«Hoy podría ser el día.»

Me pesaba mucho el bebé en la tripa esa mañana, se había colocado en la parte de abajo y toda la noche estuve soñando que el líquido amniótico empapaba la cama. El pánico se apoderó de mí de inmediato y me llevó a tirones a un lugar que había estado evitando aposta durante las cuarenta semanas de embarazo. Me decía a mí misma mientras calentaba el agua para el té: «No pasa nada si es hoy. Si ya es el momento, no pasa nada. Está bien tener este bebé». Sentada a la mesa, escribía estos mantras en un papelito, una y otra vez, hasta que entraste en la cocina.

—Ya he puesto la sillita en el coche. Estaré todo el rato pegado al teléfono.

Metí el papelito debajo del salvamanteles. Me diste un beso y te fuiste a trabajar. Supe que sería ese día.

Esa tarde hacia las siete y media estábamos los dos en el suelo del dormitorio y a mí se me clavaban las tablillas del viejo parqué en las rodillas. Apretabas mis caderas mientras yo respiraba hondo, despacio. Lo habíamos practicado. Habíamos hecho los ejercicios en clase. Pero me costaba dar con la tan anunciada sensación de calma, la intuición que, en teoría, iba a hacer acto de aparición en mí. Llevabas la cuenta de los minutos y las contracciones en un papel lleno de garabatos. Te lo arrebaté de las manos y te lo tiré a la cara.

—Nos vamos ahora mismo.

Ya no podía seguir en el apartamento. La criatura era como un volcán en erupción y me costaba horrores aguantarla dentro. Me veía incapaz de cumplir con los preparativos que tanto había ensayado. No tenía la mente predispuesta, no estaba preparada. No me la imaginaba descendiendo por mi pelvis abierta, no lograba convencerme a mí misma de que tenía que expandirme como la desembocadura de un río. Estaba encogida y tenía miedo. No sabía qué hacer.

Lo que dicen del dolor es cierto: ya no me acuerdo de sentir nada. Me acuerdo de la diarrea. Me acuerdo de lo fría que estaba la habitación. Me acuerdo de haber visto los fórceps en un carrito, en el pasillo decorado con guirnaldas de Navidad, cuando entramos en medio de las contracciones. La enfermera tenía manos de leñador. Cada vez que me las metía para comprobar la dilatación, yo gemía y ella miraba para otro lado.

—No quiero..., no quiero —le susurré a nadie en particular. Estaba agotada. Te tenía a medio metro, bebiendo del agua que la enfermera me había traído. A mí no me pasaba nada por la garganta.

—¿Qué no quieres?

—El bebé.

—¿El parto?

—No, el bebé.

—¿Quieres que te pongan ya la epidural? Me parece que la necesitas —torciste el cuello buscando a una enfermera y pusiste un paño frío en mi nuca. Recuerdo que me sujetabas el pelo como si fueran las crines de un caballo.

No quería que me pusieran nada. Quería sentir lo mal que lo podía pasar. «Castígame —le decía a ella—. Párteme en dos». Me besaste la cabeza y yo te aparté de un bofetón. Te odiaba. Por lo mucho que exigías de mí.

Les supliqué que me dejaran empujar sentada en la taza del váter. Estaba más cómoda así y había llegado ya al extremo del delirio. No entendía nada de lo que me decían. Me convenciste para que volviera a la cama, y me colocaron las piernas en los estribos. No daba pie con bola. La quemazón. Bajé la mano para sentir las llamas que estaba segura tenía dentro, pero alguien me la apartó.

—Vete a tomar por culo.

—Venga —dijo el médico—, que tú puedes.

—Ni puedo ni quiero —dije, como el que escupe las palabras.

—Tienes que empujar —dijiste tú con calma. Cerré los ojos y deseé que pasara algo horrible. La muerte. Quería una muerte. La mía o la del bebé. No pensaba en aquel momento que pudiéramos sobrevivir las dos.

Cuando ella salió, el médico me la acercó a la cara, pero apenas podía verla, deslumbrada por el chorro de luz. Me daban temblores del dolor y dije que iba a vomitar. Tú apareciste a la altura de mi cadera, al lado del médico, mientras él se volvía hacia ti para decirte que era una niña. Pusiste la mano debajo de su cabecita resbaladiza y te la llevaste a la cara con cuidado. Le dijiste algo a tu hija. No sé el qué..., tuvisteis los dos vuestro propio idioma desde el momento en que llegó al mundo. Entonces el médico se la puso boca abajo en la palma de la mano, como si fuese un gatito empapado, y se la dio a la enfermera. Volvió al trabajo. Mi placenta estaba desparramada por el suelo. Me cosió el desgarro mientras yo miraba la luz, llena de pavor por lo que acababa de hacer. Ahora era una de ellas, las madres. Nunca me había sentido tan viva, tan eléctrica. Me chirriaban tanto los dientes que pensé que se me iban a partir. Y entonces la oí. El aullido. Me resultó conocido.

—¿Lista, mamá? —dijo alguien.

La pusieron encima de mi pecho desnudo. Parecía una barra de pan caliente que no paraba de gritar. Le habían limpiado mi sangre y estaba arropada en la manta de felpa del hospital. Tenía la nariz manchada de amarillo; y los ojos, acuosos y oscuros, clavados en los míos.

—Soy tu madre.

La primera noche en el hospital no pegué ojo. La miraba sin decir nada, ambas detrás de la cortina de malla que rodeaba la cama. Los dedos de los pies parecían hileras de guisantes de nieve. Le abría la manta y pasaba el dedo por su piel para ver cómo se estremecía. Estaba viva. Había salido de mí. Olía como yo. No se agarraba a mi calostro, ni siquiera cuando me estrujaron el pecho como una hamburguesa y le levantaron la barbilla. Dijeron que le diera tiempo. La enfermera se ofreció a llevársela para que yo durmiera, pero necesitaba mirarla. No me percaté de mis lágrimas hasta que le cayeron en la cara. Las limpié todas con el meñique y las probé. Quería saborearla. Sus dedos. La punta de sus orejas. Quería tenerlos en la boca. Me notaba entumecida físicamente por los calmantes, pero por dentro estaba ardiendo con la oxitocina. Habrá habido madres que lo hayan llamado amor, para mí era algo más parecido al asombro. Como quedarse maravillada. No pensé en lo que tenía que hacer después, en lo que haríamos cuando llegáramos a casa. No pensé en criarla y cuidar de ella ni en qué se convertiría. Quería estar a solas con ella. En ese espacio de tiempo tan surrealista, quería sentir cada uno de sus latidos.

Una parte de mí sabía que ese momento no volvería a existir jamás.

1962

Etta cerró el grifo de la bañera para lavarle a Cecilia el pelo, largo y enredado. Tenía cinco años, y no era frecuente que la obligaran a cepillárselo. La niña clavaba los codos en la cerámica de color verde aguacate.

—Échate para atrás —dijo Etta, y tiró fuerte de ella. Le empujó la cabeza unos centímetros, hasta que Cecilia quedó justo debajo del chorro de agua fría. La niña boqueó, se atragantó y quiso zafarse, quedar libre de los dedos que Etta le clavaba en la piel. Cuando recobró el aliento, levantó la cabeza y vio que Etta la miraba fijamente. Sin inmutarse. Cecilia sabía que no había terminado.

Etta la agarró de las orejas y la obligó a meter otra vez la cabeza debajo del chorro. Le ardían las fosas nasales, llenas de agua. Notaba que se mareaba.

Y entonces Etta la soltó. Tiró del mohoso tapón de la bañera y salió del cuarto de baño.

Cecilia no se movió. Se había cagado encima con el forcejeo, y siguió allí, sucia, helada y temblando, hasta que se quedó dormida.

Cuando despertó, Etta se había acostado y Henry había vuelto del trabajo; veía la tele en el salón mientras comía un plato recalentado de carne asada. Tenía al lado el papel de aluminio, doblado con mimo para usarlo al día siguiente.

Cecilia entró en el salón con una toalla echada por los hombros y Henry se sobresaltó. Le preguntó con la boca llena por qué diantre no estaba en la cama si eran casi las doce de la noche. Cecilia dijo que se había hecho caca.

Le cambió la cara al instante. La envolvió en sus largos brazos y la llevó en volandas hasta la cama de su madre. Todavía olía a mierda, pero Henry no dijo nada. Despertó a Etta sacudiéndole el hombro.

—Cariño, ¿puedes cambiarle las sábanas a Cecilia? Se ha hecho caca.

Cecilia contuvo el aliento.

Etta abrió los ojos y agarró a Cecilia de la mano con la misma fuerza con la que había estado a punto de matarla cinco horas antes. La acompañó hasta su cuarto, le puso el camisón por encima de la cabeza y la sentó en la cama sin contemplaciones. A Cecilia se le iba a salir el corazón del pecho; oyeron los pasos de Henry que bajaba las escaleras. Cecilia estaba siempre atenta a los pasos de Henry, porque era él quien cambiaba el estado de ánimo de Etta, como un interruptor.

Etta no dijo nada y tampoco la tocó. No hizo más que salir de su cuarto.

Cecilia comprendió que el instinto que la llevaba a mentir iba bien encaminado. Lo que pasaba entre su madre y ella tenía que quedar en secreto.

Hubo más ocasiones a lo largo de esos años en las que Cecilia vio a las claras los problemas que tenía Etta con los «nervios». Algunos días llegaba a casa del colegio y se encontraba la puerta cerrada por dentro, la de la entrada y la de atrás; y las cortinas, todas echadas, aunque se oía música en la radio y el grifo de la cocina. Cecilia se iba a la calle principal y mataba el tiempo recorriendo los pasillos de las tiendas, atestados de cosas por las que su madre ya no mostraba interés, como pastillas de jabón con aroma de frutas o los bombones de menta que tanto le gustaban antes.

Solo cuando hacía ya una hora que había oscurecido, Cecilia regresaba. Para entonces Henry estaría en casa y la cena en la mesa. Le contaba a Henry que había estado en la biblioteca, y él le daba unos golpecitos en la cabeza y decía que acabaría siendo la chica más lista de la clase si seguía estudiando tanto. Etta hacía caso omiso de su presencia, como si no hubiera abierto la boca.

Otros días, Cecilia bajaba a desayunar y encontraba a Etta sentada a la mesa, con la vista clavada en el regazo y la palidez dibujada en sus orondas mejillas. Como si no hubiera pegado ojo. Cecilia no sabía qué hacía por las noches cuando amanecía así, pero esas mañanas Etta parecía más distante que nunca. Más triste que nunca. Mi madre no levantaba la vista hasta que no oía los pasos de Henry en las escaleras.

10

—Estás muy nerviosa. Ella lo nota —dijiste. Llevaba cinco horas y media llorando. Yo cuatro. Te pedí que miraras la definición de cólico en uno de los libros sobre lactancia.

—Más de tres horas, tres días a la semana, tres semanas seguidas.

—Lleva más tiempo llorando.

—Es el quinto día que está en casa, Blythe.

—Me refiero a las horas. Más de tres horas.

—Solo son gases, creo.

—Tienes que decirles a tus padres que no vengan.

No podría soportar a la perfecta de tu madre en Navidad; solo quedaban dos semanas. Llamaba a todas horas, y empezaba siempre diciendo: «Ya sé que las cosas son diferentes hoy en día, pero confía en mí...». Que si agua con anís para el cólico. Que si remeter bien la mantita. Que si un poco de papilla de arroz en el biberón.

—Serán de gran ayuda, cariño. Para ti y para todos —tú querías a la perfecta de tu madre en casa por Navidad.

—Sigo empapando la compresa. Huelo a carne podrida. No me puedo poner la camisa de lo que me duelen las tetas. Mírame, Fox.

—Esta noche los llamo.

—¿Puedes cogerla tú un rato?

—Dámela. Duerme un poco.

—Esta niña me odia.

—Calla.

Ya me habían advertido de que habría días así de duros al principio. Me habían advertido de que los pechos me pesarían como bolas de hormigón. Que tendría que estar disponible para las tomas a demanda y usar sacaleches. Había leído un montón de libros. Había hecho mi trabajo de documentación. Pero nadie me habló de cómo se siente una al despertar a los cuarenta minutos de haberse quedado dormida, con las sábanas manchadas de sangre y el pánico por lo que viene a continuación. Me sentía como la única madre en el mundo que no lo superaría. La única madre incapaz de reponerse después de que le cosieran el perineo desde el ano hasta la vagina. La única madre que no podía soportar el dolor de las encías de una recién nacida en los pezones, como si fueran cuchillas. La única madre que no podía fingir que le funcionaba a la perfección el cerebro sin haber dormido nada. La única madre que miraba a su hija y pensaba: «Haz el favor de desaparecer de mi vista».

Violet solo lloraba cuando estaba conmigo; parecía hacerlo a traición.

En teoría teníamos que ser inseparables.

11

La niñera tenía las manos más suaves que he tocado nunca. Casi no cabía en el sillón donde dábamos de comer a la niña. Olía a cítricos y a laca para el pelo y era inasequible al desaliento.

Yo estaba cansada.

«Todas las madres primerizas pasan por esto, Blythe. Ya sé que es duro. Todavía me acuerdo.»

Pero tu madre debió de quedarse muy preocupada, porque la contrató para que viniera a ayudarnos, aunque no se lo habíamos pedido, y corrió con los gastos. Llevábamos tres semanas en casa y la criatura no dormía más de una hora y media del tirón. Lo único que quería era mamar y llorar. Me dejaba los pezones en carne viva.

Tú apenas veías a la niñera, te ibas a la cama antes de que llegara. Me traía a la niña a la cama cada tres horas, ni un minuto antes ni uno después. Yo estaba en la gloria, profundamente dormida, cuando sus pesados pasos en la puerta me sacaban del sueño con un sobresalto. Le daba el pecho por la abertura del camisón, con los ojos todavía cerrados. Y cuando acababa, se la devolvía. Ella la llevaba a su cuarto, le sacaba el aire, la cambiaba, la mecía y la echaba a dormir en el moisés. Apenas hablábamos, pero yo la adoraba. La necesitaba. Vino cuatro semanas, hasta que tu madre me dijo por teléfono, con voz firme pero amable: «Cariño, ya ha pasado un mes. Tienes que hacerlo tú sola a partir de ahora».

La última noche trajo a la niña a nuestro cuarto para la primera toma de la mañana antes de irse a casa. Pero no salió del dormitorio como solía hacer. Tú roncabas a mi lado.

—¿Verdad que es una bebé muy dulce? —le susurré a la mujer. Me puse de lado para aliviarme las insidiosas hemorroides y empecé a jugar con el pezón en su boquita. No sabía si de verdad era tan dulce, pero me pareció que era lo que una madre primeriza diría del cuerpo rosado y cálido que había traído al mundo de un empujón.

Se quedó junto a la cama, mirando a Violet y el enorme pezón oscuro que la niña se esforzaba por prender de nuevo a su boquita. Todavía no le habíamos cogido el tranquillo y se le llenó la cara de leche. La niñera no respondió.

—¿Le parece que la niña es buena? —a lo mejor no me había oído. Torcí el gesto cuando Violet se enganchó al pecho. La niñera dio un paso atrás y nos observó como haciendo un esfuerzo por comprender.

—A veces abre mucho los ojos y me mira como... —lo dejó ahí, y luego sacudió la cabeza y chasqueó los labios.

—Lo mira todo mucho. Es muy despierta —aclaré yo con palabras que les había oído a otras madres. No sabía muy bien qué quería dar a entender.

No se movió ni dijo nada mientras yo amamantaba a la niña. Al rato asintió. Pero tardó demasiado. No sabía si es que quería añadir algo. Cuando la cría acabó de mamar, la cogió sin decir nada y me dio unas palmaditas en el hombro. Se fue a acostarla y ya no volví a verla.

A ti te sacaba de quicio el olor a laca de la mujer en el cuarto del bebé, que tardó semanas en desaparecer, pero yo a veces entraba solo para sentir su aroma.

12

El mes con la niñera fue de gran ayuda. Violet y yo sacamos la cabeza del hoyo y hallamos una rutina. Me concentraba mucho en esa rutina. El día era para nosotras el espacio comprendido entre tu ida al trabajo y tu vuelta a casa. Lo único que tenía que hacer era lograr que la niña siguiera viva durante ese tiempo. Una cosa al día: ese fue mi objetivo siempre. Ir a la compra. La cita con el médico. Cambiar una ranita que le compré y nunca estrenó y se le había quedado pequeña. Un café y una magdalena. Me sentaba en un banco del parque en pleno invierno y picoteaba copos de cereales sin apartar la mirada de ella, embutida en su buzo de plumón, a la espera de que le tocara dormir otra vez.

Había conocido a unas pocas mujeres en la clase de preparación al parto que salían de cuentas más o menos cuando yo. No sabía gran cosa de ellas, pero me añadieron al grupo de correo que tenían. Me invitaban a menudo a dar un paseo con ellas, o a comer en algún restaurante que pudiera alojar el parque móvil de carritos que juntábamos. A ti te encantaba que hiciera planes con ellas; te hacía ilusión que fuera como otras mamás. Yo iba sobre todo por ti. Para que vieras que era una persona normal.

Había algo de rutinario y banal en nuestras conversaciones, igual que en nuestro día a día. Qué tal dormían los bebés, cómo y a qué hora, cuándo y cuánto comían, el momento de empezar a darles alimentos sólidos, si era mejor contratar una niñera para las horas del día o para la noche, qué artilugios habían comprado que se habían hecho indispensables en sus vidas y por qué teníamos todas que comprárnoslos también. Al final llegaba la hora de acostar a uno de los bebés, y había que hacerlo en su cuna, para no alterar una rutina que había costado lo suyo imponer. Así que recogíamos y nos íbamos a casa. A veces, mientras pagábamos la cuenta, hacía acopio de valor y decía lo que realmente pensaba. Lo dejaba caer para ver si entraban al trapo:

—Hay días que se hace muy cuesta arriba, ¿verdad? Todo este rollo de la maternidad.

—Sí, a veces. Pero es lo más gratificante que haremos en la vida, ¿sabes? Vale la pena todo el esfuerzo cuando les ves las caritas por la mañana.

Las estudiaba al detalle a estas mujeres, intentaba pillarlas en un renuncio. Pero no tenían fisuras. Ni deslices.

—Completamente de acuerdo.

Siempre daba a entender que pensaba lo mismo que ellas. Pero luego volvía a casa con la vista fija en la cara de Violet en el carrito, sin dejar de pensar por qué no me parecía que fuera lo mejor que me había pasado nunca.

Una vez, semanas después de que dejara de frecuentar a esas chicas, pasé por delante de una cafetería y vi a una mujer sentada dentro que le daba la espalda al mostrador; tenía al bebé encima y no apartaba la vista de él. Parecía un poco más pequeño que Violet, debía de tener tres o cuatro meses, y estaba hecho un ovillo entre los dedos de su madre, sin dejar de mirarla. La mujer no movía los labios. No salía de aquella boca ninguna cantinela del tipo: «Eres el bebé de mamá, mi bebecito. ¿Verdad que eres un bebé muy bueno?». Más bien, lo que hacía era volverlo un poco para un lado y para otro, como si examinara una estatuilla y buscara imperfecciones en la cerámica.

Me detuve y estuve mirándolos a través del cristal, buscando amor, buscando remordimiento. Imaginé la vida que esa mujer habría llevado antes de que el bebé limitara sus opciones: elegir entre un apartamento que estaría manga por hombro y cargado del olor de su propia leche agria, o el solitario ventanal de una cafetería.

Entré y pedí un café con leche que no quería y me senté en el taburete más cercano al suyo. Violet dormía en el cochecito, y yo lo mecía despacio para que no se despertara. La bolsa de paseo se escurrió del manillar, y el biberón cayó al suelo y salió rodando. Lo recogí y decidí que no iba a limpiar la tetina. Ese tipo de decisiones clandestinas me daban un subidón de poder;

eran decisiones que otras madres considerarían inaceptables, como dejar el pañal mojado más tiempo de lo normal o saltarme porque me daba la gana un baño que ya le tocaba. La mujer me buscó con la mirada y nos quedamos un rato así, sin sonreír, solo con el conocimiento mutuo de que ambas nos habíamos transformado en una versión de nosotras mismas que no casaba con la imagen que nos habían pintado. Al bebé de la mujer se le salió la leche por la boca, y ella lo limpió con una servilleta de papel toda áspera.

—Hay días duros, ¿eh? —dije, señalando con la barbilla a su bebé, que seguía inmóvil, sin expresión alguna en la cara, mirándola.

—Dicen que los días se hacen largos pero los años pasan rápido —yo asentí con la cabeza y miré a mi hija, que empezaba a removerse y hacía morritos—. Aunque imagino que habrá que verlo —dijo en tono seco, como si ella tampoco creyera que su forma de notar el paso del tiempo fuera a cambiar.

—Hay mujeres que siendo madres se sienten más realizadas que nunca. Pero no sé, yo no acabo de sentirme lo que se dice realizada —solté una risita, porque de pronto aquello parecía demasiado personal. Pero yo necesitaba a esa mujer. Tenía lo que les faltaba a las mamás con las que quedaba antes a comer.

—¿Es una niña?

Le dije cómo se llamaba.

—Harry —dijo ella del suyo—. Lleva quince semanas entre nosotros.

Seguimos allí sentadas en silencio unos minutos. Y entonces ella añadió:

—Me pasó de golpe, simplemente. Entró en mi mundo de sopetón y lo puso todo patas arriba.

—Ya —asentí despacio; miré al bebé de la mujer como si fuera un arma—. Quieres tenerlos y los crías en tu seno y luego empujas para que salgan, pero la verdad es que la que paga el pato eres tú.

Levantó a Harry en brazos y lo metió en el carrito. Se daba poca maña para arroparlo, como quien hace mal la cama. Hasta el momento no se había dirigido a su hijo con ese ridículo soniquete que ponen tantas madres, y me pregunté si alguna vez lo haría.

—Nos vemos —dijo, y a mí se me cayó el alma a los pies. Me preocupaba que no nos volviéramos a ver. Balbuceé una excusa para que no se fuera todavía.

—¿Vives por aquí?

—Pues la verdad es que no. Vivimos al norte de la ciudad, en las afueras. He venido de visita.

—Te voy a dar mi número —dije, con la cara roja. Nunca se me había dado bien hacer amigos. Pero me vi ya escribiéndole mensajes a última hora de la noche, cuando nos pondríamos las dos a hablar de nuestras penas con sinceridad pasmosa y a renegar de nuestra suerte.

—Huy, claro. Espera, que lo grabo en el móvil —noté que le incomodaba la situación; ojalá no le hubiera dicho nada, pensé mientras le daba el número. Jamás se puso en contacto conmigo y no volví a encontrármela.

Pero a veces aún pienso en ella. Me pregunto si se habrá sentido realizada por fin, si mira a Harry ahora y sabe que fue buena madre para él, que educó a una buena persona. Me pregunto cómo será sentir eso.

13

Te sonrió a ti primero. Fue nada más bañarla. Llevabas puestas las gafas de leer y dijiste que debía de haberse visto reflejada en los cristales. Aunque los dos sabíamos que desde el principio te quería más a ti. Yo no era capaz de consolarla tan bien como tú cuando lloraba; se fundía con tu piel y era como si quisiera quedarse ahí, ser parte de ti. Como si mi calor y mi olor no significaran nada para ella. Se habla del latido del corazón de la madre y del eco de su vientre como de un entorno conocido, pero yo parecía más bien un país extranjero.

Oía cómo la apaciguabas con suaves susurros que la calmaban, hasta que conciliaba el sueño. Yo te estudiaba. Te imitaba. Tú decías que eran todo imaginaciones mías, que hacía un mundo de cualquier cosa. Que era un bebé, ni más ni menos, y no estaba en su mano saber si le caía mal alguien. Pero para mí erais dos contra una.

Estábamos juntas todo el día, y claro, había momentos en los que se rendía, se quedaba dormida en mis brazos o agarrada al pecho. Tú utilizabas esto como prueba de que no tenía razón: «¿No lo ves, cariño? Tú solo relájate cuando estés con ella, y todo irá bien». Yo te creía. Tenía que creerte. Pasaba la nariz por la pelusa de su coronilla y aspiraba ese olor. Me hacía bien. Era un olor que me recordaba que había salido de mí. Que nos había unido un cordón de sangre vivo y palpitante. Cerraba los ojos y volvía a proyectar en el recuerdo la noche en que salió de mí. Buscaba con todos los sentidos la conexión que hubo entre nosotras esas primeras horas. Yo sabía que esa conexión había existido. Antes de que se me agrietaran los pezones y empezaran a sangrar, antes del agotamiento máximo y el agobio de la duda y el entumecimiento indescriptible.

«Lo estás haciendo muy bien. Estoy orgulloso de ti», me susurrabas a veces cuando le daba de mamar a oscuras. Nos acariciabas la cabeza a las dos. Tus chicas. Tu mundo. Me echaba a llorar cuando salías de la habitación. No quería ser el eje en torno al que girabais los dos. No me quedaba nada más que ofreceros a ninguno, pero nuestras vidas habían empezado juntas. ¿Qué había hecho? ¿Por qué había querido tenerla? ¿Por qué creí que sería distinta a mi propia madre?

Pensaba en formas de escapar. Allí a oscuras, mientras me fluía la leche y me mecía en el sillón. Pensaba en dejarla en la cuna e irme de allí en mitad de la noche. Pensaba en el pasaporte y los cientos de vuelos anunciados en los paneles de los aeropuertos. Calculaba cuánto dinero podría sacar del cajero de una tacada. Me preguntaba si debía dejar el teléfono móvil encima de la mesilla. Y cuánto tardaría en retirárseme la leche para que mis pechos pudieran dejar de ser la prueba de que había nacido.

Me temblaban los brazos solo de pensarlo.

Eran pensamientos que jamás consentí que salieran de mi boca. Pensamientos que la mayoría de las madres nunca tienen.

14

Tenía ocho años y ya había pasado la hora de acostarse. Estaba en el pasillo, en camisón, escuchando cómo discutían mis padres en la sala de estar.

Hubo un ruido como de cristales rotos. Supe que era la figurita de la mujer con sombrilla, ataviada al estilo sureño. No sabía de dónde había salido, puede que fuera un regalo de bodas. Discutían por algo que él había encontrado en el bolsillo del abrigo de ella, y luego por las incursiones de mi madre en la ciudad, y luego por un tal Lenny, y luego por mí. Mi padre tenía la sensación de que me había vuelto muy reservada, ya casi nunca abría la boca. Que estaría bien que mi madre me hiciera caso de vez en cuando.

—No me necesita, Seb.

—Eres su madre, Cecilia.

—Más le valdría que no lo fuera.

Cuando mi madre empezó a sollozar, a llorar de verdad, algo que nunca le había oído a pesar de las pullas que se lanzaban casi todas las noches, me dispuse a volver a mi habitación, con la cara ardiendo y la crispada estridencia de la voz de mi madre clavada en el estómago. Pero entonces mi padre sacó a relucir el nombre de mi abuela. Dijo:

—Acabarás igual que Etta.

Después encaminó los pasos a la cocina. Oí el golpe de dos vasos de culo grueso contra la encimera, y el chorro de whisky. La bebida los tranquilizaba. Ya habían terminado de discutir. Me sabía al dedillo esa parte de la rutina, el momento en que ella acababa agotada y mi padre bebía hasta quedarse dormido.

Pero esa noche ella quería hablar.

Deslicé la espalda por la pared y me senté en el suelo. Así estuve una hora entera, escuchando lo que ella le contaba, aquellos fragmentos de su pasado que se me imprimieron a fuego en el alma por primera vez.

Esa noche, mi padre durmió con ella en el dormitorio, algo poco habitual. Cuando desperté por la mañana tenían la puerta cerrada. Preparé el desayuno y me fui al colegio, y esa noche no se pelearon. Estaban tranquilos, todo buenos modales. Hice los deberes. Vi cómo mi madre le tocaba la espalda al ponerle delante un plato de pollo recalentado. Mi padre le dio las gracias y la llamó «cariño». Ella hacía por agradarle. Él se mostraba comprensivo.

Después de aquella noche, y durante los años que siguieron, solía hacer lo mismo: me acercaba, con el corazón en un puño, al oír el nombre de Etta desde la cama, porque sabía que mi madre empezaría otra vez a hablar de su pasado. Apenas respiraba para no perderme una palabra de lo que le decía a mi padre. Aquellas noches eran una excepción entre ellos, y un regalo para mí, aunque ella jamás se enteraría. Me moría de ganas de saber quién había sido antes de convertirse en mi madre.

Empecé a entender, en esas noches de insomnio en las que repasaba mentalmente lo que había oído a escondidas, que todos nacemos de algo. Que todos llevamos dentro la semilla, y yo era parte del jardín de mi madre.

1964

Cecilia no podía dormir sin su muñeca, Beth-Anne, ni a la tardía edad de siete años. Amaba a la muñeca más que a nada en el mundo, su olor, el tacto de su pelo sedoso entre los dedos mientras se quedaba dormida. Una noche la estuvo buscando por todas partes, intentando recordar dónde la había visto por última vez. Etta daba airados gritos en el sótano, al pie de la escalera, y Cecilia sabía que la irritaba su trajín por toda la casa, cuando ya tenía que estar acostada.

—¡Está aquí abajo, Cecilia!

En el sótano había una pequeña alacena donde guardaban las conservas, del tamaño de una caseta para el perro. Hacía años que Etta no preparaba nada en conserva, y se habían comido ya casi todos los tarros. Agachada en la puerta, tenía medio cuerpo dentro de la alacena y el culo en pompa cuando bajó su hija.

—Allí al fondo. Debes de haberla dejado ahí.

—¡No he sido yo! ¡Odio este sótano!

—Vale, pero yo no quepo. Entra y sácala.

Cecilia protestó, dijo que se le mancharía el camisón. Que no le gustaba entrar allí. Aunque veía a Beth-Anne en un rincón en el suelo.

—No seas tan miedica, Cecilia. Si la quieres, ve a por ella.

Entonces Cecilia se puso a cuatro patas y Etta le dio un empujón. Cayó de bruces y tuvo que apoyar el peso en los antebrazos. Empezó a lloriquear, pero como quería a Beth-Anne a toda costa fue avanzando centímetro a centímetro hasta el fondo de aquella cueva pequeña y oscura. Los tarros de conservas que jalonaban las paredes parecían el agua de una ciénaga; le faltaba el aire.

Algo crujió detrás de ella, pero la alacena era demasiado estrecha y no se podía dar la vuelta. Cayó entonces en la cuenta de que había desaparecido la última franja de luz reflejada en los tarros de cristal. No podía respirar y llamó a gritos a Etta. El suelo de tierra se le clavaba en las rodillas cada vez que movía un músculo. Reculó a gatas y dio patadas con los talones en la puerta, pero estaba atrancada.

Oyó el teléfono en el salón. Etta subió a trompicones por la escalera. «¿Diga?», oyó que decía, y entonces hubo un silencio, hasta que se encendió la televisión y le llegó la voz conocida del telediario vespertino. Cecilia volvió a oír en la lejanía a Etta hablando por teléfono. Era septiembre de 1964, y se habían hecho públicas las conclusiones de la Comisión Warren. Etta estaba obsesionada con el asesinato de JFK, como todo el mundo.

Etta no volvió a bajar al sótano. Henry abrió la puerta con una ganzúa cuando llegó a casa de madrugada. Sacó a Cecilia por los tobillos. Tenía los puños arañados. Discutieron sobre la conveniencia o no de llevarla al hospital a que la miraran. A Henry le preocupaba el hilo de respiración que tenía la niña, su mirada perdida. Pero Etta ganó: se quedaron en casa.

Henry la acostó y montó guardia a su lado. Le puso paños fríos en la frente y no fue a trabajar al día siguiente. Estuvieron días sin hablarse. Henry desmontó la puerta de la alacena y llevó los pocos tarros de conservas que quedaban a la despensa de la cocina.

«Qué mal ha ido siempre esa puerta», decía, y negaba con la cabeza.

Una semana más tarde, Etta le susurró algo a Cecilia cuando recogía su plato de la cena. Henry estaba trabajando. Daban las noticias en la radio. Cecilia no la entendió bien, pero le pareció que decía: «Pensaba bajar a por ti, Cecilia». Pegó los labios a la mejilla de la niña y los dejó ahí un instante. Cecilia no le pidió a Etta que repitiera lo que había dicho.

15

«El tiempo pasa tan rápido... Disfruta cada momento.»

Las madres hablan del paso del tiempo como si no conocieran otra moneda de cambio.

«¿A que parece mentira? ¿A que parece mentira que tenga ya seis meses?» Me lo decían otras mujeres, casi con alegría, mientras mecían los carritos en la acera con el bebé dormido dentro, bajo mantas blancas de felpa, y un tintineo de chupetes. Yo miraba a Violet, que no apartaba los ojos de mí, movía los puños, ponía tiesas las piernas, me pedía más y más y más. Y me preguntaba cómo habíamos logrado llegar tan lejos. Seis meses, uno detrás de otro. A mí se me hacían seis años.

«No hay mejor trabajo en el mundo que ser madre, ¿a que no?» Eso fue lo que dijo la pediatra una de las veces que fui a vacunarla. Tenía tres hijos. Yo le conté que me habían vuelto a salir hemorroides, gordas como uvas, y le hablé del tiempo que llevábamos sin tener relaciones sexuales, sin que se me hubiera pasado tu pene por la mente ni siquiera de lejos. Arqueó las cejas y sonrió: «Así es. Me hago cargo. De verdad que sí». Como si yo fuera ya miembro del club, partícipe de sus arcanos. Lo que no podía contarle es que me sentía cien años más vieja desde que había dado a luz a Violet. Que era como si la niña apurara al máximo cada hora que estábamos juntas. Que los meses habían pasado tan lentos que muchas veces me lavaba la cara con agua fría en mitad del día para ver si estaba soñando; quizá por eso el tiempo no tenía sentido para mí.

«Cierra una los ojos y cuando los abre ya son unas mozas. Sin que te des cuenta, se han convertido en personitas la mar de tiernas.» A mí me parecía que Violet crecía muy despacio. No apreciaba los cambios hasta que tú no me dabas con ellos en la cara. Decías que se le había quedado pequeña la ropa, que le asomaba la tripa debajo de las camisetas, que los leotardos no le subían de las rodillas. Guardabas sus juguetes de bebé, y a la vuelta del trabajo le comprabas otros nuevos que pitaban y tenían luces, cosas para seres humanos diminutos en su proceso de desarrollo, aprendizaje y pensamiento. Yo tan solo me esforzaba por que siguiera viva. Me centraba en que comiese y durmiese, en las gotas de probióticos que siempre se me olvidaban. Me centraba en sortear los días a medida que pasaban rodando como piedras ciclópeas, unos detrás de otros.

16

Nosotros. No hay pareja capaz de imaginar cómo será su relación después de tener hijos. Pero se supone que estaréis juntos en ello. Que seréis un equipo siempre que sea posible trabajar en equipo. El dispositivo que nosotros montamos funcionó. A nuestra hija se la alimentó y se la bañó y se la sacó de paseo y fue mecida y vestida y cambiada y tú hiciste lo que estuvo en tu mano. Se pasaba el día entero conmigo, pero en cuanto entrabas por la puerta era tuya. Paciencia. Amor. Afecto. Di gracias por lo que le diste que no quiso de mí. Os miraba a los dos y me dabais envidia. Quería lo que vosotros teníais.

Pero ese desajuste se cobró su precio. Atrás quedó la década que pasamos como si tal cosa, rodeados de confort. Lo que vino fue distinto: mi presencia te cohibía; tú me juzgabas y eso me ponía nerviosa. Cuanto más te sacaba Violet, menos me dabas a mí.

Todavía nos recibíamos con un beso y charlábamos en los restaurantes las pocas noches en que salíamos a cenar. Me ponías siempre la mano en la parte baja de la espalda cuando nos acercábamos al apartamento, el nido que habíamos construido juntos. Habíamos establecido una rutina de gestos y seguíamos cumpliéndola. Pero había sutiles menoscabos. Ya no hacíamos juntos el crucigrama. No dejabas abierta la puerta del baño cuando te duchabas. Había un hueco que no estaba antes, y en ese hueco cabía el resentimiento.

Me esforcé por mejorar. Ser padre te había hecho hermoso. Te había cambiado la cara. Rasgos más cálidos. Más suaves. Arqueabas mucho las cejas y se te caía la baba siempre que la tenías cerca. Como pasmado. Te habías convertido en una versión mejorada del hombre que eras antes. Deseaba con toda mi alma que eso me pasara a mí también. Pero yo me había endurecido.

Mi rostro reflejaba enfado y cansancio, mientras que antes la vida le daba realce a mis pómulos y brillo al azul de mis ojos. Me parecía a mi madre justo antes de que me abandonara.

17

En determinado momento, cuando llevábamos siete meses juntas, Violet empezó por fin a quedarse dormida más de veinte minutos del tirón. Volví a la escritura. No te lo conté; siempre me decías que aprovechara para descansar cuando ella dormía por el día, y cuando volvías a casa me preguntabas si había logrado dormir algo. Solo te importaba eso. Me querías con los ojos bien abiertos, llena de paciencia. Me querías descansada para que pudiera cumplir con mis deberes. Antes te ocupabas de mí como persona, de mi felicidad, de lo que me movía por dentro. Ahora solo era alguien que ofrecía sus servicios. No me veías como mujer. Solo era la madre de tu hija.

Por eso te mentía casi siempre, porque así era más fácil. Que sí, que había dormido algo. Que sí, que había descansado. Cuando la verdad era que había estado trabajando en un relato. Me salían las frases solas. No recordaba que las palabras fluyeran de mí con tanta facilidad. Pensaba que iba a ser justo al revés; otras escritoras que tenían bebés lo advertían: se agotaba la energía y el cerebro no funcionaba igual delante la página en blanco, por lo menos el primer año. Pero, en cuanto se encendía la pantalla del ordenador, yo cobraba nueva vida.

Violet se despertaba a las dos horas, puntual como un reloj, y me pillaba siempre en plena concentración, con la cabeza y el cuerpo en otra parte. Me acostumbré a dejar que llorara, me prometía a mí misma que solo sería una página más. A veces me ponía los auriculares. A veces una página se convertía en dos. O más. A veces seguía escribiendo una hora entera. Cuando se ponía frenética y chillaba a voz en cuello, bajaba la pantalla del portátil y acudía rauda, como si acabara de escuchar su llamada. «¡Huy, hola! ¡Ya te has despertado! Ven con mami.» No sé para quién hacía aquel numerito. Me daba vergüenza ver cómo me apartaba con las manos cuando intentaba calmarla. No podía echarle la culpa por aquel rechazo.

El día en que llegaste antes a casa.

No te oí entrar por culpa de sus gritos y la música de los auriculares, y me pegué un susto de muerte cuando, de golpe, le diste la vuelta a la silla. Casi me tiras. Fuiste corriendo al dormitorio, como si hubieran prendido fuego a la niña. Contuve la respiración al oír cómo consolabas su llanto histérico.

—Perdóname. Perdóname —le decías.

Le pedías perdón por la madre que tenía. A eso te referías.

No la sacaste del dormitorio. Y yo me senté en el suelo del pasillo, sabiendo que nada volvería a ser igual entre nosotros. Había roto tu confianza. Se confirmaban todas las dudas que en silencio albergabas.

Cuando por fin entré, la mecías, sentado en el sillón, y tenías los ojos cerrados y la cabeza apoyada en el respaldo. Ella ahogaba un hipo en el chupete.

Me acerqué para cogerla en brazos, pero levantaste la mano y me apartaste.

—¿Qué cojones estabas haciendo?

Sabía que no me convenía poner excusas. Nunca había visto que te temblaran las manos de ira.

Me metí en la ducha y estuve llorando hasta que se acabó el agua caliente.

Cuando salí estabas haciendo unos huevos revueltos y la tenías apoyada en la cadera.

—Se despierta todas las tardes a las tres. Eran las cinco menos cuarto cuando llegué.

Yo miraba la espátula con la que raspabas la sartén.

—La has dejado más de hora y media llorando.

No podía encararos a ninguno de los dos.

—¿Es así todos los días?

—No —dije con firmeza. Como si eso fuera a devolverme la dignidad.

Ni nos habíamos mirado a los ojos siquiera. Violet empezó a hacer pucheros.

—Tiene hambre. Dale de mamar —me la pasaste, y eso hice.

Esa noche, en la cama, me diste la espalda y le hablaste a la ventana abierta.

—¿Qué es lo que te pasa?

—No lo sé —dije—. Perdóname.

—Tienes que ir a que te vean. Un médico.

—Iré.

—Me preocupa la niña.

—No te preocupes, Fox. Por favor.

Jamás le habría hecho daño. Jamás la habría puesto en peligro.

Años más tarde, mucho tiempo después de que empezara a dormir toda la noche de un tirón, todavía me despertaba cuando la oía llorar. Me llevaba las manos al corazón y recordaba lo que había hecho. Recordaba la punzada de la culpa y, peor aún, la arrolladora satisfacción de no hacerle caso. Recordaba la emoción de escribir por encima de la música y el llanto. Lo rápido que llenaba una página. La velocidad a la que iba mi corazón. La vergüenza de que me sorprendieras haciéndolo.

18

Mi madre no soportaba los espacios pequeños. El armarito que hacía de despensa en la casa en la que viví de niña no se utilizaba, y las baldas estaban llenas de polvo y cagarrutas de ratones que acudían al amor de los grumos rancios de un viejo saco de azúcar abierto. El cobertizo del jardín de atrás estaba cerrado con llave. El sótano, de techo bajo, lo había condenado con cuatro tablas y unos clavos oxidados que encontró en el garaje y ella misma clavó a martillazos.

Un día de agosto en el que hacía un calor horroroso, cuando yo tenía ocho años, estaba sentada fuera y miraba a mi madre fumar acodada en la mesa de plástico sobre el césped áspero y amarillento que cubría el jardín entre uno y otro tramo de alambre oxidado. Había un silencio en el ambiente, como si los ruidos del vecindario no pudieran abrirse paso en el aire denso que casi no me entraba en los pulmones. Ese mismo día había estado en casa de los Ellington, y la señora Ellington nos había mandado al sótano, húmedo y frío, para darnos un respiro. Jugamos a que nos íbamos de pícnic allá abajo. Puso una manta en el suelo y nos llevó huevos duros y zumo de manzana en vasos de plástico con globitos dibujados, los que habían sobrado del cumpleaños de Daniel. Le pregunté a mi madre si podíamos bajar también a nuestro sótano. ¿No se podían quitar las tablas? ¿No podíamos arrancar los clavos con la uña del martillo, como había hecho papá para arreglar el porche delantero el fin de semana anterior?

—No —cortó ella en seco—. Déjate de ruegos.

—Pero, mamá, por favor. Me estoy poniendo mala. Hace un calor horrible en toda la casa menos en el sótano.

—Que te dejes de ruegos te digo, Blythe. Avisada estás.

—Me voy a morir aquí fuera, ¡por tu culpa!

Me dio una bofetada, pero la mano resbaló con el sudor de la cara, así que tomó impulso y me pegó otra vez. Solo que esta vez fue con el puño cerrado y en plena boca. Un puñetazo como Dios manda. Casi me trago el diente que me arrancó, tosí y salpiqué la camiseta de sangre.

—Es un diente de leche —dijo al ver cómo lo miraba yo en la palma de mi mano—. De todas formas, se acaban cayendo solos con el tiempo —apagó el cigarrillo en una calva que había en la hierba quebradiza. Pero vi que sintió asco de sí misma por el gesto torcido de los labios color mandarina. Nunca me había pegado antes. Y yo nunca había tenido esos sentimientos encontrados: pena de mí misma, vergüenza y el corazón roto. Fui a mi cuarto, hice un abanico de papel con el folleto de la tienda que había encontrado en el buzón y me tumbé en el suelo en ropa interior. Cuando entró, una hora más tarde, me quitó el abanico, alisó los pliegues y dijo que le hacía falta el cupón de descuento para comprar muslitos de pollo.

Se sentó en mi cama, cosa rara en ella. No aguantaba mucho tiempo en mi habitación. Se aclaró la garganta.

—Cuando tenía tu edad, mi madre fue muy cruel conmigo una vez. En un sótano. Por eso no puedo bajar.

No me moví del suelo. Pensaba en lo que había oído a escondidas, bien entrada la noche, cuando discutía con mi padre. Me ponía colorada solo de pensar en sus secretos. Vi cómo frotaba los pies descalzos uno contra el otro, las uñas recién pintadas de color rojo cereza.

—¿Por qué fue cruel contigo? —seguro que veía cómo me latía el corazón debajo de la camiseta manchada de sangre.

—No estaba bien de la cabeza —lo dijo como si la respuesta fuera de cajón, incluso para mí. Arrancó el cupón de los muslitos de pollo y volvió a doblar el folleto en forma de acordeón. Alargué una mano para tocarle el dedo gordo del pie, para rozar la superficie pulida del esmalte, para sentir su piel. Nunca la tocaba. Se estremeció, pero no apartó el pie. Nos quedamos las dos mirando mi dedo encima de su uña.

—Perdóname por lo del diente —dijo, y entonces se levantó. Retiré la mano despacio.

—Es igual, ya estaba suelto.

Era la primera vez que oía de sus labios algo sobre Etta. Creo que después se arrepintió de habérmelo contado, porque estuvo más distante que nunca las semanas que siguieron. Pero recuerdo que yo tenía más ganas de tocarla, quería estar cerca de ella. Recuerdo que iba a su cama antes de que se despertara y le pasaba el dedo despacio por el pómulo, y luego salía de puntillas cuando se removía en sueños.

19

Decidí estar unos meses sin escribir. Decidí centrarme en Violet.

La doctora no creía que tuviera una depresión posparto, ni yo tampoco. Rellené un cuestionario encima de una carpeta con pinza en la sala de espera:

¿Ha estado usted estresada o preocupada sin motivo aparente? *No*

¿Le dan miedo cosas que antes anhelaba? *No*

¿La tristeza le ha impedido dormir? *No*

¿Se le ha pasado por la cabeza hacerse daño? *No*

¿Se le ha pasado por la cabeza hacerle daño al bebé? *No*

Me aconsejó que sacara tiempo para mí misma y volviera a hacer las cosas de las que disfrutaba antes de tener la bebé. Como escribir. Yo sabía que esto no te iba a sentar nada bien. Por eso te dije que me había prescrito un poco de ejercicio y pasar más tiempo al aire libre, y que volviera a verla en seis meses. Empecé a sacar de paseo a Violet en cuanto te ibas a la oficina. Estaba horas caminando. Íbamos a tu trabajo, en el centro, y salías a tomar café con nosotras. Te encantaba verla cuando se ponía a chillar en cuanto se abrían las puertas del ascensor y te veía, y te encantaba mi rostro fresco y sonrosado, que daba la impresión de que estaba pasándomelo bien. Violet tenía casi un año y era como si el mundo a su alrededor la encendiera, así que nos apuntamos a clases de música y un curso de natación para bebés con sus mamás. Sentí otra vez tu cariño; te gustaba esta versión de mí y a mí me sentaba bien. Tenía todavía que demostrar muchas cosas. No parábamos, y yo no abría la boca.

¿Hubo buenos momentos? Desde luego que sí. Una noche puse música mientras limpiaba la cocina. Nos habíamos puesto perdidas, mi ropa estaba manchada y había restos de comida en su cara y en el suelo. Ella se reía en la silla al verme bailar con las varillas de batir en la mano. Me tendía los brazos. La saqué de la trona y dimos vueltas por toda la cocina; ella echaba para atrás la cabeza dando chillidos. Caí en la cuenta de que nunca habíamos hecho cosas así las dos juntas; no habíamos hallado el consuelo, la tontería, la diversión. La señora Ellington y su marioneta. A lo mejor podíamos jugar a eso también. Lo que yo hacía, más bien, era buscar lo que iba mal. La cubrí de besos, y ella me apartó la cara para mirarme; solo estaba acostumbrada a ese tipo de cariño viniendo de ti. Apoyó en mi cara los labios abiertos y húmedos y soltó un «ahhh».

—Eso es. Por intentarlo que no quede, ¿a que sí? —susurré.

Carraspeaste. Nos habías estado viendo desde la puerta. Sonreías. Vi que relajabas los hombros de alivio. Estábamos de foto en aquella cocina. Saliste para cambiarte, y al volver serviste dos copas de vino, me besaste en la cabeza y dijiste:

—Estaba yo pensando... que deberías volver a escribir.

Había pasado la prueba a la que me habías sometido, fuera cual fuera. Los dos queríamos a toda costa que la vida fuera bien; los dos teníamos la misma esperanza. Metí la nariz en el hueco pegajoso del cuello de Violet y acepté la copa de vino de tu mano.

20

—Lo ha dicho, te juro por Dios que lo ha dicho. Dilo otra vez —te pusiste en cuclillas y le meneaste las caderas a la niña—. Venga. «Mamá.»

—Cariño, tiene once meses, es demasiado pronto, ¿no? —había quedado contigo en el parque, llevaba dos cafés en la mano. Nos rodeaban otras parejas jóvenes, babeando por sus hijos, en distintos estadios de frío y cansancio. Le sonreí a una mamá que tenía cerca y que apretaba en la mano un pañuelo de papel lleno de mocos—. Yo me paso el día con ella y nunca se lo he oído.

—«Mamá» —volviste a decir—. «Mamá.» Venga.

Violet hizo un puchero y fue con paso torpe en dirección a los columpios. «Niiiahhh.»

—Es una pena que te lo hayas perdido. Justo cuando fuiste a por el café. Señaló por donde te habías ido y dijo: «Mamá. Mamá». Hasta tres veces, creo.

—¿De veras? Pues... es increíble. Vaya —no era algo sobre lo que fueras a mentir, pero costaba creerlo. La subiste al columpio para bebés.

—Ojalá lo hubiera grabado. Ojalá la hubieras oído —seguías sacudiendo la cabeza mientras la mirabas embobado, tu pequeña genio, que se mecía en el asiento a la espera de que le dieras más impulso. Te pasé el café y metí la mano en el bolsillo de atrás de tus vaqueros, como hacía siempre. Nos sentíamos como una más entre otras familias de padres jóvenes que mataban el tiempo un domingo por la mañana, saboreando la cafeína.

—¡Mamá!

—¿Lo has oído? —diste un salto para atrás al lado del columpio.

—Ay, Dios. ¡Lo he oído!

—¡Dilo otra vez!

—¡Mamá!

Se me cayó el café en la arena de lo deprisa que fui hasta ella. Agarré por delante el columpio y la acerqué a mí para plantarle un beso en plena boca y notar sus labios húmedos.

—¡Sí! ¡Mamá! —le dije—. ¡Esa soy yo!

—¡Mamá!

—¡Te lo dije!

Me apretaste los hombros por detrás y nos la quedamos mirando mientras yo jugaba a hacerle cosquillas en los pies cuando se acercaba al columpiarse. Se reía, decía «mamá» una y otra vez para ver nuestra reacción. Me tenía hipnotizada. Tú y yo nos mecíamos también casi imperceptiblemente, y alcé la mano para rozarte la barba que te salía los fines de semana. Me sujetaste la cara y me besaste, un beso breve, feliz, despreocupado. Violet nos miraba y volvía a repetir «mamá». Así estuvimos lo que me parecieron horas enteras.

Se quedó dormida en el carrito de vuelta a casa. Hacía mucho tiempo que no me sentía tan unida a vosotros, y me aferraba a semejante dicha con la levedad de mis piernas al andar, con el poso hondo de la respiración satisfecha. La llevaste a la cuna, con cuidado de no despertarla, y yo le quité las botitas mientras dormía. Me di la vuelta en el pasillo para ir a la cocina a recoger los restos del desayuno que habíamos dejado para después. Pero me tiraste del brazo. Me metiste en el baño y abriste el agua de la ducha. Apoyada en el lavabo, vi cómo te desvestías.

—Venga. Métete conmigo.

—¿Ahora? —pensé en el medio aguacate que se había quedado en la encimera, en el huevo pegado a la sartén. Hacía tanto que no nos tocábamos.

—Venga, «mamá».

Acababa de poner un pie en la ducha cuando oímos su vocecita quebrando la paz del pasillo. Se estaba despertando. Alargué una mano para cerrar el grifo, pensando que querrías salir corriendo antes de que se pusiera a llorar.

—Quédate, no tardaremos —susurraste, ya empalmado, y me quedé. Los reclamos se hicieron más urgentes, Violet nos recordaba que estaba allí, pero no paraste. Tenías más necesidad de mí que de ella. Sentí asco de mí misma por el placer que eso me daba mientras follábamos, por dejar que la idea me excitara tanto. Presté atención a su voz a través del eco del agua. Quería oírla gritar, imaginar que hacías como que no la oías, igual que yo a veces. Nos corrimos juntos enseguida, debajo de la poca agua que salía por la alcachofa de la ducha.

En cuanto acabamos, cerraste el grifo de golpe. Se había callado. No había empezado a gritar, que era lo que yo esperaba, como hacía cuando estaba conmigo. Me tiraste una toalla, como a un compañero de equipo en el vestuario; antes solías secarme despacio, era parte de la rutina que compartíamos. La voz de Violet llegaba como un murmullo en la distancia, una escala de ruidos sin significado alguno, y me la imaginé tumbada de espaldas, con las piernas en alto, mientras se tiraba de los dedos sudorosos de los pies. Como si supiera que acudirías muy pronto a su llamada. Te echaste la toalla a la cintura, me besaste el hombro desnudo y fuiste a su encuentro.

Cuando volvimos a la cocina, tostaste pan para hacer unos sándwiches de queso mientras yo limpiaba los fogones quemados del desayuno. Tarareabas una canción y me tocabas cuando pasabas cerca de mí. Violet lo repetía una y otra vez, atenta a tu reacción, danto patadas al aire en la trona: «Mamá. Mamá».

1968

Etta no fue siempre tan impredecible. Hubo periodos en los que se las ingenió para actuar conforme a lo que se espera de una madre; y para parecerlo también. Cecilia intuía que no era fácil para ella; lo notaba en el temblor de manos que le entraba a Etta cuando otra madre pasaba por la puerta y se paraba a saludar; o cuando Cecilia le pedía que le hiciera una trenza en el pelo. Aunque por aquel entonces ya nadie sometía a Etta a escrutinio. Lo cierto era que la habían dejado por imposible. Y, sin embargo, algo dentro de ella la llevaba a intentarlo de todas formas. A veces funcionaba; a veces no. Pero Cecilia apoyaba a su madre con todas sus fuerzas en cada uno de esos intentos.

Cuando Cecilia estaba en sexto, hubo un baile al final de las vacaciones, y no tenía qué ponerse porque no iban a misa ni eran muy de celebrar nada. No era algo de lo que Cecilia se quejara ni a lo que diera importancia, pero Etta dijo que le haría algo especial para llevar al baile. Cecilia se quedó sin palabras; jamás la había visto hacer nada. Al día siguiente, Etta volvió de la tienda de retales y exclamó al pie de la escalera:

—¡Cecilia, ven a ver!

Había comprado un patrón en papel de seda para un vestidito corto, y unos metros de tela de algodón en color yema. Cecilia no se movió mientras Etta le medía el cuerpo esbelto y flaco, tan distinto al suyo. Sintió como el tacto de una extraña las manos de su madre al recorrerle la parte interior del muslo, cruzar la escueta cintura y subir hasta los hombros. Etta anotó las medidas en una servilleta de papel y afirmó que el vestido quedaría precioso.

Había una máquina de coser vieja que los anteriores propietarios de la casa habían dejado en el armario de la entrada, y Etta la llevó a la mesa de la cocina. Estuvo cinco noches seguidas trabajando en el vestido, y Cecilia no podía dormirse hasta altas horas de la *madrugada por culpa del traqueteo. Por la mañana, había alfileres y cabos de hilo por toda la cocina. Etta bajaba con los ojos llorosos y miraba la tela al tiempo que la sostenía en alto delante de Cecilia. Aquella labor de costura le dio un propósito que Cecilia no había visto nunca en su madre. Y dejaba menos espacio, bien lo sabía, para la ira y la tristeza.*

La mañana del baile, Etta madrugó y fue a la habitación de Cecilia con el vestido. Estaba terminado: lo había planchado y descansaba doblado en su brazo. Lo sostuvo a la altura de los hombros de Cecilia para ver cómo quedaba por encima y pasó las manos por el talle bajo y el borde plisado. Había rematado el escote y las mangas con un bonito cordón de seda.

—¿Qué te parece?

—Me encanta —Etta no quería oír otra cosa, pero era verdad que a Cecilia le encantaba aquel vestido. Era lo más hermoso que tenía, y lo único que nadie le había hecho nunca. Imaginó que entraba en clase esa mañana y veía a las chicas volviendo la cabeza para mirarla, celosas, sin acabar de creérselo.

Cecilia se dio la vuelta y se quitó el camisón. La cremallera del vestido estaba dura, pero logró bajarla y meter las piernas. Tiró para arriba y notó las costuras que le rozaban la piel. La cintura le estaba estrecha, el trasero quedaba aplastado y el vestido ya no subía más. Se retorció dentro para intentar darle la vuelta, tiró más fuerte. Pero lo tenía encajado y no se movía.

—Venga, mete los brazos.

Quiso contorsionarse para ponérselo del todo y deslizar los brazos dentro de las mangas, pero le apretaba demasiado. Oyeron el rasgón que dio la tela al ceder.

—Ven aquí —Etta la agarró sin miramientos y empezó a tirar de acá y meter de allá, como si estuviera vistiendo a una muñeca. Le sacó el vestido a Cecilia por las piernas y luego probó a metérselo por la cabeza. No decía nada. Cecilia la dejaba hacer, que se peleara con el vestido si quería, a empujón limpio. La frente de Etta brillaba a causa del sudor, y tenía la cara más roja de lo normal. Cecilia cerró todo lo que pudo los ojos.

Al final, Etta la soltó y se puso de pie.

—Vas a llevar este vestido, Cecilia.

Se le cayó el alma a los pies. ¡Cómo iba a llevar aquello puesto! Si ni siquiera podía ponérselo.

Quince minutos más tarde, Cecilia bajó de su habitación y entró en la cocina vestida igual que siempre, con los pantalones beis y el jersey de cuello vuelto azul. No miró a Etta. Se sentó a la mesa y cogió la cuchara.

—Vuelve a subir y ponte el vestido.

—Ya has visto que no me vale —a Cecilia le iba el corazón a mil por hora.

—Pues haz que te valga. Sube ahora mismo.

Cecilia no sabía si Henry la estaba oyendo. Dejó la cuchara encima de la mesa y pensó qué podía hacer.

—¡Ahora mismo!

Podía oír detrás de ella la respiración rasposa de Etta. Notaba su ira como un cosquilleo en la columna vertebral. Aguzó el oído a la espera de los pasos de Henry, confiando en que se diera prisa en bajar.

—¡Ahora mismo!

Por primera vez, Cecilia se dio cuenta de que tenía cierto poder sobre Etta. El poder de enfadarla. De hacer que perdiera el control. Podía haber subido a su cuarto y fingir que se lo estaba probando otra vez, pero quería ver hasta dónde llegaría Etta si no le hacía caso. Estaban intercambiando fuego cruzado.

—¡Ahora mismo, Cecilia!

Etta se puso a temblar y siguió gritando. «¡Ahora mismo! ¡Ahora mismo!» Con cada nuevo grito, la ira la saturaba como una droga, y Cecilia veía la vergüenza dibujada en su cara a medida que se le iba pasando el subidón.

Muchos años más tarde, Cecilia llegaría a saber qué se sentía en un momento así.

Henry entró en la cocina justo cuando Etta iba a abrir la boca otra vez. Logró calmarse como pudo y le sirvió un café a su marido. Cecilia salió corriendo de casa sin el vestido.

Esa tarde esperó a que se hiciera de noche para entrar en casa, con la seguridad de que Henry ya habría vuelto del trabajo. Etta ni siquiera la miró. Ella subió a su cuarto y vio que el vestido no estaba. Minutos más tarde, Etta se plantó en el vano de la puerta con la

tela amarilla doblada entre las manos. Tomó asiento en la cama de
Cecilia y sostuvo el vestido en alto. Lo había descosido para añadir-
le dos piezas en los laterales. Era un mazacote medio torcido, pero
ella había hecho lo que había podido.

—Guárdalo para el próximo baile.

Cecilia lo recogió, pasó los dedos por el cordón del escote y luego
la abrazó. Etta se quedó toda rígida en brazos de su hija.

Pasaron unos meses, y finalmente Cecilia llevó el vestido al baile
de fin de curso. Estuvo sentada al borde del escenario montado en el
gimnasio, intentando ocultar lo mal que le quedaba. No se cambió
cuando volvió a casa; cenó esa noche con el vestido puesto. Su madre
no dijo nada, ni Henry, y Cecilia no volvió a ponerse el vestido.

21

La fiesta era más por nosotros que por ella. Todo un año siendo padres. Encargué un montón de globos en colores pastel y coloqué en medio uno gigante en forma de «1»; compré platos de cartón con el borde festoneado. Las pajitas eran de lunares. Tu madre le regaló a Violet un jersey precioso de color amarillo pálido y unas mallas de canalé con volantes en el trasero. Con eso, y con los andares, parecía un patito, iba por todo el salón de parloteo con los invitados, lanzando burbujitas con los labios llenos de babas. Tu padre la seguía, agachado, pese a lo mal que tenía las rodillas, y grababa todos los movimientos de su nieta.

Compré la tarta en la pastelería a la que la llevaba cuando se portaba bien en nuestros paseos matinales. Tenía un glaseado de vainilla y la habían espolvoreado con azúcar de colores. Violet empezó a chillar y a dar palmas en cuanto la puse en la bandeja de su trona, sin apartar los ojos de la llama, diminuta y solitaria.

—¡Feliz! —dijo. Se la entendió perfectamente.

—¡Lo he grabado! —dijo tu padre, y se le caía la baba cuando levantó la cámara digital en alto. Tu madre la cubrió de besos, y tu hermana, a la que rara vez veíamos pero que se había pasado cinco horas en avión para venir a la fiesta, estrujaba servilletas de papel entre las manos con tal de hacer reír a su sobrina. Grace, que trajo una botella de tequila, cortó la tarta y la sirvió. Los mirábamos a todos juntos desde el cómodo sillón; yo, sentada encima de ti; y tú, rodeándome el pecho con los brazos.

—Lo hemos conseguido —susurraste, y me echaste el aliento despacio en la nuca, mientras tu nariz me hacía cosquillas. Asentí y le di un sorbito a tu cerveza. Violet tenía un aire angelical en la trona; la audiencia, rendida a sus pies, y la cara llena de azúcar glas. Volví a notar tu nariz en la nuca. Le di otro sorbito a la cerveza y tiré de ti para que te levantaras.

—Vamos a hacernos una foto de familia.

Nos pusimos a la luz de las ventanas, y yo sostuve a Violet junto a la cadera, entre tú y yo. Se dejaba hacer, cosa rara en ella, y le acerqué la cara para darle un beso en la mejilla llena de azúcar. Sonreímos y sonaron los disparos de las cámaras. Hiciste que la niña soltara una risita con tus voces de pato. La sostuve por encima de nuestras cabezas y empezamos a chillar con la boca abierta. Los tres juntos componíamos la viva imagen de la familia perfecta.

22

Al poco de cumplir el año, Violet dejó otra vez de dormir toda la noche del tirón.

Al principio no la oías, y hubo noches en que no llegaste a despertarte, pero yo tenía la sensación de que se me abrían los ojos unos segundos antes de oír el primer ruido que hacía en la cuna, al otro lado del pasillo. Esto me sacaba de quicio constantemente, el comprobar que seguía siendo parte física de mí. Cada dos horas lloraba pidiendo el biberón. Al cabo de unas semanas tenía que dejar seis llenos, alineados junto a la barandilla de la cuna, para que encontrara uno a mano cuando le hiciera falta. Pero siempre tenía que ir yo a dárselo.

«No puedo seguir así —pensaba cuando me despertaba al oírla—. No puedo pasar otra vez por esto».

Abría la puerta de su cuarto, le ponía un biberón en las manos y me volvía a la cama.

—¿No será malo?, ¿no cogerá la leche bacterias al estar fuera de la nevera? ¿No será peligroso? —preguntaste cuando te diste cuenta de lo que estaba haciendo.

—No lo sé —puede que lo fuese, pero me traía sin cuidado. Solo quería que se volviera a dormir.

Así continuamos durante meses, y acabé destrozada. Me despertaba por las mañanas con el dolor de cabeza incrustado en las sienes, no lograba pensar con claridad. Evitaba entrar en conversación con otros adultos del miedo que tenía a decir incoherencias. Se me enconó el resentimiento. Era un suplicio oír cómo respirabas, plácida y profundamente, cuando volvía a la cama, y había veces que tiraba de las sábanas para ver si así salías de ese estado que yo tanto anhelaba.

Llegué a albergar la idea de mandar a Violet a una guardería varios días a la semana. Tú ya habías dicho, aun antes de que naciera, que no te gustaban las guarderías. Tu madre había criado a sus hijos en casa hasta que tuvieron cinco años y fueron al colegio. Querías lo mismo para tu hija. Yo estuve de acuerdo, con los ojos cerrados, toda convencida. Haría las cosas que tú creías que debían hacer las madres perfectas.

Pero eso era antes.

Encontré una a tres manzanas que tenía plazas libres para ese trimestre. Había oído hablar maravillas de ella, tenían una cámara en el aula para que los padres vieran a sus hijos por control remoto. La verdad era que siempre me había dado pena ver a esos niños de guardería, en fila en sus carritos como huevos en una huevera, y a los trabajadores mal pagados que los paseaban por la ciudad para entretenerlos. Aunque había estudios que ensalzaban los beneficios de las guarderías: los niños se relacionaban mejor, recibían más estímulos, se desarrollaban antes, etcétera, etcétera. Te mandaba los artículos alguna que otra vez, y luego sacaba a relucir el tema por la noche sutilmente, cargando las tintas sobre el dilema interno que tú querías que yo tuviera: ¿a lo mejor Violet necesitaba más estímulos ahora? ¿Sería el momento? ¿O era preferible que siguiera en casa, con sus siestas y todo eso?

—¿Tú qué crees? —preguntaba con preocupación fingida, pero los dos sabíamos la respuesta que yo quería oír.

—Espera a que duerma mejor antes de tomar la decisión —argumentabas—. Ahora mismo estás muy cansada. Sé que es duro, pero esta fase pasará.

Tuviste el cuajo de decírmelo mientras te vestías para irte a trabajar, con la cara reluciente y el pelo recién cortado. Te había oído cantar en la ducha esa mañana.

Lo estaba pasando fatal. Y ella también, al parecer. Se la veía muy descontenta cuando estaba a solas conmigo. Ya no me dejaba cogerla. No quería ni que me acercara. Se mostraba irritable y no paraba quieta la mayor parte del tiempo; no había forma de calmarla. Gritaba tanto cuando la cogía en brazos que pensaba que los vecinos se quedarían aterrorizados. Cuando estábamos en público, en la tienda de la esquina o en el parque, había madres que preguntaban con voz compungida si podían ayudarme de alguna manera. Me sentía humillada porque, o les daba pena por haber dado a luz una niña como Violet, o por ser una madre tan débil que no saldría viva del intento.

Empezamos a quedarnos en casa, aunque te mentía cuando volvías del trabajo y me preguntabas qué habíamos hecho ese día, mientras ella gateaba, desesperada por subir a tu regazo. Confinada en el apartamento, correteaba como un escorpión, buscaba qué llevarse a la boca, puñados de tierra de los tiestos, las llaves de mi bolso, hasta el relleno de las almohadas que no sé cómo había sacado. A veces estaba a punto de ahogarse y se le ponía la cara morada. Cuando le sacaba todo de la boca, se revolvía como un pez fuera del agua y luego caía rendida. Se quedaba como muerta. A mí se me paraba el corazón. Violet abría mucho los ojos, y entonces le salía un grito de lo más hondo, algo repelente que me llenaba los ojos de lágrimas.

Me daba tanta vergüenza que fuera hija mía.

Yo sabía que en parte era normal que se comportara así. Tú le quitabas hierro al asunto, decías que era solo una fase, rabietas de niña pequeña, síntomas de un salto brusco en su desarrollo. Sonaba razonable e intentaba convencerme a mí misma. Pero le faltaban el cariño y la ternura de otros niños de su edad. Rara vez daba muestras de afecto. Ya no parecía una niña feliz. Le veía una aspereza por dentro que a veces rayaba en el dolor físico. Se lo notaba en la cara.

Bromeábamos sobre cosas de niños con la gente que tenía hijos, nos servía de consuelo, cosas de padres. Compartíamos miserias con las mesas de al lado, cenando a toda prisa en el primer turno de los restaurantes, entre tronas pegajosas. Yo le quitaba importancia a lo mal que se portaba a veces, porque sabía que era lo que tú querías que hiciera. Estaba de acuerdo, cómo no, en que los momentos rescatados al caos compensaban por todo lo demás. Pero Violet era un ciclón. Y cada vez me daba más miedo.

Tenía unas ganas locas de sacar tiempo para mí. Necesitaba un respiro. Eran demandas razonables a mis ojos, pero tú hacías que me sintiera como si todavía tuviera que demostrar algo. Tus dudas y reticencias, aunque calladas, pesaban a veces como una losa y me costaba respirar cuando estaba contigo.

Solo podía escribir cuando ella dormía, pero nunca era mucho tiempo, así que habíamos recaído en nuestra rutina secreta, por más que me hubiera prometido a mí misma que no volvería a hacerlo. Lo propiciaba solo unos cuantos días a la semana. Y luego siempre la recompensaba, con una galleta cuando salíamos de paseo, un baño que duraba más y se le hacía más agradable.

Sabía que tenía los días contados, que pronto empezaría a hablar, a contarte qué pasaba en su día a día, y entonces yo perdería ese poder que con tanto oprobio ostentaba. Puede que fuera parte de mi justificación. Mi comportamiento era patológico. Pero no podía dejar de castigarla por estar allí. Con qué facilidad me ponía los auriculares y hacía como que no existía.

Hubo un día especialmente duro. Se ponía hecha una furia en cuanto me acercaba a ella, daba patadas y manotazos en el aire. Estampó la cabeza contra la pared y luego me miró para ver cómo reaccionaba. Y entonces volvió a hacerlo. No había comido nada en todo el día. Sé que se moría de hambre, pero no consentía llevarse nada a la boca porque era yo quien se lo ofrecía. Me había pasado llorando todo el rato que estuvo dormida, buscando en internet los primeros signos de trastornos del comportamiento y luego borrando el historial del buscador. No quería que lo vieras, y no quería ser la madre de una niña así.

Se rindió pocos minutos antes de que volvieras a casa, como si fuera capaz de oír tus pasos al salir del ascensor. Me la puse en la cadera mientras ordenaba el salón. Estaba tensa. No lloraba. Olía un poco a sudor. El pijamita me raspaba el brazo; al algodón le habían salido bolas de tanto lavarlo.

Te la entregué en cuanto entraste, antes de que te quitaras el elegante jersey que te ponías para ir a la oficina. Expliqué cómo se había hecho el verdugón en la cabeza. Me daba igual que lo creyeras o no.

—Cariño —dijiste entre risas para evitar cualquier tipo de censura mientras le hacías cosquillas sobre la alfombra—. ¿De verdad se porta tan mal? Pensaba que la cosa había mejorado un poco.

—No lo sé. Será que estoy cansada —dije, y me dejé caer en el sofá.

No podía decirte la verdad: que me parecía que a nuestra hija le pasaba algo. Tú pensabas que el problema lo tenía yo.

—Toma —la alzaste en brazos para entregármela. Chupaba un trozo de queso que le habías dado—. Ahora está tranquila, está bien. Tú achúchala un poco, hazle unos mimitos.

—Fox, esto no es cuestión de mimos. Ni de amor. Intento dárselo constantemente.

—Tú cógela en brazos.

La senté en mis rodillas pensando que me apartaría de un manotazo, pero se quedó allí, tan campante, chupando *cheddar* baboseado. Vimos cómo sacabas las cosas del maletín.

—Papá —dijo—. Bibe.

Le pasaste el biberón, que estaba en la mesa de café, y volvió a hundirse en mi regazo.

—Me parece que no lo entiendes —dije en voz baja, para no alterarla. Notaba su peso encima de mí y eso me transmitía calma y consuelo. Me sentí como un náufrago que vuelve a tener contacto con seres humanos. Le pasé el dedo por la frente para peinarle el flequillo ralo. Dejó que la besara. Despegó el biberón de la boca y soltó un suspiro. Qué cansadas estábamos las dos de pelearnos.

—¿Tú también te echas cuando ella duerme? —igual que yo, hablabas bajo, nos calibrabas con la mirada.

—No puedo echarme —solté, porque notaba que me faltaba otra vez la calma dentro del pecho. Violet se retorció para zafarse de mí—. Hay mucho que hacer. Poner lavadoras. Intento escribir. La mente no me para quieta.

Planté el biberón de golpe en la mesita, y cayó un chorro de leche en las páginas que había impreso. Pensaba enseñártelas esa noche; hacía mucho que no me preguntabas qué estaba escribiendo. Vi cómo las gotas de leche se escurrían de la tetina de goma a mis frases, emborronando la tinta.

Te cambiaste de ropa y te dejaste caer a mi lado en el sofá. Me diste unas palmaditas en el muslo. En tiempos, te habría preguntado qué tal el día. Ya no hablábamos de lo triste que era la distancia interpuesta de nuevo entre nosotros en los últimos meses. Por mí, como si se acababa enquistando, y por ti también, por lo visto.

—¿Qué es eso? —señalaste las páginas mojadas.

—Nada.

—Apúntala a la guardería si quieres. Pero solo tres días a la semana, ¿vale? Es un gasto con el que no contábamos —te frotaste la frente.

Hice por esmerarme lo que quedaba de semana. Pero recaíamos en nuestro combate diario. Empezó en la guardería el lunes siguiente, y todavía recuerdo la sensación de alivio que me invadió al dejarla en el felpudo de la puerta. No paró de mirarse las botas de goma amarillas hasta que la cuidadora salió a buscarla y le dio la mano. No me miró cuando le dije adiós, y yo no volví en ningún momento la cabeza mientras cruzaba el césped mojado y salía por la puerta del jardín.

23

Tu madre le regaló a Violet su primera muñeca.

—El instinto maternal empieza de pequeñas —dijo mientras desenvolvía el pescado fresco que había comprado en el mercado y señalaba con la mirada a Violet, en el suelo. Violet no soltaba al bebé con la cabeza de plástico ni un minuto, y lo llevaba cogido debajo del brazo. «Beeebéé», entonaba una y otra vez, y le metía el dedo en los grandes ojos batientes, con unas pestañas más tupidas que las mías. La muñeca tenía un olor artificial a talco de bebé y llevaba un pijamita rosa.

Yo me tomaba el vino y miraba cómo tu madre hacía la cena; había insistido en asar a la parrilla un salmón en tabla de cedro con jarabe de arce, aunque me había ofrecido a pedirlo por teléfono. Violet se acercó con la muñeca y me la dejó en el regazo.

—Mamá. Bebé.

—Sí, mi amor. Es preciosa —mecí la muñeca en mis brazos y le di unos besos para que lo viera ella—. Ahora tú.

Agarró la cabeza calva de la muñeca y le plantó un beso con la boca abierta. Nunca antes la había visto ser tan cariñosa, solo contigo, pero no le iba a dar a tu madre el gusto de decírselo.

—Qué niña más buena eres. Dale besitos.

El apartamento se llenó del olor a pescado. Tu padre te había llevado al partido de hockey. Habían venido para estar tres días con nosotros. En un hotel. Cuestión de espacio, había dicho yo, aunque habíamos comprado un sofá cama expresamente para ellos cuando nos vinimos a vivir aquí. Yo seguía muy cansada, y eso que Violet dormía mejor; el estado de nervios en que me encontraba no hacía aconsejable tener a tu madre en casa todo el rato. Mi relación con ella era compleja. Necesitaba su ayuda a toda costa, o la de cualquiera, pero le había cogido manía a su desenvoltura, a la facilidad con la que, al parecer, te había criado.

—¿Cómo le va a nuestra nenita en la guardería?

—Me parece que bien. Creo que se lleva de maravilla con las educadoras. Ha aprendido mucho en apenas unas semanas.

Volvió a servirme vino y se agachó para darle un beso a Violet.

—¿Y a ti? —me preguntó.

—¿A mí?

—¿Te ha cundido el tiempo libre?

Se había pasado casi dos décadas cuidando de ti y de tu hermana en casa. Horneaba pasteles. Presidía la asociación de padres del colegio. Había hecho a mano todas las almohadas, cortinas, servilletas, salvamanteles y cortinas de ducha. Yo veía el baile de su media melena rubia mientras atendía el guiso, el mismo corte de pelo y las mismas capas que llevaba en todas las fotos de marco dorado que había en el pasillo de la casa de tus padres.

—He estado escribiendo más y poniendo al día las cosas de la casa.

—Seguro que cuentas las horas hasta que llega el momento de ir a recogerla. A mí me ocurrió cuando empezaron a ir al colegio. Buscas un poco de calma y de sosiego, y luego te pasas el día pensando en ellos —sonrió para sí misma mientras picaba el eneldo—. Ya veo que Fox la está disfrutando muchísimo. Siempre supe que sería un padre maravilloso. Hasta cuando era pequeño.

Violet le dio un golpe al horno con las varillas de batir. Con la otra mano sujetaba el pie de la muñeca.

—Es increíble. Es... el papá perfecto —eso era lo que ella quería oír, y en cierto sentido era verdad.

Sonrió otra vez para sus adentros, y cogió un limón y estuvo un instante mirando a Violet antes de rallar la cáscara. Me agaché para levantar a Violet y llevarla al baño. Se estremeció en cuanto la rocé, y supe que empezaba la gresca; se me hizo un nudo en el estómago. Chilló y se tiró de bruces contra las baldosas del suelo.

—Vamos, cariño, hay que darse un baño —no quería plantarle batalla delante de tu madre. La levanté del suelo y la llevé al baño entre gritos y pataleos. Cerré la puerta y abrí el grifo. Tu madre llamó unos minutos después y preguntó en voz alta para hacerse oír por encima del llanto:

—¿Te puedo ayudar?

—No es más que una rabieta, Helen. Está cansada —pero entró de todos modos. Yo ya estaba empapada, y Violet tenía la cara roja de ira. La sujetaba fuerte, rodeándole el tronco con un brazo, para aclararle el champú. Cuando la saqué del agua, casi no podía respirar de los gritos que daba. Tu madre se nos quedó mirando y me alcanzó la toalla.

—¿Me dejas que la coja?

—No le pasa nada —dije, y sujeté fuerte a Violet para que no se moviera. Pero me clavó los dientes en el carrillo antes de que pudiera apartar la cara: me había mordido. Grité con la boca cerrada e intenté apartarle la cabeza, pero apretaba con fuerza las mandíbulas y no podía separárselas. Tu madre soltó un suspiro y le abrió la boca a su nieta con los dedos. Me arrebató a Violet de los brazos y se limitó a decir:

—Dios mío.

Miré la marca de los dientes en el espejo y abrí el grifo del agua fría. Me puse un paño húmedo en la cara.

Me sentía humillada. Veía en el reflejo la cara de tu madre detrás de mí, pasmada.

Violet ya no chillaba. Hipaba en brazos de tu madre entre un gemido y otro y la miraba como pidiendo perdón, como alegando defensa propia frente a una torturadora.

—Lo siento —le dije, a nadie en particular.

—¿Qué te parece si sacas el pescado y le pongo yo el pijama?

—No, no hace falta —la recogí de brazos de tu madre con tanta vergüenza como decisión, pero Violet se puso a gritar de nuevo y echó la cabeza para atrás con fuerza. Tu madre tenía la cara ardiendo. Le pasé a Violet y volví al lavabo. Se la llevó por el pasillo hasta su cuarto, acallándola como hacías tú siempre, mientras yo lloraba y dejaba que el agua del grifo amortiguara mi llanto.

—Gracias por la cena, Helen. Estaba buenísimo.

—Es lo menos que puedo hacer.

—Te pido perdón por lo de antes. Menuda escena.

—No te preocupes, querida —alzó la copa, mas no bebió—. Seguro que está cansada, nada más. ¿Te parece que duerme suficiente por el día?

—A lo mejor no —sí que dormía bastante. Hacíamos los dos como que la cosa no era tan grave. Aparentábamos que el comportamiento de Violet era fácil de explicar. Tu familia lo prefería así. Di vueltas al último bocado en el plato—. Tiene «papitis», supongo.

—Claro, como para no tenerla —guiñó un ojo y recogió los platos—. Menuda suerte tenéis las dos con él.

«¿Y él qué? ¿Es que no es suerte la suya tenerme a mí también?» Me sirvió otro vino en la cocina. Yo no decía nada.

—Todo se arreglará —susurró.

Asentí. Se me volvieron a saltar las lágrimas y noté que me ponía roja. Estuvo un rato en silencio, pero cuando habló, había suavizado el tono, como si hubiera aceptado que la cosa estaba peor de lo que ella pensaba. Puso su mano encima de la mía y nos quedamos las dos mirando cómo me la apretaba con fuerza.

—Mira, la maternidad no es fácil, nadie dice lo contrario. Sobre todo si no es como esperabas, o no es lo que... —apretó los finos labios de color rosa, como si pensara en alto. No se habría atrevido a hablar de mi madre—. Pero darás con la forma de salir adelante. De que todos salgáis adelante. Eso es lo que tienes que hacer.

Cuando entraste por la puerta, lo primero que preguntaste fue qué tal estaba Violet.

—¿Cómo le ha ido a mi chica hoy?

Se te veía pletórico. Te encantaba que tu madre pasara tiempo con nuestra hija.

—La mayor parte del tiempo muy bien —tu madre te besó en las mejillas y fue a por el bolso. Me abrazaste largo y tendido, y te noté contento. Olías a cerveza y carne especiada y al frío de la calle. Cuando me retiré, preguntaste qué me había pasado en la cara; tocaste la marca roja que me habían dejado los dientes de Violet y yo tuve un estremecimiento.

—Nada, solo una marca que me ha dejado Violet —busqué a tu madre con la vista.

—Sí, se puso muy terca antes de acostarla —dijo, dirigiéndose a ti—. Menudo genio tiene la niña.

Frunciste el ceño y pasaste a otra cosa. A colgar el abrigo. Tu madre te dedicó una sonrisa forzada y alzó las cejas, como si esperara que dijeras algo más. Yo miré para otro lado, agradecida por su apoyo, avergonzada de que me hiciera tanta falta.

—Tú aguanta, cariño —me lo dijo en voz baja, y salió al encuentro de tu padre, que la esperaba en el taxi.

24

Los recuerdos más nítidos de mi infancia comienzan cuando tenía ocho años. Ojalá tuviera a mano algo más que esos recuerdos, pero no. Hay gente que enmarca su mirada al pasado en fotografías ajadas por el paso del tiempo, o en las mismas historias contadas por un ser querido una y mil veces. Yo no tuve esas cosas. Mi madre tampoco, y puede que eso sea parte del problema. Que solo contábamos con una versión de la verdad.

Hay una cosa que me viene a la cabeza: el forro blanco de mi carrito, las florecillas azul marino y la puntilla de tira bordada, y la parte central del asa de cromo forrada de mimbre. Los nudillos enguantados de amarillo canario de mi madre me apuntan. No veo su cara mirándome, solo su sombra, que flota por encima de mí de vez en cuando, al volver una esquina dejando el sol a sus espaldas. Sé que es imposible acordarse de algo tan remoto. Pero tengo grabado el olor agrio de la leche en polvo, el talco y el humo de los cigarrillos, y me llega el ruido de los lentos autobuses de la ciudad, que llevan a la gente a casa a la hora de la cena.

A veces me permito ese mismo juego pensando en Sam.

¿Cuáles serían sus recuerdos más vivos? ¿Lo fina que era la hierba en la colina del parque, o la colcha de color naranja que le poníamos debajo, con las tres caras volcadas sobre él como tres sombrillas? A lo mejor el olor de las magdalenas de calabaza que le gustaba hacer a Violet. El cucharón del mango rojo que ella le daba siempre, lleno de pegotes de masa. El juguete para el baño con la luz giratoria que tú querías tirar. Puede que el mural de la guardería, aquel querubín que siempre le llamaba la atención por las mañanas.

Pero me parece que serían más bien los baldosines del vestuario de la piscina municipal. No sé por qué, pero tengo la sensación de que llegó a interiorizarlos como una parte de él. Todas las semanas lo sentaba en el banco de madera de la taquilla del fondo, lo sujetaba con una mano y cerraba la puerta con la otra. Se quedaba mirando la pared con ojos inquisitivos y tocaba las teselas de colores, dispuestas siguiendo un patrón aleatorio, como si estuviesen vivas. Mostaza, verde esmeralda y un azul oscuro muy bonito. Un azul marítimo. Los baldosines lo calmaban. Hacía ruiditos y abría mucho los ojos mientras le ponía el pañal de natación y me ataba una toalla a la cintura, todavía hinchada. Yo siempre estaba deseando que Sam viera esos baldosines cuando íbamos. Eran piezas de su pequeño mundo que componían música para él.

Vuelvo a ese vestuario a menudo. Lo busco en esos baldosines.

25

La melena le crecía tupida y preciosa, y la gente se paraba a menudo a decirnos lo guapísima que era la niña. Ella sonreía, coqueta, y daba las gracias; y por una décima de segundo yo tenía delante a una persona diminuta que llamaba la atención, civilizada y bajo ningún concepto capaz de llevarme a rastras al borde de la locura. Cada vez tenía menos momentos difíciles, y salían a flote otros rasgos de su personalidad. Estaba obsesionada con su muñeca y la llevaba a todas partes. Distinguía los colores con tan solo dieciséis meses. Quería ponerse unos leotardos con árboles de Navidad casi todo el año. Había que hacerle huevos revueltos para comer, cenar y desayunar, y los llamaba «nubes amarillas». Le daban miedo las ardillas listadas y le encantaban las otras. Adoraba a la mujer de la floristería de la esquina, adonde íbamos a por una flor los sábados por la mañana. Dejaba la flor al lado del orinalito y la sostenía entre las manos cuando hacía pis. Cosas ilógicas que, sin embargo, tenían toda la lógica del mundo.

Me dejaba el espacio justo para poder revolverme, para convencerme a mí misma de que tenía margen de maniobra al borde del precipicio. Al menos por un tiempo, hasta que volvía a recordarme dónde estaba mi sitio en su pequeño pero ordenado mundo.

Cuando tenía tres años, al volver de aquel fin de semana en el que asistimos a la boda de tu amigo, me metí de puntillas en su cuarto, todavía con el abrigo puesto.

Era ya pasada la medianoche. Quería olerla. En el avión me había entrado pánico sin mayor motivo pensando que algo iba a pasar, que se ahogaría en la cuna y tu madre no la oiría tan bien como la oía yo, que no funcionarían los detectores de monóxido de carbono, que el avión aterrizaría mal y volaríamos por los aires. La necesitaba. Era un ansia de ella que me asaltaba raras veces, nunca cuando más falta me hacía; pero, eso sí, cuando me pasaba no me cabía en la cabeza otra cosa que estar con ella. Esa otra madre, la que me llenaba de oprobio, ¿quién era?

La cara de un bebé dormido. Abrió y cerró los ojos y me vio inclinada sobre ella. Bajó los párpados, presa de la decepción. Era una tristeza que se veía sincera. Se dio la vuelta, subió la colcha de color malva hasta la barbilla y se quedó mirando la ventana, completamente a oscuras a aquella hora. Me agaché para besarla y noté bajo la mano que se le tensaban los músculos.

Salí de la habitación y te vi en el pasillo. Dije que estaba dormida. Entraste de todas formas, y oí el ruido que hacían sus besos en tu mejilla. Te contó que tu madre le había dejado ver una película de una sirena. Pidió que te echaras con ella. Era a ti al que esperaba.

Sentí que nunca tendría lo que tú tenías con ella.

—Todo son imaginaciones tuyas —decías siempre que sacaba el tema—. Te has inventado la historia esa sobre vosotras dos y no la sueltas.

—Con quien tendría que querer estar es conmigo. Soy su madre. Debería necesitarme a mí.

—No le pasa nada.

A ella. Seguías refiriéndote a ella.

Por la mañana, mientras desayunábamos, tu madre nos contó lo bien que lo habían pasado las dos el fin de semana. Se te veía feliz de estar de nuevo con tu hija, jugabas a caballito con ella encima de tu rodilla.

—¿O sea que ha ido todo bien? —le pregunté a tu madre en voz baja más tarde, mientras metíamos los cacharros en el lavavajillas.

—Se ha portado como una bendita, de verdad que sí —me pasó un instante la mano por la rabadilla, como si quisiera aliviar un dolor que ella sabía que me afligía—. Yo creo que os echó de menos a los dos.

26

En tercero pasamos una semana en clase haciendo ramitos de flores para nuestras madres, con botones que pegábamos en la parte interior del papel de las magdalenas, de color rosa, y tallos hechos de escobillas para limpiar las pipas. Las fijábamos a una cartulina y sacábamos nuestra mejor letra para copiar el poema de la pizarra: «La rosa es roja, la violeta es azul, yo te quiero, ¡y la mejor mamá del mundo eres tú!». Fui la última en acabar. Era el primer trabajo manual que hacía para ella, que yo recuerde; por lo menos no había hecho nunca nada tan bonito. La profesora lo tomó de mis manos y me dijo al oído:

—Es precioso, Blythe. Le va a encantar.

La profesora nos mandó a todos a casa con una invitación a una fiesta para tomar el té. Yo tiré la mía a la basura en cuanto salí del colegio ese día; no quería invitar a mi madre. O, a decir verdad, no quería invitarla por si no quería asistir. Tenía nueve años, pero ya había aprendido a apañármelas con el desencanto. La mañana de la fiesta, mientras desayunaba yo sola en la cocina porque mi madre seguía durmiendo hasta tarde como siempre, ensayé lo que diría cuando llegara al colegio: que mi madre estaba enferma, que le había sentado mal algo que había comido. No podía venir a la fiesta a tomar el té.

Esa tarde decoramos la clase con flores de papel antes de que llegaran las madres. Yo estaba de pie en una silla, con una chincheta en una mano y la otra apoyada en el tablón de anuncios, cuando oí que decían:

—¿Llego demasiado pronto?

Casi me caigo de la silla. Mi madre. La profesora la saludó, muy amable, y le dijo que no se preocupara, alguna tenía que ser la primera. Que se alegraba de que estuviera mejor. No pareció que mi madre se percatara de que yo había mentido; se la veía muy nerviosa. Saludó brevemente desde el vano de la puerta. Llevaba algo que nunca le había visto puesto antes, un traje de color melocotón muy bonito, y pendientes de perlas que no podían ser auténticos. No estaba acostumbrada a ese toque dócil y femenino. El corazón se me salía del pecho. ¡Había venido! Se había enterado de alguna manera y había venido.

Me pidió que le enseñara la clase mientras esperábamos a que empezara la merienda. Le mostré la estación meteorológica, el ábaco y las tablas de multiplicar. Se rio cuando le expliqué cómo las recitábamos, de la forma más simple que se me ocurrió, como si fuera la primera vez que ella veía los números. Fueron entrando otras madres y sus hijos salieron corriendo a su encuentro, y mi madre se las quedó mirando una a una y les pasó revista: la ropa, el pelo, las joyas que llevaban. Ya entonces noté que se sentía cohibida, y me chocó mucho: nunca había dado señales de que le importara lo que pensaran las otras madres. Ni de que le importara lo que pensara nadie.

Entonces apareció en la puerta la señora Ellington y Thomas la llamó. Estaba colocando con cuidado las tazas de té y los platillos que la profesora había traído de su casa. La señora Ellington lo saludó con un gesto, pero fue primero a nuestro encuentro, al otro extremo de la clase. Le tendió la mano a mi madre.

—Cecilia, me alegro mucho de volver a verla. Le sienta muy bien ese color —mi madre le dio la mano, y entonces la señora Ellington adelantó la cabeza y rozó con su mejilla la de mi madre, una clase de saludo entre mujeres que yo había visto antes, pero nunca en el caso de mi madre. A saber a qué le olería mi madre a la señora Ellington.

—Y yo también de verla a usted —mi madre sonrió—. Y gracias. Por todo esto —señaló con la barbilla el aula llena de mesas en miniatura, con blondas y platos repletos de bollos.

La señora Ellington dio un manotazo al aire, como restándole importancia. Como si se cayeran bien la una a la otra. Nunca había oído que intercambiaran tantas palabras.

—Qué guapa es tu mamá —susurró una de las chicas.

—Parece una actriz —dijo otra. Volví a mirarla, imaginé lo que podían ver, quitándole de encima lo que yo sabía de ella. Vi que tenía ganas de fumar por cómo daba toquecitos con el pie. ¿De dónde habría sacado el traje, lo tendría en el armario? Me sentí orgullosa de ella por primera vez en mi vida. Parecía alguien especial. Se estaba esforzando. Y lo hacía por mí.

La profesora repartió las flores que habíamos hecho, y las madres estuvieron alabando la dura labor. Yo sostuve en alto la mía para que mi madre leyera el poema. Jamás le había dicho nada parecido. Las dos sabíamos que no era la mejor madre del mundo. Las dos sabíamos que ni siquiera había buena relación entre nosotras.

—¿Te gusta?

—Me gusta. Gracias —miró para otro lado y dejó la cartulina encima de la mesa—. Tomaré un poco de agua. Blythe, ¿me traes un vaso?

Pero yo quería que se sintiera mejor madre de lo que era. Necesitaba que fuera mejor madre de lo que era. Volví a coger el poema y se lo leí en alto, con un temblor en la voz, en medio del ruido que había en el aula.

—La rosa es roja, la violeta es azul, yo te quiero —hice una pausa y tragué saliva—, ¡y la mejor mamá del mundo eres tú!

No levantó la vista del poema. Me lo arrebató de las manos.

La profesora anunció que en cinco minutos acabaría la fiesta.

—Nos vemos en casa, ¿vale? —me tocó la coronilla, cogió el bolso y se fue. Vi que la señora Ellington la seguía con la mirada.

Mi madre hizo pastel de carne para cenar, y aún tenía puesto el traje cuando llegué a casa. Mi padre acercó una silla y dijo que se moría de hambre.

—A ver, cuéntame eso del Día de la Madre.

Ella le estampó un pegote de puré de patatas en el plato, pero no dijo nada. Entonces me buscó a mí con la mirada.

—¿Qué tal fue, Blythe?

—Bien —le di un sorbito a la leche.

Mi madre puso la fuente ardiendo encima de la mesa y dejó caer una cuchara al lado.

—Joder, ten cuidado con la madera —mi padre se levantó a buscar un paño y luego se quemó los dedos al levantar la fuente y meterlo debajo. Miró a mi madre con cara de pocos amigos, pero ella no hizo ni caso.

—Le hice a mamá unas flores de papel.

—¡Qué bonito! ¿Dónde están, Cecilia? —se llenó la boca de patata y la buscó con la mirada—. Déjame verlas.

—¿Ver qué?

—Eso que te ha hecho. Por el Día de la Madre.

Mi madre meneó la cabeza, aturdida, como si yo jamás le hubiera regalado nada.

—No sé, no sé dónde lo he puesto.

—Por alguna parte tiene que andar. Mira a ver en el bolso.

—No, no sé dónde está —me echó un vistazo y negó con la cabeza de nuevo—. No sé dónde ha ido a parar —encendió un cigarrillo y volvió a abrir el grifo para llenar la pila de agua. Nunca comía con nosotros. Jamás la vi comer.

Se me cayó el alma a los pies. Había sido demasiado; yo había hablado de más.

—Da igual, papá.

—No, no. Si has hecho algo bonito para tu madre, lo encontraremos. Lo pondremos en la puerta de la nevera.

—Seb.

—Búscalo, Cecilia.

Ella le tiró el paño de cocina a la cara. El golpetazo me sobresaltó, di un respingo en la silla y el tenedor se cayó al suelo. Mi padre seguía allí, con el paño húmedo pegado a la cara y los ojos cerrados. Dejó el cuchillo encima de la mesa y apretó los puños hasta que los nudillos se le pusieron del color del puré de patata. Yo quería que gritase, que sacara la misma ira que le hervía a ella siempre por dentro. Estaba tan quieto que no sabía si respiraba.

—Ya fui, ¿no? ¡A la puta fiesta esa! Estuve allí. Me senté en la mesita y seguí el juego. ¿Qué más queréis de mí? —cogió los cigarrillos y salió al porche. Mi padre se quitó el paño de la cara, lo dobló y lo dejó encima de la mesa. Cogió el tenedor y me miró.

—Come.

27

La primavera en que Violet cumplió los cuatro años, la educadora infantil nos convocó a una reunión, un viernes después de clase.

—No es nada por lo que haya que preocuparse mucho —dijo cuando llamó, poniendo el énfasis en lo de «mucho»—, pero deberíamos hablar.

Te mostraste indiferente desde el primer momento, aunque yo sabía que en el fondo te intranquilizaba lo que pudiera decir. «¿Qué pasa, no quiere dejarles la barra de pegamento a los demás niños?»

Nos sentamos en unas sillas diminutas, a ti casi te llegaban las rodillas a la cara. La mujer nos ofreció agua en vasos de plástico rosa; sabía a detergente.

Como es natural, había que empezar por las buenas noticias.

—Violet es una niña muy inteligente. En muchos aspectos es bastante madura para la edad que tiene. Es muy... astuta.

Pero había habido algún incidente y sus compañeros no estaban a gusto con ella. Puso el ejemplo de un niño que tenía miedo de sentarse cerca de Violet porque a veces le retorcía los dedos y hacía que llorara. Otra niña aseguraba que Violet le había clavado un lápiz en el muslo. Y la tarde anterior, en el recreo, alguien había dicho que Violet bajaba los pantalones a otros niños y les metía piedras en la ropa interior. Me entró calor en la cara y me llevé una mano al cuello para tapármelo, porque sabía que estaría al rojo vivo. Me daba vergüenza que hubiéramos creado un ser humano capaz de comportarse así. Miré por la ventana, al patio de recreo cubierto de piedrecitas polvorientas. Pensé en lo agresiva que había sido de bebé. En la poca empatía que veía en ella ahora. No me costaba mucho creer que estuviera haciendo lo que decía aquella mujer.

—Sí, cuando se le dice, pide perdón —dijo la profesora, dubitativa, tras preguntarle tú—. Es inteligente. Sabe que hace daño con su comportamiento, pero no parece que eso la disuada, tal y como cabría esperar. Creo que es hora de tomar alguna medida.

Convinimos en una estrategia y le dimos las gracias por la reunión.

—A ver, no es agradable, pero a todos los niños les pasan estas cosas. Ponen a prueba sus límites. Seguro que se aburre ahí. ¿Has visto toda esa mierda de juguetes de plástico? Parece un aula para bebés. Recuérdame, ¿cuánto pagamos?

Me quedé mirando las burbujas que subían en tu vaso. Habíamos ido a tomar algo por iniciativa mía. Pensé que eso aliviaría la tensión entre nosotros.

—Hablaremos con ella —razonabas contigo mismo—. Está claro que se porta así como reacción a algo.

Asentí. No tenía ninguna lógica que te lo tomaras así. Eras la mar de sensato en todos los aspectos, pero cuando se trataba de tu hija perdías el norte. La defendías a ciegas.

—¿Es que no vas a decir nada? —estabas enfadado.

—Estoy... disgustada. Decepcionada. Y, sí, hablaremos con ella...

—¿Pero?

—Pero no voy a decir que me sorprenda.

Dijiste que no con la cabeza: «Ya estamos».

—Otros niños de su edad reaccionarían a mordiscos, a patadas, o diciendo: «Pues ya no vienes a mi fiesta de cumpleaños». Lo que hace ella tiene algo de... cruel. Algo de calculado —me llevé las manos a la cabeza.

—Tiene cuatro años, Blythe. No es capaz ni de atarse los zapatos.

—Mira, yo la quiero, solo digo...

—¿La quieres?

Te debiste de quedar a gusto. Era la primera vez que lo decías en voz alta, pero sabía que llevabas años pensándolo. Clavaste la mirada en la barra, llena de marcas circulares.

—La quiero, Fox. El problema no soy yo —pensé en el cuidado que había puesto la profesora a la hora de elegir las palabras.

Volví caminando a casa sola y le di a la chica que se había quedado cuidándola dinero para el taxi. Violet dormía a pierna suelta. Me metí en su cama nido, tapé mis piernas con la colcha y contuve el aliento cuando se revolvió en sueños. No le habría gustado verme en su cama, pero en su cama acababa yo muchas veces. Buscaba algo en aquella quietud. No sé el qué. Puede que el olor dulce y crudo que emanaba de ella cuando dormía me recordara de dónde había salido. No era perfecta, no era fácil, pero era mi hija y es posible que estuviera en deuda con ella.

Y sin embargo. Allí tumbada a oscuras, noté una punzada de reconocimiento al pensar en la profesora de la guardería. Llevaba tiempo viviendo con esa terrible sospecha que no cejaba sobre mi hija, y sentí que, por fin, otra persona también lo veía.

28

En las semanas que siguieron, hubo un día que fui a una galería del centro después de dejar a Violet en la guardería. Tenían una exposición polémica que habían reseñado en el periódico el día anterior, y te vi leerlo a la hora del desayuno. Negaste con la cabeza de forma casi imperceptible antes de volver la página.

Entré en la galería y miré las paredes. En el blanco mate colgaban fotografías sacadas de los medios, reportajes que cubrían casos de niños acusados de disparar armas de fuego. Una violencia impensable, con desenlaces letales en algunos de ellos. Niños que casi no tenían edad para el acné ni eran lo bastante mayores para montar en la montaña rusa.

Pensé en los genitales diminutos de esos chicos, en lo pueriles que serían: sin pelo, sin sexo apenas. Había dos chicas entre ellos. Sonreían las dos de oreja a oreja, con una especie de intensidad, los labios torcidos por el esfuerzo. Una llevaba aparato en los dientes. Habría ido con su madre al ortodontista todos los meses para que se los ajustara, a elegir de qué color quería que fueran las gomas. Luego pediría helado de fresa, porque cualquier otra cosa que se llevase a la boca dolería demasiado.

Esos niños estuvieron horas mirándome. ¿Serían capaces de reconocer en mí al tipo de persona que podría traerlos al mundo? ¿Alguien que podría ser su madre? El empleado de pelo corto y raya a un lado casi no levantaba la vista de los catálogos de arte que estaba leyendo en la mesa maciza del rincón. Toqué el cristal que cubría la foto de una niña con uniforme de colegio. Tenía dos trenzas perfectas, una por encima de cada hombro. ¿Dónde empieza la cosa? ¿Cuándo lo sabemos? ¿Qué hace que se tuerzan? ¿Quién tiene la culpa?

Volví caminando a casa, recriminándome lo irracional que había sido al pensar que hallaría algo conocido en esos retratos. Ir a ver esa exposición fue una verdadera locura.

La recogí pronto ese día, y fuimos a tomar chocolate caliente y galletas. Me dio media galleta cuando nos sentamos.

—Eres una niña muy buena —dije. Lamió los trocitos de chocolate incrustados en su mitad mientras se quedaba pensando.

—Noah dice que soy mala. Pero me da igual, no me cae bien.

—Pues eso es que no te conoce.

Asintió y removió las nubes de malvavisco con el dedo.

Nos saltamos la cena —se nos quitó el hambre con las galletas—. En la bañera, cerró los ojos y se quedó flotando encima de una capa de burbujas, como un ángel en la nieve.

—Mañana le voy a hacer daño a Noah.

Se me paró el corazón al oír esas palabras. Escurrí la esponja y la colgué en el grifo, midiendo muy bien mi reacción. Ella buscaba una reacción.

—Eso no estaría bien, Violet —dije con toda calma—. No se debe lastimar a la gente. ¿Por qué no le dices mejor qué es lo que te gusta de él? ¿Es un niño que deja sus cosas? ¿Es divertido jugar con él en el recreo?

—No —dijo, y metió la cabeza debajo del agua.

Al día siguiente dije que tenía que hacer un recado y te pedí que fueras a buscarla. En realidad me limité a dar vueltas alrededor de la tienda de la esquina, sin entrar a comprar nada. El corazón se me salía del pecho cuando por fin decidí regresar a casa. Llevaba todo el día mirando el teléfono, convencida de que la profesora acabaría por llamar.

—¿Qué tal hoy? —estaba casi sin aliento.

—Ha dicho la profesora que hoy se ha portado muy bien —le revolviste el pelo a Violet, y ella enrolló la pasta en el tenedor. Me miró y succionó un espagueti por el hueco entre los dientes.

Más tarde, antes de irme a la cama, mientras recogía su ropa para echarla a lavar, encontré un enorme puñado de pelo rizado y rubio en el bolsillo del vestido que se había puesto ese día para ir a la guardería. Me lo quedé mirando. Tener pelo humano de otra persona en la palma de la mano era perturbador. Y entonces supe quién era el dueño de ese pelo: el pequeño Noah, tímido y pálido, con su mata despeinada de rizos. Fui por el pasillo sin saber muy bien qué hacer con ello.

—¿Fox?

—Tengo algo para ti —dijiste desde el salón en voz más alta de lo normal. Cerré los dedos de la mano con el pelo dentro. Estabas en el sofá y me diste una cajita cuadrada. Y entonces recordé que ese día tocaba revisaros el sueldo en el trabajo. Te habían ascendido. Te habían subido bastante el sueldo.

—Haces tantas cosas por nosotros —dijiste, con la nariz pegada a mi frente. Abrí la caja. Dentro había una cadenita de oro y una medalla grabada con la letra V. La saqué y me la puse al cuello—. Estamos atravesando un momento difícil, pero yo te quiero. Lo sabes, ¿verdad?

Me quitaste la camisa. Dijiste que me deseabas.

El pelo quedó en el bolsillo de mis vaqueros, tirados por el suelo, y cuando acabamos arrojé el vellón de pelusa rubia por el retrete.

Por la mañana, de camino a la guardería, le pregunté a Violet qué le había pasado a Noah el día anterior.

—Se cortó todo el pelo él solo.

—¿Se lo cortó él solo?

—Sí. En el cuarto de baño.

—¿Qué dijo la profesora?

—No sé.

—¿Tú no tuviste nada que ver con ello?

—No.

—¿Me estás mintiendo?

—No, te lo juro.

Estuvo callada mientras recorríamos otra manzana y luego dijo:

—Lo ayudé a limpiarlo todo, por eso tenía su pelo en el bolsillo.

Cuando entramos en el patio del colegio esa mañana, Noah miró a Violet y salió corriendo a enterrar la cara en las faldas de su madre. Lo habían pelado a base de bien. Violet pasó a su lado sin detenerse y entró por la puerta. La madre de Noah se puso en cuclillas para preguntarle qué pasaba.

—Nada —oí que gemía el niño.

Llevó un pañuelo de papel a su nariz y le dijo que se sonara. La miré con cara de pena y esbocé una sonrisa. Parecía cansada. Hizo un esfuerzo por sonreír ella también y saludó con la mano, sin soltar el pañuelo de papel sucio. Debería haberme acercado para decirle: «Sé cómo te sientes. Hay días muy duros», pero notaba flojas las rodillas y tenía que salir de allí.

De vuelta a casa, pensé en las fotografías que había visto en la galería el día antes. En las mujeres que había detrás de esos niños. «Pero su madre era de lo más normal. Igual que cualquiera de nosotras.»

Esa misma tarde, al volver de hacer la colada en el sótano, la encontré subida en el filo de una silla arrimada a la encimera de la cocina, con los dedos metidos en el tarro de pepinillos, como si tal cosa.

—¿Qué haces? —pregunté.

—Pescar ballenas —dijo. Miré por encima de su hombro y vi que intentaba atrapar los últimos pepinillos que saltaban a la superficie y volvían a sumergirse en el líquido de eneldo pastoso. Y ¿sabes qué?, parecían ballenas. Tenía una mente brillante, preciosa, y a veces me hubiera encantado estar dentro. Aunque me daba miedo lo que podría encontrar.

29

Quizá no te acuerdes de que se llamaba Elijah. El entierro fue un sábado a primeros de noviembre, y llevaba dos días lloviendo; había algo plúmbeo que caía sobre nosotros a veces, cuando notábamos la humedad en el apartamento, el frío en los huesos. Dejamos a la niña en casa con la canguro. Durante el rato en que estuvimos fuera, Violet hizo un dibujo de dos niños. Uno sonreía, y el otro lloraba y tenía un garabato rojo en el pecho que yo supuse que era sangre. Lo sostuve en alto para que lo vieras, pero no dijiste nada. Pusiste el dibujo en la encimera y llamaste a un taxi para la canguro. Violet tenía casi cinco años.

Cuando nos metimos en la cama esa noche, me di la vuelta para abrazarte y te pregunté si podíamos hablar. Te frotaste entre los ojos; el día había sido largo y triste, pero yo ya no aguantaba más. Sabías de qué quería hablarte.

—Hostias, ¿es que no has aprendido nada hoy sentada en esa iglesia? —soltaste, como un escupitajo, sin separar los dientes. Y luego—: Solo es un dibujo.

Pero era más, mucho más. Me aparté hasta quedar de espaldas, miré el techo y estuve jugando con la cadena que llevaba al cuello.

—Acéptala como es y ya está. Eres su madre. No se espera más de ti.

—Ya lo sé. Y eso hago —la convicción. La mentira—. Eso hago.

Querías una madre perfecta para tu hija perfecta, y no había margen para nada más.

Por la mañana, el dibujo de Violet había desaparecido de la encimera. No lo encontré en la basura. Miré en el cubo de la cocina, en el del lavabo y en la papelera de mi mesa de trabajo. Nunca te pregunté qué hiciste con él.

En el entierro de Elijah, el cura dijo que Dios tenía un designio para cada uno de nosotros, que el alma de Elijah no había venido al mundo para hacerse mayor. No lograba casar eso con lo que me temía que había ocurrido realmente en el parque la semana anterior al salir de la guardería.

Me pareció ver que pasaba algo justo antes de que aquel pobre niño se cayera desde lo alto del tobogán.

Yo estaba cansada: Violet volvía a tener problemas para dormir, pedía agua, quería que dejáramos la luz encendida. Llevaba semanas sin dormir una noche entera. Puede que mi cabeza no rigiera bien.

Diez segundos, diría yo. Ese fue el tiempo que se quedó mirando a Elijah cuando este salió corriendo desde la otra punta del castillo de juegos y se subió a lo alto del tobogán más grande, donde se encontraba Violet. Tenía todo el rato las manos a la espalda; los ojos, fijos en el niño, que fue dando saltos por la pasarela hasta donde estaba ella, con la boca abierta, chillando, mientras el aire fresco del otoño le ondulaba el largo pelo.

Al golpearse contra el suelo hizo un ruido que más parecía un estallido. ¡Pum!

Violet me miró sin la menor expresión de culpa cuando vio, debajo de ella, en la grava, el cuerpo desplomado e inmóvil, vestido con una camisa de rayas y unos vaqueros con un cordón al cinto. No le cambió la cara cuando oímos el grito que dio la niñera, que pedía ayuda, presa de un pánico que a mí me traspasó los oídos. Ni se inmutó cuando llegó la ambulancia para llevárselo, en una camillita, mientras un montón de madres y canguros asistían horrorizadas a la escena, con las cabecitas de sus amedrantados niños enterradas en el cuello, a salvo.

Me quedé mirando la parte superior del tobogán, repitiendo de nuevo en mi mente lo que acababa de ocurrir.

Momentos antes de que el niño echara a correr hacia ella, Violet había echado un vistazo a la empinada pendiente del tobogán, como un saltador profesional que visualiza la entrada en el agua sin producir el más mínimo salpicón. «¡Haz el favor de tener cuidado! —grité—. ¡Que está muy alto! ¡Es peligroso!». El pánico de una madre. A decir verdad, pensé automáticamente en eso: el peligro. La muerte. Pero la de ella. La mente de una madre se detiene en esas cosas. Dio un paso atrás y apoyó la espalda contra el poste de madera. Yo no sabía por qué se había quedado allí, esperando.

La vi levantar la pierna. Justo en el momento exacto.

Me parece que la cabeza del niño fue lo primero que golpeó el suelo.

Con el eco de las sirenas de fondo, Violet preguntó si podíamos ir a merendar. Levantó las cejas, como anticipando mi reacción. ¿Me estaba poniendo a prueba? ¿Para saber qué había visto? ¿Qué le haría? La posibilidad de que le hubiera puesto la zancadilla al niño era tan absurda, tan impensable, que se esfumó casi en el acto. No, no, no había pasado. Miré al cielo gris y dije en alto:

—No ha pasado eso —«Blythe, no es eso lo que has visto».

—¿Mamá? ¿Podemos ir a merendar?

Dije que no con la cabeza, metí las manos temblorosas en los bolsillos del abrigo y le dije que echara a andar.

—Vamos. Ven conmigo. ¡Pero ya!

Fuimos andando a casa en silencio las siete manzanas.

La puse delante de la tele y estuve una hora sentada en la taza del váter, sin ser capaz de moverme, visualizando lo que podría haber presenciado. No se trataba ya de un mechón de pelo o de insultos en el patio del colegio. Ese tobogán debía de tener más de tres metros y medio de altura. Me quité el colgante con la V que me habías regalado. Sentía el cuello rojo. Caliente.

Se me llenó la cabeza de imágenes extrañas: esposas diminutas de color rosa, trabajadores sociales de menores, reporteros con gabardina que llamaban a la puerta, el papeleo que conlleva cambiar a un niño de colegio, lo carísimo que sale un divorcio y la silla de ruedas a motor que llevaría ese pobre niño. Miré el moho en la masilla de los baldosines de la ducha y volví a reproducir en la mente la reacción de Violet, una y otra vez. Y entonces decidí que no, que no le había puesto la zancadilla a ese niño. Ni siquiera estaba a una distancia suficiente. No, yo no era la madre de alguien capaz de eso.

Me sentía sumamente cansada.

Le hice un sándwich de mantequilla de cacahuete. Me tocó el brazo cuando dejé el plato en la mesita baja y me sobresalté al notar sus dedos en la piel. Le miré las manos, y vi que eran pequeñas e inocentes, con los nudillos llenos todavía de hoyuelos.

No, no había hecho nada malo.

Te conté esa noche el terrible accidente que había tenido Elijah.

Lo llamé un accidente.

Violet estaba haciendo un puzle en el otro extremo de la cocina. Levantó la vista cuando vio que sonaba mi móvil en la encimera. Me la quedé mirando mientras respondía a la llamada. Era una de las madres que estaba en el parque infantil, para decirme que Elijah había muerto en el hospital.

—Muerto. Dios mío. Ha muerto —sentí que me ahogaba. Tú me fulminaste con la mirada por ser tan franca, menuda madre que va y lo suelta en voz alta delante de su hija, y fuiste adonde estaba Violet para consolarla. Pero estaba bien. Encogió los hombros con indiferencia. Te preguntó si podías ayudarla con la pieza de la esquina que estaba buscando.

«Necesita un poco de tiempo para procesar la información.»
Claro.

«Podías haberlo pensado, Blythe. ¿Hacía falta que oyera que el niño ha muerto? Ya tuvo bastante con estar presente cuando cayó.»

Y luego, pero mucho más tarde, cuando nos acostamos: «¿Te encuentras bien? Ven, anda. Tiene que haber sido horrible. Lo siento mucho, Blythe». Me acercaste a ti y te quedaste dormido con una pierna enroscada en la mía. Miré al techo, a la espera de que Violet volviera a despertarse.

Al día siguiente dejé una quiche congelada y batidos de proteínas de los caros en una bolsa refrigerada a la puerta de su casa, con una nota que decía que los acompañábamos en el sentimiento. Mandé flores al tanatorio, grandes azucenas blancas.

«Con todo nuestro amor, la familia Connor.»

La policía llevó a cabo algunas pesquisas, cuestión de rutina. Me interrogaron. Les conté lo que te había contado a ti: que no habíamos visto nada, Violet ya había bajado del tobogán cuando oí el impacto del cuerpo del niño contra el suelo. Que las tablas de madera estaban ya muy gastadas y eran resbaladizas. Que siempre me había parecido un parque infantil peligroso. Que pensaba en la pobre madre del niño.

30

La UCI de pediatría estaba en el piso 11. Había dejado el abrigo y el bolso en el coche, y llevaba todavía puestos los pantalones del pijama. Eso —y la bolsa con las hamburguesas que había comprado antes de subir al ascensor— bastó para convencer a la enfermera de recepción de que tenía allí a algún familiar. A los padres cuyos hijos están al borde de la muerte no se les suele pedir que se identifiquen.

Me senté en un banco metálico al fondo del pasillo, debajo de una ventana que daba al aparcamiento del personal. El ventilador que tenía encima hacía el mismo ruido que un estómago hambriento. Puse las hamburguesas a mi lado en el banco.

Sentía asco de mí misma por estar allí, el lugar en el que había muerto Elijah.

Durante esas dos semanas no hubo un solo minuto en que no pensara en el accidente. Cerraba los ojos y me veía en aquel parque infantil, gritándole a Violet que tuviera cuidado, momentos antes de que pasara lo que pasó. Veía las piernecitas de los dos: las del niño corriendo; las de ella, quietas junto al poste. Y luego, la pierna que ella adelantó justo cuando él pasaba.

Pero qué sabía yo; no acababa de estar segura.

Agucé el oído. Me llegó la debilitada voz de un niño pequeño al que le sacaban sangre, y la voz amable de la madre diciéndole que era muy valiente. Un hombre con aspecto cansado salió de la habitación que estaba enfrente de la del niño con una niña pequeña en brazos. Ella llevaba un osito de peluche y le decía adiós con la mano a quienquiera que dejaban atrás. Le colgaban las botas de goma raídas contra la cadera del hombre. Los siguió una enfermera que cerró la puerta con cuidado. Oí llorar a una mujer dentro de la habitación, unos gemidos lastimeros. Se le traslucía el enfado en los bramidos que daba.

Y dos puertas más allá de esa mujer, una familia cantaba una canción que Violet había aprendido en la guardería. Llegaba la música, amortiguada, entreverada de chillidos infantiles y el tintineo del timbre de algún juego de mesa. Era como el fragor inarticulado de un carnaval. Por un momento tuve deseos de poder unirme a ellos.

Iban y venían enfermeras, daban un golpe con el pulpejo de la mano contra los dispensadores de gel desinfectante que había a la puerta de las habitaciones. La gente salía a por un café. Algunas madres pulsaban el botón para pedir toallas. Un payaso ataviado con un tutú que empujaba un carrito de juguetes llamaba despacio a las puertas, preguntaba si era buen momento. Susurros. Risitas. Aplausos. «Eres una niña muy buena.» «Qué niño más grande.» Largos silencios. Anunciaron por megafonía que los ascensores del ala oeste estarían cerrados durante los siguientes veinte minutos. Me quedé mirando la suciedad acumulada en el rodapié del suelo de terrazo, a manchas grises y naranjas. Las pesadas puertas al final del pasillo se abrían y se cerraban de golpe, una y otra vez, una y otra vez.

—¿Necesita usted algo?

No me había fijado en la sanitaria vestida de verde que se acercaba a mí. Tragué saliva antes de hablar y se me escapó una mueca de dolor, como si me hubiera tragado un trozo de gasa. Olía a cerrado. Negué con la cabeza y le di las gracias. Estuve allí sentada cuatro horas.

Al marcharme, con una bolsa de patatas frías en la mano, me detuve delante de la puerta en la que había oído llorar a la mujer un rato antes. Miré a través de la retícula del cristal y la vi tendida en la cama, con un bulto diminuto acurrucado a su lado entre las mantas de donde salían un montón de tubos conectados a bolsas de líquidos que colgaban por encima de ellos como nubes de tormenta. Caían gotas, como agua de lluvia, una a una. Había una pizarra blanca en la pared, al lado de la cama, en la que ponía: «Me llamo _____ y lo que más me gusta es _____». Habían rellenado los huecos: Oliver. Jugar al fútbol con mis amigos.

Una madre no cuenta con traer al mundo un niño que sufra. No cuenta con tener un niño que se muera.

Y tampoco cuenta con criar una mala persona.

Hubo un momento, mientras estuve asomada a esa puerta, en que quise que hubiera sido Violet la que cayera desde lo alto del tobogán.

Me quedé sentada dentro del coche en el aparcamiento del hospital y lo vi todo de forma diferente. No podía volver a pensar en ello; tenía que creer que mi hija no le había puesto la zancadilla a aquel niño.

Esa noche, llevaste la mano a la altura de mis hombros para frotarme el cuello mientras freía unas gambas en una sartén. Me aparté y me preguntaste qué pasaba. Quería contarte dónde había estado ese día. Quería decir: «Soy un monstruo por pensar lo que pienso». Lo que hice fue poner como excusa que me dolía la cabeza y seguir mirando el chisporroteo en el aceite. Saliste de allí dando resoplidos.

31

—Me temo que hoy no es buen día —dijo el señor Ellington en el vano de la puerta, con un paño húmedo en la mano.
Llevaba cinco minutos llamando, sin mucha insistencia, hasta
que abrió. Thomas y Daniel se habían ido a casa de su tía. La
señora Ellington no se encontraba muy bien. Su marido tuvo
que ver el desencanto reflejado en mis ojos porque, en cuanto le
di la espalda para volver a casa, me tocó el hombro.

—Dame un minuto, Blythe. Déjame ver si está para que le
hagan un poco de compañía —esperé en el vestíbulo hasta que
volvió—. Anda, sube. Está en la cama, descansando.

Nunca antes había entrado en su dormitorio, pero sabía
que era el cuarto al final del pasillo. Estaba nerviosa, porque
era una parte muy privada de la casa, pero también me sentía especial. Hallé la puerta entreabierta, así que entré sin hacer ruido, y la señora Ellington se incorporó para sentarse en la
cama.

—Pasa, cariño. Qué bonita sorpresa verte hoy —no llevaba
maquillaje, y se había cubierto el pelo con un pañuelo de seda.
Parecía que tuviese los ojos más pequeños y las cejas más finas,
pero estaba igual de guapa que siempre. Dio unos golpecitos en
la cama, a su lado, y no supe si debía acercarme tanto, si eso la
molestaría. Pero insistió, así que me senté y dejé las manos en el
regazo como una niña buena.

—Hoy no tengo tan buena cara, ¿verdad?

No sabía qué responder. Lo que hice fue pasear la vista por
la habitación. Habían abierto las cortinas y estaban atadas con
un cordón a un lado de la ventana; el papel pintado, con un motivo de hojas en relieve, era igual que el de mi madre, solo que de
un amarillo intenso en vez del verde hospital de nuestra casa,
que nunca me había gustado. Pasé la mano por la colcha, a jue-

go con las cortinas. Todo tenía un aspecto lujoso y cálido. Pensé en la cama de mi madre, deshecha y con las sábanas sucias casi siempre.

—¿Se va a poner usted bien?

—Claro que sí. No estoy enferma, no es eso.

—¿Entonces qué le pasa? —era demasiado atrevimiento, pero tenía que saberlo. Olía a algo raro, agridulce, como el yogur que otros niños llevaban para almorzar al colegio. Había un frasco pequeño de pastillas en la mesilla, y llegué a pensar si serían las mismas que había visto en el cuarto de mi madre.

—No sé si soy la más indicada para hablarte de la cigüeña, pero ya eres toda una mujercita de diez años —debí de ponerme colorada. Mi madre y yo no habíamos hablado nunca de sexo ni de dónde venían los niños, pero imaginaba cómo era por lo que contaban los otros niños en el colegio. La señora Ellington apartó el edredón para dejar al descubierto la cintura y estiró el camisón sobre la tripa hinchada. No me había fijado en que estuviera gorda hasta entonces, porque siempre llevaba ropa muy bonita y aparente que no le quedaba ajustada como a mi madre.

—¿Va a tener un niño?

—Iba. Estaba embarazada. Pero el bebé no salió adelante.

Aquello no me encajaba. No sabía qué quería decir con que no había salido adelante, o qué le habría pasado al bebé que llevaba dentro. ¿Dónde estaba? ¿Qué había sucedido? Debió de darse cuenta de que no entendía nada. Volvió a taparse despacio con el edredón, como si le doliera hasta el roce con la tela, pero sacó fuerzas del dolor para sonreír. Vi que tenía en la muñeca una pulsera del hospital, igual que la que había traído puesta mi madre años atrás, una vez que le dio muy fuerte la gripe. No sabía qué decir. Señalé el frasco en la mesilla.

—¿Quiere tomarse una de esas?

Rio.

—Pues sí, pero solo me puedo tomar una cada seis horas.

—¿Se pondrán tristes Daniel y Thomas?

—Todavía no les había contado que iban a tener un hermanito. Se lo iba a decir muy pronto.

—¿Usted está triste?

—Sí, estoy muy triste. Pero ¿sabes qué? Dios se ocupa de las cosas a su manera.

Asentí, como si entendiera, como si yo también confiara en Dios.

—Era una nenita. Habría tenido una hija —me puso un dedo en la nariz y se le llenaron los ojos de lágrimas—. Igual que tú.

32

Había algo especial en aquella calle de viejas casas en hilera, el aire olía a madreselva florecida en invierno cuando nos bajamos del coche. Luego nos enteramos de que el jardín de atrás estaba lleno de esas flores. Salía a la venta a la semana siguiente, pero acordamos una cifra allí mismo, sin esperar a más. La agente inmobiliaria había cerrado el trato a la hora de la cena. Llamó con la noticia cuando estábamos comiendo pizza, todos nerviosos, en un restaurante del que muy pronto seríamos clientes habituales. Tan solo a quince minutos de la guardería de Violet. La reforma podíamos hacerla casi toda nosotros. La calle acababa en una explanada llena de canastas de baloncesto, y el colegio de primaria que había un poco más abajo estaba considerado como uno de los mejores de la zona.

Tenía tres habitaciones. Cerramos el trato enseguida. Empezaba a creer que la vida echaría a andar por fin para nosotros. Me moría de ganas de que así fuera.

Nos hacía falta un cambio, aunque no hablábamos en ese sentido de la casa nueva. No hablábamos para nada de que nos hiciera falta un cambio. Habían pasado tres meses desde el accidente y yo ya no soñaba con el parquecito infantil. Ya no oía el ruido que hacía el cuerpo al caer contra el suelo cuando echaba los cereales en un cuenco o cerraba la puerta del coche. Eso lo logré con el tiempo. Con el tiempo y las ganas de olvidar. Ya no iba al parque. Ni me acercaba en mis paseos. No se mentó más el nombre del niño. Violet había vuelto a dormir toda la noche de un tirón, y era como si la nube que me ofuscaba el cerebro se hubiera disipado.

Llegaste a casa un día y abriste el portátil; en la pantalla vi una casa que anunciaba una agencia inmobiliaria. Ni siquiera sabía que hubieras estado buscando.

Pasamos los dos meses siguientes allí, desmontando cosas con herramientas que pedimos prestadas y llamando a algún operario cuando algo se nos hacía cuesta arriba. Convinimos en que no podíamos permitirnos una reforma completa en aquel momento, pero había cosas que no podían esperar: cambiar los suelos, reformar los baños. La lista aumentó, porque tú veías más detalles con tus duchos ojos de arquitecto. La semana de la mudanza, tus padres vinieron a quedarse con Violet mientras tú y yo empaquetábamos todo en cajas que luego desempaquetamos. La trajeron para que dijera adiós al apartamento antes de devolver las llaves. La ceremonia corrió a cargo de tu madre, no de mí. Había perdido con el tiempo todo apego sentimental a aquel piso en el que empezamos a ser familia. Hasta tú lo habías perdido, se te veía en la cara de alivio cuando salimos por última vez del edificio, en el modo en que metiste las llaves dentro del sobre marrón y lo tiraste encima de la mesa del portero.

Violet se quedó con tus padres en el hotel mientras tú y yo bregábamos hasta las dos de la mañana. Llevé sus cosas viejas de bebé, guardadas en cajas de plástico, a la habitación más pequeña del piso de arriba.

—¿No sería mejor meter eso en el sótano? —preguntaste.

—Nos hará falta tarde o temprano.

Respiraste hondo.

—Vamos a dejarlo por esta noche.

Dormimos con el colchón tirado en el suelo de nuestro nuevo dormitorio. Se nos había olvidado encender la calefacción, así que nos metimos con el chándal puesto debajo de las mantas.

—Seremos felices aquí —te dije al oído, y froté mis pies embutidos en calcetines contra los tuyos.

—Pensaba que siempre lo habíamos sido.

33

Tuvo que ver mi silueta desnuda a la luz de la luna. El camisón de tela fina cubría la intersección de nuestros cuerpos, el arco felino que formaba mi espalda, mis pechos como saquitos de arena colgando encima de tu cara.

Gemí largo y tendido, con las manos apoyadas en el cabecero, y todo lo que había en la habitación desapareció de mi vista. El armario sin puertas en el que ya no cabía la ropa pendiente de planchar, la hilera de trajes que todavía no había sacado de la bolsa del tinte, la caja llena de ropa para tirar que no había llevado todavía al contenedor. Me rodeaban los «todavía» por todas partes. La mudanza era un caos y las reformas iban a paso lento.

Echando la vista atrás, estábamos inmersos en el mundanal desorden que ahora añoro de vez en cuando.

No la oí cuando rechinó la puerta, ni al posar la planta de los pies con un crujido en la tarima que nos habían instalado hacía una semana. No supe que estaba allí hasta que me apartaste de golpe y soltaste un improperio y te tapaste con la sábana. Me quedé tumbada en posición fetal en la otra punta de la cama, donde había aterrizado a causa de tu ataque de pánico.

—Vuelve a la cama. No pasa nada —le dije, sin forzar la voz.

Preguntó qué estábamos haciendo.

—Nada —dije.

—Joder, Blythe —dijiste tú, como si todo fuera culpa mía.

Y en cierto sentido lo era. Estaba ovulando. Tú estabas cansado. Me eché a llorar con la cara enterrada en la almohada. Por eso me acariciaste la espalda y empezaste a besarme en el cuello, el tipo de besos que venía a decir que me querías pero no querías follarme. Ya habría días para intentarlo, dijiste.

—No quieres otro niño —dije, como acusándote—. ¿Por qué no?

Nos quedamos los dos echados, sin movernos, y luego tú me pasaste los dedos por el pelo.

—Sí que quiero otro niño —susurraste.

Mentías, pero daba igual.

Me di la vuelta y te acaricié hasta que noté que cedías. Te metí dentro de mí e hice como que todo era diferente —tú, la habitación, la maternidad que había conocido—, y te supliqué que no pararas.

Yo ya había sacado el tema dos semanas antes, mientras nos cepillábamos los dientes. Escupiste en el lavabo y arrancaste un trozo de hilo dental para mí y otro para ti.

—Ya se verá. Más adelante. Ya veremos.

Lo dijiste con un tono cortante que me habría disparado las alarmas cualquier otro día. Pero no entonces. Porque no se trataba de ti. Se trataba de mí. Solo le veía una salida a lo nuestro, y era tener otro hijo. Una especie de redención por lo que había salido mal. Volví a pensar en los motivos que nos habían llevado a tener a Violet: tú querías una familia y yo quería hacerte feliz. Pero también quería demostrar que todas mis dudas eran infundadas. Demostrar que mi madre no tenía razón.

«Algún día lo entenderás, Blythe. En esta familia las mujeres somos... diferentes.»

Quería tener otra oportunidad como madre.

No estaba dispuesta a admitir que el problema era yo.

Muchas veces señalaba a los bebés cuando llevaba a Violet al colegio. «¿No sería estupendo?, ¿tener un hermanito o una hermanita?» Casi nunca me contestaba. Estaba cada vez más en su propio mundo, pero la distancia que había entre nosotras ya era más llevadera, en cierto sentido. Veíamos todos los días a la misma madre a la entrada del colegio; llevaba un bebé recién nacido pegado al pecho mientras se agachaba con mimo y le daba un beso al mayor antes de entregárselo a la profesora.

—Seguro que es un montón de trabajo criar a dos —le dije un día, con una sonrisa.

—Agotador, pero merece la pena —merece la pena. Ya estábamos. Lo hacía retozar en sus brazos y le palpaba la cabeza—.

Este es tan distinto. El segundo es una experiencia completamente distinta.

Distinto.

Violet en la puerta de nuestro dormitorio, con los brazos caídos. Se negó a salir hasta que no le dijera lo que estábamos haciendo. Así que se lo expliqué. Cuando dos personas se aman, les gusta abrazarse de una forma especial. Estábamos los tres callados, a oscuras. Y entonces volvió a su cuarto. Había que ir a consolarla, te dije. Había que ir a asegurarse de que no se hubiera disgustado.

—Pues ve tú —dijiste.

Pero no fui. Nos dimos la vuelta en la cama, cada uno para un lado, una separación que no tenía ninguna lógica para mí. Por la mañana no hablamos. Me duché sin hacerte el café. De camino a la cocina me quedé parada en mitad de la escalera para escuchar tu conversación con Violet. Te dijo que me odiaba. Que ojalá me muriera para poder vivir sola contigo. Que no me quería. Eran palabras que le habrían traspasado el corazón a cualquier otra madre.

Tú le dijiste:

—Violet, es tu mamá.

Podrías haber dicho muchas cosas, pero esas fueron tus únicas palabras.

Esa noche, perdida la vergüenza, te supliqué que lo intentáramos otra vez. Solo una vez más. Y tú aceptaste.

34

La madre llevaba puesta la misma ropa de yoga que usaba para acompañar al niño al colegio, con la camiseta un poco arrugada, como recién salida del cesto. Se le notaba en el pelo que el día anterior se lo había arreglado. Tenía a su hijo al lado, y el niño se quitó la gorra de béisbol. El patio del colegio bullía con la energía de la mañana, las barriguitas llenas de cereales y las caritas aún hinchadas de sueño. La madre se agachó. El hijo halló su hueco perfecto en el cuello de ella. Vi desde donde me encontraba el dolor en la cara del niño; ella plegó ambas manos sobre la cabecita, como los pétalos de una flor. Movió los labios con ternura al oído de él, que se hizo un ovillo en el abrazo de ella. La necesitaba. Creció el ruido a sus espaldas, los gritos, el impacto del balón de baloncesto contra el cemento.

Ella le pasó las manos por los hombros menudos y él se apartó, levantando el pechito, pero ella lo abrazó de nuevo. Ahora era ella quien lo necesitaba, y hundió la cara en el cuello del niño tres segundos, puede que cuatro. Volvió a hablar. Él entrecerró los ojos. Asintió, se puso la gorra, bajó la visera y se fue. No iba a paso lento ni inseguro, sino con ganas, con prisa, alzado sobre dos piernas un poco zambas a la altura de las rodillas. La madre no esperó a verlo entrar, esa mañana no. Se dio la vuelta y salió de allí, echó un vistazo al teléfono y dejó la mente perdida en algo que no le dolía tanto como su hijo.

Sentí el aleteo de un montón de mariposas en el estómago por primera vez esa mañana. El bebé despertaba dentro de mí. Violet había olvidado su bolsa de gajos de naranja al dejarla en el colegio, y fui chupando el zumo cálido y tirando la cáscara en las papeleras mientras seguía a la madre calle abajo y cruzaba dos semáforos detrás de ella. Se detuvo en una tienda a comprar sal. La estuve mirando al cobijo de una pila de tomates. Quería verle la cara. Ver si llevaba consigo a su hijo. No sabía cómo se lograba ver —ni cómo se sentía— esa clase de vínculo con otra persona. Y no había logrado dar todavía con la respuesta cuando la perdí, una manzana después, en un tramo de acera en obras donde se arremolinaba demasiada gente.

Pasaban esas cosas a nuestro alrededor, pero era un idioma que Violet y yo no hablábamos. Por eso tenía tantas ganas de aprender, de hacerlo mejor con el que venía después.

De camino a casa, pasé al lado de una mujer que estaba montando un mercadillo en la acera. Apoyó una pila de cuadros viejos contra la farola y les puso puntos de colores para marcar el precio. Sacó uno con un marco muy elegante y lo estuvo mirando con atención, para decidir cuánto pedir por él. Me puse detrás de ella y tuve que llevarme las manos al pecho al darme cuenta de lo que reproducía el cuadro: una madre en posición sedente con su pequeño en el regazo. El niño, de piel rosada, estaba vestido de blanco y sostenía con primor en su manita ahuecada la barbilla de la madre, que lo miraba. Ella rodeaba con un brazo la cintura del niño, y con la mano del otro recogía el pequeño muslo. Sus cabezas se tocaban. Rezumaban calma, afecto y bienestar. La mujer llevaba un vestido largo de color melocotón que la envolvía con su estampado de flores rojas. Casi no me salían las palabras cuando le fui a preguntar el precio. Pero era igual, porque tenía que hacerme con aquella pintura.

—Me llevo ese —dije, mientras la mujer lo colocaba con el resto.

—¿El óleo? —se quitó las gafas y me miró.

—Sí, ese. El de la madre y el niño.

—Es una copia de un Cassatt. Desde luego, no un original —rio, como si yo supiera lo absurdo que sería tener un original de Mary Cassatt.

—¿La del cuadro es ella? ¿La pintora?

Negó con la cabeza.

—Ella nunca fue madre. Quizá por eso le gustaba tanto pintarlas.

Me llevé el cuadro a casa debajo del brazo y lo colgué en el cuarto del bebé. Cuando llegaste esa tarde del trabajo y me encontraste poniendo derecho el marco, te quedaste parado en el vano de la puerta e hiciste un ruido. Como de fastidio.

—¿Qué pasa?, ¿no te gusta?

—No es lo que ponías antes en el cuarto del bebé. En el de Violet colgaste crías de animales.

—Pues a mí me encanta.

Yo quería ese niño. La cara en el hueco de su manita. La otra, regordeta, encima de la mía. El amor que se palpa.

35

Violet veía en silencio cómo me daba de sí la figura y se transformaba. El bebé no paraba quieto en todo el día, arrastraba los talones, diminutos hasta lo imposible, dentro de mi vientre, y vuelta a empezar. Me encantaba tumbarme en el sofá con la camisa remangada, para recordarnos a todos que el bebé estaba allí. Que seríamos una familia de cuatro.

—¿Otra vez está dale que te pego? —decías desde la cocina cuando acababas de recoger.

—Sí, otra vez —te decía ella a voces, y nos echábamos a reír.

El bebé había producido un cambio en nuestra relación de pareja en algún punto del embarazo, aunque no acertaba a precisar cuál era ese cambio. Nos tratábamos mejor el uno al otro, aunque también había una distancia nueva entre nosotros; distancia que, por lo visto, tú llenabas con más trabajo. Yo aprovechaba ese espacio para mirar hacia dentro. A él. Yo era su mundo y él era el mío, felices incluso en aquel estadio tan temprano. Madre e hijo.

Cuando la auxiliar pasó la varita por encima del gel frío y dijo: tienes un varón ahí dentro, cerré los ojos y di gracias a Dios por primera vez en mi vida. Estuve dos días sin soltar prenda, que fue el tiempo que tardaste en preguntarme cómo había ido la ecografía. Era raro en ti: te había importado tanto mi primer embarazo que me acompañaste a todas y cada una de las pruebas. Pero ahora pasábamos inadvertidos el uno para el otro por las noches. Tú tenías varios proyectos de gran envergadura en marcha, clientes nuevos con mucho dinero. Me hacías tan poca falta entonces. Lo tenía a él.

Violet quería ayudarme a escoger la ropa vieja de bebé que guardábamos de ella. Sentadas las dos en el cuarto de lavar, doblábamos los pijamitas cuando iban saliendo de la secadora. Se los llevaba todos a la nariz, como si recordara el tiempo y el lugar en que los llevaba puestos. Le dejé que le pusiera a la muñeca un jersey de punto, y ella hizo como que le daba de mamar. Yo estaba maravillada del cuidado con que tocaba todo, algo raro en ella, de la ternura que ponía en la voz.

—Así lo hacías —dijo, y meció con cuidado a la muñeca, primero a un lado y luego al otro, una y otra vez.

Al principio no sabía a qué se refería, porque no recordaba haber hecho eso con ella. Pero le quité la muñeca, me levanté y, con la muñeca en brazos, imité lo que ella acababa de hacer. Me vino a la mente en el acto el recuerdo de aquella forma de mecerla. Tenía razón. Reí mientras seguía meciendo la muñeca de un lado para otro, y ella soltó una risita nerviosa y asintió con la cabeza.

—¡Ya te lo he dicho!

—Tienes toda la razón.

Parecía imposible que se acordara de eso, que lo hubiera guardado en su memoria después de tantos años. Llevó las manos a los costados de mi barriga hinchada e imitó el mismo movimiento para el bebé que había dentro de mí, meciéndose con mi tripa entre sus manitas. Enseguida empezamos a bailar los tres, al ritmo del centrifugado de la lavadora.

36

Lo toqué con la mano en cuanto asomó la cabeza por el aro de fuego de mi cérvix. Fue una liberación eufórica. Me viste guiarlo por la abertura de mi cuerpo y levantarlo luego lentamente hasta dejarlo encima del espacio que había ocupado durante doscientos ochenta y tres días. «Estás aquí.» El bebé levantó la cabeza buscándome y arqueó la espalda, y luego empezó a escurrírseme por la tripa, como una oruga cubierta de sangre y grasa fetal. Tenía la boca abierta, y los ojos, vidriosos, todavía eran negros. Las manos arrugadas no dejaban de retorcerse, parecía que las recubriera un exceso de piel. Encontró mi pecho con ellas y le tembló la barbillita. Él era mi milagro. Me lo acerqué al pezón y arrimé la punta a su labio de abajo; me temblaban todavía los brazos por la oxitocina. «Eso es, mi dulce niño.» Era la criatura más hermosa que había visto nunca.

—Es clavado a Violet —dijiste, asomando la cabeza por encima de mi hombro.

Pero no se le parecía en nada. Era tres kilos de algo tan puro, tan dichoso, que parecía que fuera a flotar por encima de mí, un sueño, algo que yo no merecería nunca por muchos años que viviera. Lo tuve horas en brazos, mi piel pegada a la suya, hasta que me obligaron a levantarme para ir al baño. Me salió sangre a borbotones, y cuando cayó al retrete y vi el estropicio, por alguna razón pensé de nuevo en nuestra hija. Y luego salí despacio al encuentro de mi hijo, que estaba en la cuna de cristal fuera del cuarto de baño.

No recuerdo mucho más de cómo vino al mundo.

Lo recuerdo todo de cómo salió de él.

1969

A Cecilia le vino el periodo a los doce años. Tenía ya pechos más grandes que los de cualquiera de sus compañeras de clase. Caminaba con los hombros hundidos, intentando ocultar las nuevas señales de su feminidad. Etta no hablaba mucho con ella por esa época, menos aún para abordar juntas el tema de la pubertad. Cecilia había oído a otras chicas hablar de la sangre, pero, con todo y eso, se pegó un susto de muerte cuando vio la mancha roja y húmeda en las braguitas. Buscó compresas en los armarios de su madre, pero no encontró nada. Acabó doblada en dos a causa del dolor, en el suelo del cuarto de baño, y pensó que tenía que decírselo a su madre.

Etta no respondió cuando Cecilia llamó a la puerta de su habitación, pero eso no era nada raro; aunque habían dado las tres, se pasaba la mayor parte de la tarde durmiendo. Se acercó a su cama y la llamó bajito, hasta que despertó sobresaltada. Etta soltó un suspiro cuando su hija le dijo lo que pasaba; y Cecilia se quedó sin saber si le daba asco o le daba pena.

—¿Y qué quieres?

Cecilia no respondió porque no lo sabía. Notaba tensa la garganta. Etta abrió el cajón de la mesilla y sacó dos pastillas de una bolsa de maquillaje de color rojo que Henry no sabía que guardaba allí. Se las dio a Cecilia, metió la otra mano debajo de la almohada y cerró los ojos.

Cecilia se quedó mirando las pastillas blancas, las dejó en la mesilla y salió de la habitación. Encontró el monedero de su madre en el pasillo, sacó unas monedas sueltas y fue a la farmacia. Tenía la cara ardiendo cuando pagó las compresas, ni siquiera miró al joven de la caja. En casa, preparó un baño caliente y, justo cuando se estaba metiendo en la bañera, entró Etta. Hizo pis con los ojos cerrados.

Al rato, esa misma tarde, Cecilia estaba a la puerta del dormitorio de Etta. Le bullía dentro una ira que no había sentido antes.

Entró de repente y encendió la luz. Cuando se detuvo a los pies de la cama de su madre apretando los puños, comprendió que quería que Etta la pegara. Recibir una bofetada suya vendría a decir, al menos, que existía en su pequeño mundo, el mundo triste de Etta. Por aquel entonces, llevaba meses sintiendo que estaba muerta para su madre. Etta despertó y se la quedó mirando.

—Pégame, Etta —dijo, temblando—. Venga, ¡pégame!

Nunca antes había llamado a su madre por el nombre.

Etta no transmitía ninguna expresión. Pasó la vista de la cara temblorosa de Cecilia al interruptor de la luz en la pared y volvió a suspirar. Dejó caer otra vez la cabeza en la almohada y cerró los ojos. Los pasos de Henry recorrieron la planta de abajo desde la entrada hasta la cocina. Estaba buscando la cena, pero no había cena. Ese día no. Las dos pastillas que Etta le había dado seguían en la mesilla. Cecilia no sabía por qué, pero no quería que las viera Henry. Las echó al retrete y tiró de la cadena.

—¿Qué pasa?, ¿otra vez no se siente bien? —Henry estaba llenando la tetera de agua cuando Cecilia entró en la cocina.

—Le duele la cabeza —dijo ella. Se les daba tan bien mentirse unos a otros, fingir que las cosas no iban tan mal. Henry asintió y volvió a buscar sobras en la nevera. Cecilia encendió la radio para que algún ruido llenara la estancia y no tuvieran que decirse nada más.

37

Me pregunto si te diste cuenta alguna vez de esas cosas que veía en él y por las que yo vivía.

Su forma de levantar los brazos por encima de la cabeza como un adolescente cuando dormía. El olor de sus piececitos a última hora, justo antes del baño. Cómo se apoyaba en los brazos cuando oía crujir la puerta por la mañana, la desesperación con la que me buscaba detrás de los barrotes de la cuna. Por eso no te pedí nunca que engrasaras aquellas bisagras.

Hoy lo he notado presente todo el día. Es algo que me pasa a veces. Son días que se recortan nítidos, densos, con un dolor que hace que todo me sepa agrio. Solo lo quiero a él, pero el mundo real amenaza con acallar sus ruidos, sus olores.

Quiero inhalarlo muy hondo y no volver a exhalar nunca más.

¿Te pasa a ti también alguna vez?

Aquellos primeros días. Leche agria y olor corporal. La crema para los pezones manchando las sábanas. El círculo que dejaba la sempiterna taza de té en la mesilla. Lloraba sin pararme a pensar, sin saber por qué, pero eran lágrimas que destilaban puro amor. Me subía la leche y tenía los pechos como piedras, y casi no me movía de la cama. Le hacía fiestas para que se durmiera encima de mi pecho desnudo. Se sobresaltaba de vez en cuando, levantaba los huesudos bracitos y luego volvía a hacerse un ovillo pegado a mí. Y vuelta a empezar. No existían la noche ni el día. Me dolían los pezones solo de pensar que le tocaba mamar otra vez.

Y, sin embargo, no quería que acabara ese tiempo con él. Era todo lo que había ansiado siempre. La conexión que compartíamos era lo único que yo era capaz de sentir. Anhelaba el peso físico de él encima de mí. «O sea que es esto —pensaba—. Así es como se supone que tiene que ser». Me lo bebía como agua.

Erguía la cabeza entre mis pechos y la bamboleaba de un lado para otro como buscando algo, como intentando encontrar a su madre, la persona que amaba. Yo inclinaba la cara para pegar su mejilla a la mía, y entonces volvía a echarse, a salvo y feliz, lleno. De leche, de mí.

Al final salí de la cama y volví a centrar la atención en la vida con mayúsculas. Recogía los restos del desayuno de Violet, me hacía ilusiones, no paraba de meter ropa en la secadora. Pero cuando no estaba conmigo, yo tenía la mente puesta en él, arriba, en el cuarto del bebé.

Violet no hacía mucho caso a Sam al principio, aunque se nos quedaba mirando siempre que lo sujetaba entre mis brazos para darle de mamar. Se tocaba a menudo el pecho liso mientras él bebía de mí, como si la desconcertara la función que tenían los pechos de una mujer. Cuando el niño acababa, salía de la habitación, prefería estar sola casi todo el rato.

Sam se enamoró perdidamente de ella en los meses que siguieron. Desde muy pronto, se le iluminaba la cara en cuanto oía la voz de su hermana a la puerta del colegio cuando íbamos a recogerla.

«¡Ahí viene tu hermana!», le decía yo, y empezaba a patalear, ansioso por acercarse a ella, deseando tenerla delante. Los tres solos en el campo minado de última hora de la tarde, esperando a que entraras por la puerta. Tú eras el que lo nivelaba todo.

Tú y yo. Éramos pareja, compañeros, creadores de estos dos seres humanos. Pero vivíamos vidas cada vez más diferentes, como la mayor parte de los padres y las madres. Tú eras creativo y cerebral, inventabas espacios y vistas y perspectivas, tus días tenían que ver con la luz, la elevación, los acabados. Hacías tres comidas diarias. Leías frases escritas para adultos y llevabas una bufanda muy bonita. Para ti la ducha tenía razón de ser.

Yo era una soldado, ejecutaba una serie de acciones físicas en bucle. Cambia el pañal. Prepara la leche en polvo. Calienta el biberón. Echa los cereales en el plato. Pasa la bayeta. Negocia. Suplica. Cámbiale el pijama a él. Quítale la ropa a ella. ¿Dónde está la tartera? Atavíalos. Camina. Más rápido. Llegamos tarde. Dale un abrazo de despedida. Empuja el columpio. Busca la manopla perdida. Frota el dedo que se ha pinchado. Dale algo para que chupe. Trae otro biberón. Besa, besa, besa. Mételo en la cuna. Limpia. Recoge. Busca. Haz. Descongela el pollo. Sácalo de la cuna. Besa, besa, besa. Cámbiale el pañal. Siéntalo en la trona. Límpiale la cara. Friega los cacharros. Haz cosquillas. Cámbiale el pañal. Haz cosquillas. Mete la merienda en una bolsa. Pon la lavadora. Arrópalo. Compra pañales. Y detergente. Corre a buscarla al colegio. ¡Hola, hola! Deprisa, deprisa. Destápalo. La secadora. Los dibujos animados. Tiempo muerto. Por favor. Escucha lo que te digo. ¡No! Quitamanchas. Pañal. Cena. Platos. Responde cien veces a la misma pregunta. Prepara el baño. Quítales la ropa. Friega el suelo. ¿No me oyes? Cepilla dientes. Encuentra el conejito de peluche. Pon pijamas. Da de mamar. Léele un libro. Léele otro. Sigue, y sigue, y sigue.

Recuerdo que un día me di cuenta de la importancia que tenía mi cuerpo para nuestra familia. No ya mi intelecto, ni mis ambiciones de hacer carrera como escritora. No ya la persona que treinta y cinco años de vida habían moldeado. Solo mi cuerpo. Me quedaba desnuda delante del espejo cuando me quitaba la sudadera, llena del puré de guisantes que Sam me había escupido encima. Se me marchitaban los pechos, igual que las plantas de la cocina que no me acordaba de regar nunca. Me colgaba la tripa por encima de la marca que había dejado el elástico de las bragas como espuma en una taza de capuchino tibio. Tenía los muslos como nubes de malvavisco atravesadas por un espeto. Estaba hecha papilla. Pero lo único que importaba era que fuera capaz de sacar a todos adelante físicamente. Mi cuerpo era el motor de la familia. Me perdonaba lo que veía en aquella mujer irreconocible en el espejo. No se me pasaba por la cabeza la idea de que mi cuerpo no volviera a ser útil de esa forma nunca más: necesario, fiable, atesorado.

Por aquella época, era como si el sexo hubiera cambiado todavía más para nosotros dos. Éramos eficientes. Pura rutina. Estabas en otra parte cuando me subía a horcajadas encima de ti. Yo también tenía la mente lejos de allí. En las toallitas húmedas que había que comprar. En la cita con el médico que se me había olvidado pedir. ¿Dónde había visto aquella receta de las zanahorias al curry? La ropa de verano. Los libros de la biblioteca. Estas sábanas, que ya había que echar a lavar.

38

—Esta mañana no podemos, Fox, él tiene clase de natación y luego hemos quedado para jugar con otro niño, y a esa mamá ya le he cambiado el día dos veces. Te lo dije la semana pasada cuando pedí la cita con el dentista para Violet.

—Violet no tenía tanta vida social de pequeña, ¿no? —dijiste.

Estaba guardando la bolsa de los pañales. Ella miró desde donde se estaba atando los zapatos con todo el cuidado del mundo. Te fusilé con la mirada, como diciendo: «No es el momento». Pero dejabas caer ese tipo de comentarios a todas horas. Te devoraban los celos en nombre de tu hija, a la que bien poco le importaba la cercanía que tuviera su madre con el hermanito nuevo. Para sorpresa de todos nosotros, se había adaptado casi sin fisuras. El bebé había venido a disipar de alguna manera la tensión que había entre nosotras, como si ahora fuéramos las dos libres y pudiéramos respirar un poco. En este nuevo margen, ella me ofrecía pequeños y medidos gestos de cariño: se sentaba más cerca de mí cuando le leía un cuento por la noche, levantaba la mano para dedicarme un breve adiós a la puerta del colegio.

Íbamos avanzando.

Los problemas los tenía contigo. En teoría, tenías que estar feliz con la madre que por fin había hallado en mi interior cuando Sam llegó a nuestras vidas.

Tu madre había venido unos días la semana anterior. Estabais los dos en la cocina, tomando un té después de cenar, mientras yo recogía los juguetes en el salón. Debisteis de pensar que estaba arriba. Le diste las gracias por haber venido. Siempre que hiciera falta, dijo ella. Me quedé quieta al oír que hablaba de mí: me veía bastante «más alegre» que antes de que naciera Sam.

—Adora a ese niño. Ojalá sintiera lo mismo por Violet.

—Fox —te reprendió, aunque con la boca pequeña. Y enseguida añadió—: El segundo es más llevadero para algunas mujeres. Se adaptan con mayor facilidad.

—Ya lo sé, mamá. Pero me preocupa Violet. Le hace falta...

Acababa de entrar en la cocina con el cubo lleno de animales de plástico y lo dejé caer a tus pies. Diste un salto y te quedaste mirando los juguetes.

—Buenas noches, Helen —a ti no podía ni mirarte a la cara.

A la mañana siguiente, antes de salir para el aeropuerto, ella pidió perdón por lo que yo te había oído decir, como si todavía fuera responsable de tus actos.

—¿Va todo bien entre vosotros?

No quería que se preocupara.

—No es nada, solo que dormimos poco.

—Así que tendrás que llevarla tú hoy, lo siento, ¿vale? —me agaché para apretarle los cordones de los zapatos a Violet.

—Viene a verme un cliente a las diez. Es imposible cruzar la ciudad de un extremo a otro y llegar a tiempo.

—Pues entonces no la lleves al colegio después del dentista; déjale un folio y unos lápices para que se entretenga en tu oficina mientras estás reunido, y la llevas al colegio después. Buena idea, ¿eh, Violet?

—Joder, Blythe —te frotaste los ojos. Sam nos había tenido despiertos casi toda la noche. Le estaban saliendo los dientes. Cuando Violet se despertaba de noche, dormías de un tirón, pero desde que llegó Sam era como si te costara más dormir—. Vale. Venga, chavalita, pongámonos en marcha.

A la hora de la cena me contó con pelos y señales cómo le había ido el día. El cofre del tesoro en la consulta del dentista, la perforadora con la que había estado jugando en tu mesa.

—Y luego fui a comer con papá y su amiga.

—Mira qué bien. ¿Y quién era?

—Jenny.

—Gemma —la corregiste tú.

—Gemma —repitió ella.

—¿Alguien de la oficina? —era la primera vez que oía ese nombre.

—Mi nueva ayudante. Hizo buenas migas con Violet mientras yo estaba en la reunión, así que la invité a comer con nosotros.

—Qué bien. No sabía que tuvieras una nueva ayudante. ¿Y adónde fuisteis?

—¡A comer *fingers* de pollo! ¡Y luego ella me compró un helado! Y un lápiz de un unicornio con una goma de borrar a juego.

—¡Qué suerte!

—Le gustó mucho mi pelo.

—A mí también me gusta. Es que tienes un pelo precioso.

—Ella tiene el pelo largo y rizado, y las uñas pintadas de rosa.

Sam empezó a dar la lata en la trona, con el puño en la boca. Violet dio unos golpes en la mesa para distraerlo.

—¡Sammy, ya vale! Mira, ¡un tambor! Tan, tan, tan. Tan, tan, ¡tam!

—¿Recoges tú? —pregunté. Llevé a Sam derecho a la bañera sin esperar respuesta.

Le leí un cuento a Violet en nuestra cama, mientras Sam no paraba de moverse entre nosotras con su conejito de peluche, Benny.

—Léeme otro —dijo cuando acabé el libro. Siempre quería otro. Suspiré y cedí. Sam daba golpes con la mano en el biberón casi vacío. «Más, más.» Tú te estabas poniendo los vaqueros a los pies de la cama.

—Mamá, Sammy quiere más leche.

—¿Vas a salir?

—Vuelvo a la oficina —dijiste—. Tengo que terminar una propuesta esta noche.

—Papá, ¡hoy me tienes que arropar!

Te inclinaste y nos besaste a los tres. Uno a uno. Besos que te salían de dentro. Sam sostenía en alto el biberón vacío.

—Mamá te arropará, cariño. Yo me tengo que ir. Sé buena con ella, ¿vale?

—¡Sammy no tiene leche! —volvió a decir Violet.

—Os quiero —nos dijiste a los tres.

Me senté a los pies de su cama para darle las buenas noches. Últimamente se había portado muy bien y aún no se lo había dicho. Yo estaba empezando a dar por sentada esa nueva calma que reinaba entre nosotras. Casi ni me acordaba de cómo era todo antes de Sam. Casi ni me acordaba de la madre que había sido. Así es la maternidad, existe solo el ahora. La desesperación del ahora, el alivio del ahora.

Se le estaba poniendo cara de niña mayor, preludio del aspecto que tendría de adolescente. Apuntaban ya los labios carnosos, y me la imaginé besando a alguien. Amando a alguien. Había cambiado en esos meses desde el nacimiento de Sam. O a lo mejor era yo la que había cambiado. Puede que por fin alcanzara a ver quién era mi hija.

—¿Violet? Quiero que sepas que has sido una niña muy buena últimamente. Has sido generosa y cariñosa con Sam. Me has ayudado. Y en el colegio te portas bien con todos. Estoy orgullosa de ti.

Se quedó callada, pensando. Apagué la lamparita de su mesilla y me incliné para besarla; ella se dejó.

—Buenas noches. Que duermas bien.

—¿Quieres a Sam más que a mí? —me quedé helada al oír aquellas palabras. Pensé en ti. En lo que a lo mejor te había oído decir casualmente.

—Cariño, pues claro que no. Os quiero a los dos igual.

Cerró los ojos, haciendo como que dormía, y vi que batía un poco los párpados.

39

No supe que estaba en el cuarto del bebé hasta que habló.

Habíamos tenido la noche entera para nosotros durante meses, mucho más de lo normal según los libros de bebés. Me despertaba con urgencia al más mínimo ruido que viniera de la cuna de Sam, como si hubiera aterrizado un cohete en mi oído. A oscuras, me quedaba quieta junto a la cuna y cambiaba el peso de una cadera a otra, un ritmo que él asociaba conmigo, como el olor de mi piel y el sabor de mi leche. «A dormir, mi niño.» Le rozaba la pelusilla de la cabeza con los labios, con cuidado de no despertarlo. Esa noche en concreto que ahora me viene a la memoria, casi no mamó nada, solo quería sentir el pezón dentro de la boca. El consuelo. Se oía el rumor del aparatito sonoro que le habíamos comprado, una mezcla de ruidos que evocaba el océano.

—Ponlo en la cuna —dijo. Me di un susto y el bebé se sobresaltó en mis brazos.

—¡Violet! ¿Qué haces aquí?

—Ponlo en la cuna.

Lo decía con toda calma, sin rodeos. Como si fuera una amenaza. Imaginé que estaría cerca del armario; no podía verla con la poca luz que entraba por debajo de la puerta cerrada. Me di la vuelta despacio, para abarcar la habitación desde un ángulo distinto, y esperé, dejé que se me acostumbraran los ojos a la oscuridad que reinaba en el cuarto del bebé. La voz llegó desde el otro lado.

—Ponlo en la cuna.

—Vuélvete a la cama, cariño. Son las tres de la madrugada. Ahora voy y te froto la espalda.

—No me iré —dijo con calma, en voz baja— hasta que no lo pongas en la cuna.

Noté tenso el pecho; otra vez esa sensación, como un escalofrío. La ansiedad se había apoderado de mí en el acto, como si ella me hubiera sacado de su hechizo con un chascar de dedos. Me solía dar pánico ese tono de voz. «No puedo volver a pasar por lo mismo contigo», pensé, con la boca seca. ¿Por qué se había colado en el cuarto del bebé? ¿Qué había estado haciendo?

Resoplé para que viera que estaba siendo una niña tonta, pero le hice caso.

Dejé a Sam en la cuna y busqué a tientas a Benny entre las mantas. Lo tenía siempre cerca de la cara. No lo encontré.

—Violet, ¿sabes dónde está Benny?

Me lo tiró y salió de la habitación. Había sacado el peluche de la cuna. Había estado mirando a Sam mientras dormía.

Había estado tan cerca de él.

Cerré la puerta y la seguí a su cuarto.

Me senté despacio al borde de la cama. Metí la mano debajo del pijama con dibujos de fresas, le toqué la piel perfecta y sedosa. Le encantaba que le frotaran la espalda. Sobre todo, que lo hicieras tú.

—No me toques. Déjame en paz.

—Violet —saqué la mano de debajo del pijama—. ¿Has ido otras noches a ver cómo duerme Sam? ¿Lo has hecho más veces?

No respondió.

Me iba el corazón a cien cuando volví a la cama; detuve el paso delante de la puerta de Sam, para asegurarme de que estaba tranquilo. Me daba vergüenza lo que se me pasaba por la cabeza. Y luego: «Podría traerlo a mi cama. Asegurarme de que está a salvo. Solo esta noche. Esta vez nada más».

Ya habíamos superado eso. En teoría, ya lo habíamos superado.

Busqué el teléfono en el cajón de la mesilla y estuve mirando fotos de ella hasta que te removiste un poco en sueños a mi lado, por la luz azul, que te molestaba. Escudriñaba en su cara, aunque no sabía en busca de qué. Fui al cuarto de Sam y me lo llevé conmigo a la cama.

40

—Se estaba portando muy bien últimamente, ¿sabes? Ha sido de repente.

Estábamos en la cama la mañana siguiente a primera hora; Sam, en el suelo, con sus libros de cartón. Mentí y dije que no se quedaba dormido después de que Violet entrara en su cuarto, y que por eso lo había llevado a nuestra cama. Me giré un poco para acercarme a ti, me hacía falta tu calor. Echaste mano del teléfono, y te estuve mirando. Tu pecho, las canas que te habían salido, la forma que tenías de retorcértelas mientras leías el correo electrónico.

—Lo más probable es que estés haciendo un mundo de algo que no es nada. Como siempre.

Pero eso era lo que no entendías: que me pusiera casi siempre en lo peor. Mi imaginación entraba de puntillas en lo impensable antes de que yo me diera cuenta de adónde iba. Mientras empujaba un columpio o pelaba un boniato. Las ideas que tenía eran horribles, me torturaban por dentro, pero hallaba algún tipo de satisfacción en dejarme a mí misma entrar ahí. Hasta dónde llegaría la niña. Qué podía ocurrir. Cómo me sentiría si mis peores temores se hicieran realidad. Lo que haría. ¿Qué haría?

«Basta.» Me aclaraba la mente de un plumazo: los niños. Los chillidos. La vida en sus ojos. Todo está bien.

Dejé a los críos con la canguro después del colegio y me fui con Grace a hacerme la pedicura. La canguro venía una vez a la semana, un pequeño descanso que yo valoraba mucho. Elegí un color que se llamaba Sueños de Carbón y pegaba con el renovado frío que traía el aire y procuré no respirar demasiado hondo mientras la mujer me arreglaba las maltrechas cutículas. Puso mi pie encima de su muslo e hizo como que se preparaba para acometer un trabajo fino: me podrían haber pasado un rallador por la piel de los talones. Recomendó que me diera vaselina por las noches y durmiera con calcetines gruesos. No me importaban tanto mis pies como para hacer algo así y estuve a punto de decírselo, pero esa era su vida al fin y al cabo, los pies, así que me limité a darle las gracias por el consejo.

Grace hablaba del sitio del que acababa de volver de vacaciones. Había ido con su madre a Cabo San Lucas para celebrar su setenta cumpleaños. El barman les había preparado margaritas de higo chumbo en un bar que había en medio de la piscina. Hablaba de un nuevo autobronceador. Desconecté de lo que me estaba diciendo. Pensaba en los niños en casa, en que la canguro había dicho que ordenaría las habitaciones de los dos; en que Violet preferiría jugar en el sótano y Sam se pondría a gimotear hasta que lo bajaran también. Solo quería estar con ella últimamente, le tendía las manitas en cuanto la veía y la llamaba desde la cuna —«¡Bai-yet! ¡Bai-yet!»— cuando se despertaba por la mañana. Me arrancaba una sonrisa, esa lengua de trapo. Grace pasó a hablar de dos hermanos que había conocido, algo sobre un ranchero de Iowa. ¿Había ranchos en Iowa? Yo pensaba en ese espacio del sótano donde se encontrarían ahora. No estaba acabado del todo, había un poco de humedad, pero había quedado bastante limpio y Sam podría ir de un lado para otro ahora que no paraba. Pensé que habría que poner una alfombra. De pelo corto, que se limpiara con facilidad. Y hacer hueco para guardar los juguetes. Recordé que tú dejabas ahí tus cosas de deporte también, que la bolsa de golf casi no cabía por la angosta escalera. Justo el día antes habías bajado los palos. A Violet le gustaba sacarlos de la bolsa y jugar con ellos como si estuviera en un minigolf. Pensé en la canguro, que siempre quería limpiar por más que le dijera que no hacía falta. En Sam, obsesionado por cada movimiento de Violet. En lo que le pesaría el palo más grande a ella entre las manos. En el modo en que la había visto esgrimirlo. Como si fuera un arma. En la cabecita de él, llena de pelusa. En lo fácil que le resultaría hacerlo. En que solo tardaría un segundo. En el crujido. En si habría o no habría sangre. ¿Daño cerebral, o solo sangre?

Grace hablaba ahora de que la había invitado sin más miramientos al rancho. Barajaba la idea de ir en marzo. Noté el picor de la acetona en los pulmones y aparté los pies de las manos de la mujer; solo me había pintado las uñas de un pie. Volví la cara para tomar un aire que no estuviera impregnado, pero en toda la sala se respiraba algo tóxico y se me cerraba el pecho. Tenía que irme. Cogí el bolso y dejé a la mujer con un palmo de narices, esmalte en ristre. Grace dijo algo de mis zapatos, gritó que adónde iba, y eché a correr. Los palos de golf. Vaya si era capaz de hacerlo. Lo haría. La canguro no podía estar tan pendiente. Corrí sin detenerme en los cruces, con las manos extendidas para que los coches aminoraran la velocidad mientras mis pies entumecidos me llevaban a casa.

—¡Te vas a matar! —gritó un hombre desde una bici.

«¡No! —quería gritar yo—. Ella es la que lo va a matar. De lo mucho que me odia. No lo entiendes».

—¡Violet! —abrí la puerta de golpe. Fui corriendo al sótano y volví a gritar su nombre. Nadie respondió—. ¡Sam! ¿Dónde está Sam?

La canguro vino a toda prisa por el pasillo con un dedo en los labios.

Sam estaba dormido. Violet descansaba en su habitación, con un libro en las manos.

Me dejé caer contra la pared que tenía a mis espaldas. No había pasado nada.

No había pasado nada.

41

—Un ataque de ansiedad es lo más normal del mundo. Sobre todo en madres primerizas.

No sé si debería haber añadido algo a sus palabras, pero la psiquiatra sopló la punta del bolígrafo, como si estuviese caliente, me recetó unas pastillas y me explicó cuándo debería tomarlas. Salí de allí pensando en el frasco de cristal anaranjado de la mesilla de mi madre, lleno de pastillitas blancas que menguaban con el paso de los meses. Metí la receta en el bolso.

Yo sabía que algo no iba bien. Primero fue el vacío que le había quedado en los ojos desde que la encontrara en el cuarto de Sam, la forma de mirar cuando me veía con él, como traspasándome. Su desprecio había pasado de las agotadoras rabietas que me dejaban hecha un mar de lágrimas a una premeditada y manipuladora frialdad. Me rechazaba con un cuajo y una intensidad que excedían con creces sus casi siete años. Las miradas gélidas. El más completo desdén. La resistencia pasiva a hacer lo que le pedía: ¿quieres, por favor, acabarte la cena?, ¿puedes recoger los juguetes? Se desentendía sin mostrar la más mínima reacción y punto, no me daba margen para interactuar con ella. De nada servían las amenazas o los castigos; las consecuencias no significaban nada para ella. La escasa atención que me había prestado desde el nacimiento de Sam había desaparecido por completo. No dejaba que la tocara. Volvimos al enfrentamiento de antes. Y tú volviste a ocupar el puesto de la única persona a la que ella quería en el mundo.

Al final aprendimos a tolerarnos la una a la otra en aras de la convivencia. Yo le hacía bien poca falta, hasta tal punto que ella parecía una huésped y yo la patrona que le daba de comer en platos de plástico sobre un mantel individual con forma de corazón. Lo que hice fue centrarme en Sam, en nuestra rutina, en los movimientos mecánicos que me exigía la presencia de Violet cuando no estaba en el colegio. Y cuando tú volvías por la noche, había otra vez niña en casa.

Sam era mi luz, y yo hice cuanto estuvo a mi alcance para impedir que Violet le hiciera sombra. Algunas mañanas volvíamos a casa después de llevarla al colegio y nos metíamos los dos en la cama deshecha, pertrechados para la ocasión: biberón, té, libros, Benny. Los cacharros en la cocina y la ropa en el cuarto de lavar podían esperar. Aprovechábamos el tiempo para mirarnos a los ojos. Nos quedábamos pensando en patos y dinosaurios y ombligos. Por la tarde dormíamos al sol de finales del invierno. Él, echado encima de mi pecho, bastante después de que lo destetara y me cambiara el olor. Era como si supiera cuánta necesidad tenía de él.

La ansiedad me duró todavía un poco más. Llevaba la receta intacta en el bolso, y siempre que veía el trozo de papel cuando buscaba algo pensaba en mi madre. No sacaba fuerzas para ir a la farmacia. No me fiaba de mí misma.

42

—Cecilia no está —mi padre lo dijo con un asomo de severidad, pero yo le oía la voz hueca—. No sé adónde habrá ido —colgó el teléfono con un temblor de manos. Yo lo había estado observando desde el pasillo. Le había mentido a quien fuera, al otro lado del aparato. Mi madre estaba en casa y llevaba días sin levantarse de la cama. Yo no sabía por qué, ni tampoco sabía por qué mi padre se veía obligado a mentir a la persona que no paraba de llamar preguntando por ella. La única vez que fui más rápida que él y cogí el teléfono, me lo quitó de un manotazo, como si la voz al otro lado fuera a quemarme la oreja.

Cuando él iba a subirle a la cama sopa y agua y galletitas saladas, le pregunté si tenía la tripa mala.

—Sí, algo así.

Estaba en medio y le estorbaba, así que me adelantó y siguió subiendo la escalera, encorvado sobre la bandeja que con tanto cuidado le había preparado. Yo no había visto a mi madre en varios días, desde una noche en que se vistió de largo para una de sus salidas por la ciudad. Salía cada vez más entonces, no aparecía hasta uno o dos días después. El numerito de su desaparición. Los escuché desde mi cuarto, pero no logré discernir lo que se decían. Ella sonaba débil y llorosa; él, paciente y sereno. Me acerqué de puntillas a su puerta.

—Necesitas ayuda.

Y luego algo cayó al suelo. Un plato. Había tirado el cuenco de sopa. Me quité de en medio en el instante en que mi padre abría la puerta para ir a buscar una bayeta. Miré dentro de la habitación y la vi en la cama, incorporada, con los ojos cerrados. Tenía los brazos cruzados encima del pecho. Llevaba una pulsera de plástico como la de la señora Ellington el año anterior, cuando el niño que llevaba en el vientre no salió adelante. Pero mi madre estaba delgada, tenía la misma cintura que yo a los once años, y ni por asomo habría querido tener otro hijo. Fui a mi cuarto y me dispuse a acostarme, con la esperanza de oír cómo seguían discutiendo, para recomponer así las piezas de lo que pasaba. Me quedé dormida con el llanto de mi madre de fondo.

Por la mañana, fui al baño a hacer pis. La casa seguía en calma; mi padre no se había levantado todavía del sofá. Abrí la tapa del retrete. La taza estaba llena de sangre y de algo que parecía las entrañas de los ratones que el gato del vecino abandonaba a veces en nuestro porche. Las bragas de mi madre estaban a un lado. Las recogí del suelo y vi que las manchas espesas de color marrón eran sangre seca.

—¿Papá? ¿Qué le pasa a mamá?

Mi padre estaba junto a la cafetera, con la misma ropa de la noche anterior. No me respondió. Salió a por el periódico que dejaban en la puerta y lo tiró encima de la mesa.

—¿Papá?

—Le han hecho una pequeña operación.

Me serví los cereales y comí en silencio. Sonó el teléfono mientras él pasaba de una sección a otra del periódico y tomaba café. Me levanté para ir a cogerlo.

—Déjalo, Blythe.

Soltó un suspiro y se levantó de la silla. Sirvió un café para mi madre y salió de la cocina. Volvió a sonar el teléfono, y lo cogí sin pararme a pensar.

—Tengo que hablar con ella.

—¿Cómo dice? —lo había oído bien, pero no supe qué otra cosa decir.

—Perdone. Me he equivocado de número —el hombre colgó. Oí los pasos de mi padre que bajaba por la escalera y volví deprisa a la mesa para acabar los cereales.

—¿Has cogido el teléfono?

—No.

Estuvo un rato mirándome. Sabía que mentía.

Antes de salir para el colegio, fui a la habitación de mi madre y llamé despacio a la puerta. Quería ver con mis propios ojos si tenía buen aspecto.

—Entra —estaba tomando café y mirando por la ventana—. Vas a llegar tarde al colegio.

Me quedé en el vano de la puerta y pensé en la señora Ellington, cuando estuve sentada a su lado y me enseñó la tripa hinchada. Mi madre olía igual de raro. Había dos frascos de pastillas en la mesilla que no estaban antes. Tenía la cara cansada y ojerosa. Se había quitado la pulsera del hospital que había visto el día anterior. Y lucía un moratón muy grande en el dorso de la mano.

—¿Estás bien?

No apartaba los ojos de la ventana.

—Sí, Blythe.

—Había sangre en el baño.

Puso cara de sorpresa, como si se le hubiera olvidado que yo también vivía en la casa.

—Eso es lo de menos.

—¿Era de un bebé?

Levantó los ojos de la ventana y los clavó en un punto del techo. Vi cómo tragaba saliva.

—¿Por qué iba a ser eso?

—La señora Ellington. Ella tuvo un bebé que no salió adelante.

Mi madre me miró por fin. Y luego, a algún punto más allá de mí. Soltó el aire entre los dientes y volvió a fijar la vista en la ventana mientras negaba con la cabeza.

—No sabes lo que dices.

Me arrepentí en el acto de haberle hablado a mi madre de la señora Ellington. Ojalá hubiese podido tragarme mis palabras; no quería que mi madre se acercara siquiera a mi relación con la señora Ellington. Era lo único sagrado en mi vida. Me fui al colegio, y cuando volví todo parecía normal en casa. Mi madre estaba en la cocina, se le estaba quemando la cena en el horno. Mi padre se estaba poniendo una copa. Sonó el teléfono en la pared, y él descolgó y apretó el interruptor con el dedo; luego dejó el auricular colgando. Se oía el tono débil de llamada mientras cenábamos.

43

El día antes de que muriera Sam fuimos al zoo.

Hacía calor para esa época del año y el pronóstico del tiempo anunciaba sol.

Íbamos escuchando a Raffi en el coche. «Zoo, zoo, zoo, ¿adónde vas tú, tú, tú?» Metimos la comida en las mochilas y llevamos la cámara buena, pero se nos olvidó hacer fotos.

Violet estuvo todo el día tirándote del brazo, quería ir en primera línea. Siempre quería ir la primera. Vosotros dos contra el mundo. Yo no hacía más que miraros e ir a la zaga, ver lo mucho que os parecíais. El caminar torcido que llevabas. El modo en que te ladeabas hacia ella; cómo estiraba el brazo para meter la mano en el hueco de tu codo.

Le di de comer a Sam a la entrada del foso de los osos polares, y tú compraste un zumo de manzana para Violet en la máquina expendedora, porque decía que el que llevábamos sabía raro. Una ardilla arrambló con un resto de galleta que había caído entre las ruedas del carrito. Violet se echó a llorar. No quería ponerse el gorro que le había llevado. Sam devolvió la leche, y lo limpié con el papel marrón del baño porque me había dejado en casa las toallitas. Yo hacía círculos con el dedo en la palma de su mano y luego subía por el brazo y le hacía cosquillas debajo de la barbilla. Su risa era como un grito, alegre, contagiosa, y a mí me daba la vida. Una mujer mayor que había al lado y le apretaba la mano a un niño pequeño con manoplas me dijo:

—¡Qué rico es su niño, menudo hombrecito más alegre!

Gracias, es mío, yo lo traje al mundo. Hace un año nada menos. Hasta tal punto era parte de mí que en cuanto intuía que iba a romper a llorar se me encogían las entrañas, como si me hincharan un globo en la caja torácica.

—¡Ya verás lo que viene ahora! —le dijiste a Violet, y fuimos bajando la rampa en la oscuridad, por el túnel subterráneo que se llenaba de ecos, hasta que os quedasteis parados ante el panel de cristal. Erais dos sombras contra el resplandor verde eléctrico que emanaba del agua del foso; flotaban a vuestro alrededor partículas de polvo y escamas de pez, como pelusas de diente de león. Me quedé en un segundo plano, con Sam en brazos, y me dio la sensación de que tenía delante a otra familia. Parecía imposible en ese momento que fuerais los dos parte de la mía. Erais tan bellos juntos. El oso polar plantó una garra en el cristal justo frente a la cara de Violet. Ella soltó un suspiro y te abrazó por la cintura, pasmada, aterrorizada, llena de asombro; el tipo de reacción que consigues ver muy pocas veces en la vida de un niño, y que te recuerda que están recién llegados al mundo, que no alcanzan a comprender cuándo están a salvo y cuándo no.

Les compramos unos leones de juguete en la tienda de recuerdos, y Violet tiró el suyo por la ventanilla del coche de camino a casa. Yo me enfadé, miré para atrás, preocupada por si el juguete de plástico había impactado contra el parabrisas de alguien en la autopista. Tú soltaste un grito y le dijiste que era peligroso.

—Es que no quería la mamá leona. Odio a mi mamá.

Te busqué con la mirada y respiré hondo. «No le hagas caso.» Y entonces Sam empezó a llorar, así que Violet recogió a Benny, que se le había caído de la silla, y se lo lanzó. Lo calmó con cariño y tú le dijiste:

—Muy bien, Violet.

Se le había quemado la nariz; no se me había ocurrido ponerle protector solar en febrero, así que saqué un poco de aloe de un viejo tubo que había en el coche y se lo apliqué con el dedo. Contaba las pecas que tenía en la cara, y quería abrazarla aprovechando una de esas raras ocasiones en que me dejaba tocarla. Me miró como si fuera la primera vez que oía contar en alto. Llegué a preguntarme si me abrazaría, y se me tensaron los músculos pensando cómo sería la sensación de sentirla pegada contra mí, porque hacía mucho tiempo que no me abrazaba. Pero desvió la mirada.

Estuvo viendo cómo bañaba a Sam antes de acostarlo y luego se sentó conmigo en el suelo y le frotó la tripa, diciendo:

—Es un bebé muy bueno, ¿verdad? —le dio su peluche, y él mordisqueó las orejas del conejito mientras ella lo miraba en silencio.

Dejé que le pusiera el pijama, toda una prueba para nuestra paciencia, pues casi nunca pedía hacerlo. Y mientras le levantaba la segunda pierna para ponérselo, dijo:

—Ya no quiero a Sammy —chasqueé la lengua a modo de desaprobación y le hice cosquillas al bebé en la tripa. Sam sonrió a Violet y pataleó con sus piernas regordetas. Aun así, le dio un beso, y entonces se sentó en el retrete, con la tapa bajada, y estuvo viendo cómo le pasaba una toallita por las encías al bebé.

—Está otra vez con los dientes —le dije—. Como siga así, tendrá más dientes que tú si a ti se te siguen cayendo.

Encogió los hombros y saltó al suelo para ir a buscarte.

Esa noche fuiste amable. Fuiste cariñoso conmigo. Antes de irnos a la cama entramos a hurtadillas en sus cuartos y los estuvimos mirando, los dos con las cabezas tan suaves, para comérselos.

44

Por algún motivo salimos antes de lo que yo pensaba. Era uno de esos días excepcionales en que todo va sobre ruedas, ninguno de los dos se había manchado la ropa al desayunar y Violet me dejó que le cepillara el pelo sin montar un número. O sea, que no hizo falta que me pusiera a gritar lo que en teoría no debes gritar. «¡Date prisa! ¡Se me está acabando la paciencia!» Una mañana especialmente tranquila.

Era raro que saliéramos los tres solos entre semana, pero el colegio de Violet estaba cerrado ese día. Quería tomar un té de camino al parque. Joe estuvo hablando con Violet como hacía siempre mientras yo le echaba la miel al té. Me ayudó a salvar los dos empinados escalones con el carrito, dijo adiós con la mano y nos fuimos andando hasta la esquina, con el viento frío del invierno refrescándonos la cara.

Nos detuvimos en el semáforo que cruzábamos prácticamente a diario. Me sabía de memoria las grietas en el paso de cebra. Si cerraba los ojos, veía las letras del grafiti pintado en el edificio de ladrillo rojo que quedaba al noroeste.

Estuvimos esperando mientras se ponía en verde; Sam, en su carrito, atento al paso de los autobuses; Violet y yo, las dos quietas. Le fui a dar la mano a Violet, lista para nuestro tira y afloja particular, pero ese día no hubo discusión.

—No te bajes del bordillo —dije, a modo de aviso, con una mano en el carrito. Sam extendió los brazos en dirección a Violet. Quería que lo sacara. Cogí el té que había dejado en el portavasos acoplado al manillar y me lo llevé a los labios. Todavía quemaba, pero el vapor me calentó la cara. Violet clavó la vista en mí mientras esperábamos, y pensé que me iba a preguntar algo. ¿Cuándo podemos cruzar? ¿Puedo volver a por un dónut? Volví a soplar el té mientras ella me miraba. Dejé otra vez el vaso en el soporte, y entonces le toqué la cabeza a Sam, para recordarle que estaba justo detrás del carrito, que ya me había enterado de que quería salir. Bajé otra vez la vista para fijarla en Violet. Y volví a llevarme el vaso a los labios.

Violet sacó las manos de los bolsillos, enfundadas en sendas manoplas rosas, y las levantó hacia mí. Me dio un golpe en el codo con las dos manos. Y fue tan rápido y con tanta fuerza que el líquido caliente me quemó la cara. Dejé caer el vaso al suelo y soplé con la cabeza gacha. Y entonces grité:

—¡Violet! ¡Mira lo que has hecho!

Justo cuando pronunciaba esas palabras y me llevaba las manos a la piel que me ardía, el carrito de Sam echó a rodar e invadió la calzada.

Jamás olvidaré la mirada que vi en los ojos de Violet: no podía apartar de ellos los míos. Pero supe lo que había pasado en cuanto lo oí.

El carrito quedó retorcido por el impacto.

Sam seguía atado al respaldo cuando murió.

No le dio tiempo a pensar en mí, ni a saber dónde estaba su madre.

Pensé en el acto en el peto a rayas azul marino que le había puesto esa mañana. En que Benny también estaba en el carrito. En que me tendría que llevar a Benny a casa sin él. Y luego me pregunté cómo sacaría a Benny de entre los hierros, cómo lo sacaría del carrito, porque le haría falta a Sam para quedarse dormido esa noche.

En medio del caos que me rodeaba, miré el bordillo sin poder creer lo que estaba viendo: acababa en una leve rampa de cemento, y luego había una hendidura entre la acera y el asfalto; ¿cómo era posible que eso no hubiera hecho de freno? Se había derretido el hielo con el calor del día anterior. La acera estaba seca. ¿Por qué no se habían detenido las ruedas al dar contra la hendidura? Siempre tenía que empujar para remontarla hasta el bordillo cuando cruzábamos, ¿o no? ¿Acaso no tenía que empujarlo siempre?

Me faltaba el aire. Miré a Violet. Había visto cómo las manoplas rosas agarraban el carrito cuando lo solté. Había visto las

170

manoplas en el manillar antes de que el carrito invadiera la calzada. Cerré los ojos. La lana rosa, el manillar de goma negra. Sacudí la cabeza con fuerza para no pensarlo.

No guardo recuerdo de lo que pasó después ni de cómo llegamos al hospital. No recuerdo verlo ni tocarlo. Espero haberlo sacado de entre las correas y haberlo sostenido en brazos en el asfalto frío. Espero haberlo besado una y otra vez.

Pero es posible que lo único que hiciera fuera quedarme allí. Encima del bordillo, mirando la hendidura.

Era una madre quien iba al volante de aquel todoterreno, con dos niños de la misma edad que los nuestros detrás. Pasó sin detenerse y tenía todo el derecho del mundo, porque el semáforo estaba verde para ella, como tantas veces antes de aquel día. Los dos coches que venían en sentido contrario pisaron el freno en cuanto vieron el carrito, pero a ella no le dio tiempo. Ni siquiera frenó. Me he preguntado siempre qué le ocuparía la mente cuando ocurrió. Si estaría cantando canciones con sus hijos o respondiendo a su reguero de preguntas. Puede que estuviera mirando por el espejo retrovisor, sonriendo al más pequeño. A lo mejor tenía la cabeza en otra parte, pensando en que daría cualquier cosa por encontrarse lejos de allí, donde fuera menos en aquel coche, oyendo cómo gritaban sus hijos.

Ojalá doliera más. Ojalá pudiera sentirlo como si hubiera pasado hoy mismo. A veces tengo momentos en que el dolor desaparece, y pienso: «Dios mío, estoy muerta por dentro. Me he muerto con él». Me pasaba el día entero mirando sus cosas, deseando con todas mis fuerzas que el dolor volviera a apoderarse de mí. Sollozaba porque no me dolía lo bastante. Y luego, días después, volvía a invadirme el dolor y el mundo se avivaba un poco, de una forma que odiaba con toda mi alma. Me llegaba el olor a pan de plátano de la casa de al lado, y eso me paralizaba; eso, el hecho de ser capaz de oler, de que me salivaran las glándulas, de que hubiera alguien al otro lado de la pared con toda la mañana por delante para hacerles pan de plátano a sus hijos. Me había quedado entumecida; la despiadada carencia de dolor me había dejado insensible. Más tarde llegaría a rezar para que volviera ese entumecimiento. Aunque hallara satisfacción en el dolor, no creía que pudiera sobrevivir a él.

Cuando te reuniste con nosotras en el hospital, abrazaste fuerte a Violet y apretaste su cabeza contra tu pecho. Y entonces me miraste, y abriste la boca para decir algo, pero no salió nada. Nos quedamos mirándonos el uno al otro y luego nos echamos a llorar. Violet se zafó de tu abrazo, y entonces viniste a mí. Caí de rodillas y metí la cabeza entre tus piernas.

Violet nos miraba en silencio. Se acercó y me puso una mano en la cabeza.

—A mamá se le escurrió el carrito de Sammy de las manos y lo atropelló un coche.

—Ya lo sé, cariño. Ya lo sé —dijiste.

No podía miraros a ninguno de los dos.

Volvió la policía y querían hablar contigo, explicarte lo que ya me habían explicado a mí. Que no habría cargos contra la conductora, que teníamos que decidir qué hacer con el cuerpo del bebé. Y con sus órganos. Creían que tres de ellos serían aptos para un trasplante, para bebés cuyas madres se habían dado más maña que yo en conservar a sus hijos con vida.

Llevé a Violet a beber a la fuente de agua fría al fondo del pasillo. Mientras se le desbordaba el agua del vaso, yo vomité en un cubo de basura lleno de guantes de látex usados y envoltorios vacíos de equipo médico. Te oí sollozar al final del pasillo, al otro lado de las gruesas puertas de cristal que nos separaban del resto de la sala de espera. Violet me miraba y cambiaba de pie al apoyar el peso. No se atrevía a dirigirme la palabra. Yo sabía que se moría de ganas de hacer pis, pero quería que se lo hiciera encima. Vi cómo cambiaba de color la tela vaquera, cada vez más oscura, según se iba extendiendo la humedad. No dije nada, y ella tampoco.

Hablé con la policía como si pidiera una hamburguesa por la ventanilla sin bajar del coche: mi hija me tiró del brazo. Me quemé con el té hirviendo. Solté el carrito. Y luego ella lo empujó a la calzada.

«¿Algo más, señora?»

«No, nada más.»

No tuve fuerzas para protegerla con mis mentiras. Me pidieron que lo repitiera unas cuantas veces, puede que buscaran alguna señal de conmoción, alguna inconsistencia. Puede que la hallaran. No lo sé. No sé qué te contaron cuando me fui. Pero cuando volví, el agente se puso en cuclillas, apoyó una mano en el hombrito de Violet y le dijo:

—Los accidentes son cosas que pasan, ¿vale, Violet? Pasan y no es culpa de nadie. Tu mamá no hizo nada malo.

—Escúchalo, Blythe. No has hecho nada malo —repetiste, y me abrazaste.

—Creo que ella lo empujó —te dije en voz baja, mientras me dabas pomada en las quemaduras de la cara. No sentía nada—. Creo que ella lo empujó a la carretera. Se lo he dicho a la policía.

—Chss —como si fuera un bebé—. No digas eso, ¿vale? No digas eso.

—Vi las manoplas rosas en el manillar del carrito.

—Blythe. No me hagas esto. Fue un accidente. Un accidente terrible.

—Tuvo que empujarlo. Si no, no habría podido rebasar la hendidura.

Miraste al agente de policía y meneaste la cabeza mientras me limpiabas las lágrimas de la cara. Carraspeaste. El policía frunció los labios pálidos y agrietados. Asintió con la cabeza, y se hizo cargo de alguna manera de lo que tú le hacías ver. La madre irracional. La mujer inútil. «Mira: tengo que untarle yo la pomada. Tengo que hacer que se calle.»

Violet fingía que no había oído lo que yo había dicho. Dibujaba flores en una pizarra blanca, al lado de un esquema de los órganos del cuerpo que alguien había dibujado ahí en mi ausencia, puede que para que mi marido comprendiera qué partes de mi hijo querían. El esquema parecía un mapa de los Grandes Lagos. El agente de policía dijo que nos daría tiempo para pensarlo a solas en aquella sala.

Volviste a repetir en voz baja cuando se fue, con voz temblorosa:

—Blythe, fue un accidente. Nada más, un terrible accidente. Estaba sola en esto.

El fin de semana anterior, de camino al parque, Violet me había hecho una pregunta exactamente en esa esquina, aunque ya sabía la respuesta.

—¿Los coches solo se paran cuando el semáforo está en rojo?

—Lo sabes de sobra, ¡ya tienes siete años! Ya sabes que los coches se paran cuando el semáforo está en rojo para ellos. Y la luz en ámbar significa que tienen que tener cuidado porque se va a poner rojo enseguida. Por eso es peligroso cruzar la calle si los coches no están parados del todo delante del semáforo en rojo —ella asintió con la cabeza.

Pensé que se le despertaba la curiosidad por el mundo que la rodeaba. Barajé la idea de empezar a enseñarle a leer mapas. Podíamos ir andando por el barrio y buscar los nombres de las calles y cómo orientarnos. Qué divertido sería hacer eso las dos juntas.

Sentada en el reservado para los familiares del ala de urgencias del hospital, pensé en esa pregunta una y otra vez.

Llevaste a Violet a casa, pero yo no podía irme. El cuerpo de mi hijo seguía en ese edificio.

¿Debajo de una sábana? ¿En el sótano? ¿En una de esas camillas metálicas que se meten en la pared como si fueran bandejas de horno? ¿Mi bebé estaba en una bandeja de horno?, ¿frío? No sabía dónde lo habían metido, pero no nos dejaban verlo. Tenía a Benny en una bolsa de plástico encima del regazo, con la cola manchada.

45

Estuve once días vomitando lo que comía. Lloraba en sueños, y entonces despertaba y lloraba a oscuras. Los temblores me duraban horas enteras.

El médico vino vestido de calle un sábado por la mañana, era alguien a quien le habías diseñado la casa y se había ofrecido a hacerte el favor. Dijo que tenía que ser un virus, que no era solo la pena, que a veces el sistema inmunológico se veía afectado cuando se enfrentaba a algo así. Asentiste y le regalaste una botella de vino en señal de agradecimiento, y yo ni me tomé la molestia de mandaros a los dos a tomar por culo.

Vino tu madre a quedarse con nosotros. Me traía té y pañuelos y somníferos y paños fríos para que me los pusiera en la cara. Le dije qué era lo que de verdad me pedía el cuerpo, para ver si así salía de la habitación. «Me pondré bien, te lo prometo. Solo necesito estar sola.» Hizo lo que estuvo en su mano, pero su presencia ocupaba espacio en mi cerebro, me distraía de lo único en que quería pensar. En él. La ira no me dejaba respirar. La tristeza me impedía abrir los ojos, que entrara la luz dentro de mí. Lo mío era la oscuridad, la oscuridad era lo que me correspondía.

Tu madre se llevó a Violet a un hotel unos días, pensó que vendría bien un cambio en casa. La mañana que fuiste a recogerla me senté debajo de la ventana de nuestra habitación con una cuchilla de hacer maquetas que habías dejado en tu mesa de trabajo. Levanté la camisa y me corté en la piel una línea poco profunda que bajaba de las costillas a la cintura. Grité llamando a Sam hasta que me quedé ronca. La sangre dejó una hilera de puntos y sabía rancia, como si hubiera estado pudriéndome por dentro desde el mismo instante en que murió. No podía dejar de llevármela a la lengua. Me unté de sangre el estómago y los pechos, y quería más. Quería sentir que me habían asesinado, que alguien me había quitado la vida y me había dado por muerta.

Cuando oí la voz de Violet abajo, tuve que juntar las manos para que dejaran de temblarme. Eché el cierre a la puerta de la habitación y me duché y limpié la sangre del suelo con una camisa que había comprado la semana anterior, un día que salí con Sam en mitad del aguanieve, porque me parecía que ya no tenía nada que ponerme. Cuando ese tipo de cosas aún podía ser un problema. Había olvidado su merienda. Mientras esperaba para pagar, intentaba callarlo, llena de impaciencia, y ese día le tuve que retrasar la siesta.

—Mamá está arriba —oí que le decías. Casi nunca me llamabas «mamá», y ella tampoco.

Te habías puesto un pantalón de chándal negro y una camisa de franela roja. Estuviste semanas sin cambiarte de ropa cuando murió. Fue lo único que cambió en ti, aunque yo sabía que sentías un dolor inmenso. Oía tus pasos entre la sala de estar y nuestra habitación y la habitación de Violet y la cocina. En el cuarto de Sam nunca entrabas. Hacías siempre el mismo recorrido por la casa, el mismo crujido en las tarimas, los mismos ruidos siempre: la cadena del váter, la ventana del pasillo cuando la abrías, la puerta de la nevera cuando la cerrabas. A lo mejor estabas esperando, respetuosamente, a que alguien te dijera que la vida podía seguir, que podías poner el despertador para ir al trabajo que tanto te gustaba, ir a recoger a Violet a baloncesto los martes, reírte con ella igual de alto que antes. O puede que no pensaras volver a sentir esa alegría de vivir nunca más.

¿Sabes que me dirigiste la palabra solo cuatro veces? Cuatro veces en casi dos semanas. Nos dolía horrores vernos el uno al otro.

1. Dijiste que no querías que hubiera funeral. Y no lo hubo.
2. Querías saber dónde estaba el termo de Violet.
3. Me dijiste que lo echabas de menos, y entonces te acostaste a mi lado en la cama, desnudo, mojado de la ducha, y estuviste casi una hora llorando. Levanté la manta, la

única invitación que te hice desde que murió, y te diste la vuelta para acercarte a mí. Acuné tu cabeza en mi pecho y me di cuenta de que no te haría hueco dentro de mí, ni ese día ni quizá nunca más. (Fue la última vez que pronunciaste esas palabras en mi presencia —«lo echo de menos»— por propia voluntad. «Ya lo creo que lo echo de menos», me decías mecánicamente los meses que siguieron, cuando me armaba de valor para preguntártelo.)

4. Quisiste saber si podía hacerle la cena a Violet la noche en que la trajiste de vuelta, porque tenías que marcharte, saldrías de casa a las cinco. Te dije que no, que no podía, y saliste de la habitación.

Te odiaba por la normalidad que aparentabas. Por dejarme allí sola con ella, entre las cuatro paredes que fueron el hogar de Sam.

Violet no subió a verme. Ni yo bajé a verla a ella.

Cuando desperté al día siguiente y vi que habías sacado el cuadro de su cuarto y lo habías dejado en el suelo, apoyado contra la pared, a los pies de nuestra cama, me noté ingrávida por un instante. Dejé de sentir las punzadas de dolor en los huesos. Llevaba casi un año mirando a esa mujer con su niño en brazos, mientras mecía y daba de mamar y sacaba los gases y susurraba nanas, pegada a su orejita. Cuando vi el cuadro me di cuenta de que viviría, y no sé por qué. Supe que saldría a rastras de ese estado que me oprimía hasta la médula. Y te odié por ello. Ni siquiera quería volver a sentirme una persona normal.

Fui al cuarto de Violet en ropa interior, me pesaban más que nunca las piernas. Abrí la puerta y vi que se removía debajo de las mantas. Primero parpadeó y luego entrecerró los ojos al notar la luz del pasillo.

—Levántate.

Le serví los cereales y eché un vistazo a la cocina. Se habían llevado su trona, sus biberones, su cuchara de silicona azul, las galletas saladas que le gustaba chupar. Oí los pasos de Violet arriba en nuestro baño, donde entró correteando para ver cómo te afeitabas.

No sé por qué pusiste allí el cuadro. Jamás hablamos de ello. Ahora está en nuestro dormitorio, aquí conmigo, en esta casa vacía. Ya casi no me fijo en detalles como el acabado de los grifos o que la puerta del cuarto de lavar se abre para atrás. Pero de vez en cuando esa mujer, esa madre, me mira. Le da el sol por la mañana y le aviva los colores del vestido durante horas enteras.

46

Había días que no aguantaba más en casa, cogía el metro e iba de un extremo a otro de la línea. Me gustaba la negrura de las ventanillas del vagón, y que nadie hablara con nadie. Era un bálsamo dejarse llevar por el movimiento del tren.

Vi un cartel grapado a un tablón de anuncios en el andén y le hice una foto con el teléfono.

Dos días más tarde, esa dirección me llevó al sótano de una iglesia. Hacía frío allí dentro y no me quité la cazadora, aunque todo el mundo había dejado colgados los abrigos en perchas metálicas, apelotonados en un perchero con ruedas que había al fondo. A mí me hacía falta una capa más para protegerme del frío húmedo que traspasaba las paredes blancas de cemento. Una capa más entre ellas y yo. Las madres. Había once. Y galletas de jengibre y una cafetera, y capsulitas de leche en una cesta forrada con una servilleta de Navidad aunque era abril. Había sillas de plástico naranja, como las que ponían en el salón de actos cuando nos reunían a todos en mi instituto. La silla que yo ocupé tenía grabada una obscenidad. Allí estábamos, congregadas, las madres y yo.

La persona al frente del grupo, una mujer escuálida hasta decir lo imposible, con los antebrazos llenos de pulseras de oro, pidió que nos presentáramos. Gina tenía cincuenta años, madre soltera de tres hijos, el mayor de los cuales había matado a alguien en una discoteca hacía dos meses. Con una pistola. Estaba a la espera de juicio, pero se declararía culpable. Lloraba mientras hablaba y tenía la piel tan seca que las lágrimas le dejaban regueros en la cara. Lisa, sentada a su lado, le dio unas palmaditas en la mano, aunque no se conocían. Lisa era la veterana del grupo. Su hija cumplía condena, quince años por haber intentado matar a una amiga suya, y llevaba cumplidos apenas dos.

Había dejado el trabajo al nacer la niña. Hablaba con voz dulce, y hacía una pausa antes de acabar las frases. Tenía dos enormes bolsas color ciruela debajo de los ojos.

Me tocaba a mí. Los fluorescentes parpadearon justo cuando iba a hablar, y pensé que ojalá me salvara un apagón. Dije que me llamaba Maureen y que tenía una hija en la cárcel por hurto. El hurto fue lo menos malo que se me ocurrió. El hurto parecía un error garrafal, nada más, algo que todo el mundo cometía aunque a algunos no los pillaran. Como si pudiera seguir siendo la madre de alguien que era bueno, digno de amar.

No me acuerdo ahora mismo de lo que dijeron las otras madres, pero había una violación y algunos casos por tenencia de drogas, y el hijo de una de ellas había matado a su mujer con una pala de recoger nieve. Dijo que era el asesinato de Sterling Hock, como si lo hubiésemos leído todas en el periódico, pero yo no había oído hablar nunca del caso. La mujer que moderaba la charla dijo que no había que mencionar apellidos ni dar detalles. Teníamos que ser anónimas.

Busqué en sus caras algo que me recordara a mí misma.

—Me siento como si hubiera sido yo la que cometió el delito —dijo otra de las madres—. Así me tratan los guardias cuando voy a verla. Así me tratan los abogados. Todos me miran como si fuera yo la que hizo algo malo. Pero no lo hice —tomó aire un instante—. No hemos hecho nada malo.

—¿Ah, no? —soltó una madre sin pararse a pensarlo. Algunas se encogieron de hombros, otras asintieron con la cabeza y el resto no movió un músculo. La maestra de ceremonias nos miraba como si estuviera contando hasta diez, un truco que debía de haber aprendido en el curso de trabajo social, y luego nos recordó que había galletas para el descanso.

—¿Volverás la semana que viene? —Lisa, la de las bolsas en los ojos, me alcanzó una servilleta para el café que me había caído en la mano al llenar el vaso de cartón.

—Todavía no lo sé —tenía la frente salpicada de gotas de sudor. No podía seguir allí dentro con aquellas mujeres. Yo había ido buscando a madres como yo, madres cuyos hijos hubieran hecho algo malvado, como la mía, pero empezaba a sentirme prisionera entre las paredes de aquel sótano. Tanteé en el bolso la receta que no había llevado todavía a la farmacia. Pero lo que noté fue la suavidad de su pañal. Siempre llevaba uno en el bolso.

—Este es mi segundo grupo. Hay otro los lunes, pero trabajo los lunes por la tarde, así que solo puedo asistir cuando alguien me cambia el turno.

Asentí con la cabeza y le di un sorbo al café tibio.

—¿Tú a tu hija puedes ir a visitarla en coche?

—Sí —busqué con los ojos la salida.

—Yo a la mía también. Lo pone todo más fácil, ¿no? ¿Vas a menudo?

—Perdona..., ¿los baños?

Señaló las escaleras y le di las gracias; estaba loca por salir de allí.

—Tan malas no somos —dijo. Me quedé parada en el vano de la puerta—. Ya lo verás por ti misma si decides volver del baño.

—¿Tú siempre lo has sabido? —decirlo fue como sentir que me arrancaban los dientes de la mandíbula. Pero tenía que preguntarlo.

—¿Que si he sabido qué?

—¿Sabías desde el principio que algo le pasaba a tu hija? ¿Cuando era pequeña?

La mujer alzó las cejas y me miró como si se diera cuenta en ese momento de que les había mentido.

—Mi hija cometió un error. ¿Tú nunca has cometido un error, Maureen? Venga ya, todas somos humanas.

47

Hacía un calor sofocante en la ciudad. Me quería ir. Coger el coche. Habían pasado veintidós semanas, y todavía me costaba caminar por la calle. Hasta pensar me seguía costando. Quería que nos montáramos los dos en el coche y dejáramos atrás este lugar por un tiempo, sin prisa pero sin pausa. El mar. El desierto. «Donde sea —te dije—, vámonos y ya está». Tú no querías salir de la ciudad ni a rastras. Dijiste que no te parecía bien, que sin Violet no; y que a ella le hacía falta ahora estar en un entorno conocido, en casa.

Llevaba sin mirarla a los ojos desde que Sam murió. Volví a caer en la desidia de pasarme el día entero en la cama. Cuando no estaba allí, iba a la cocina, dejaba la mirada clavada en los platos del fregadero, incapaz de darles un agua. Incapaz de hacer nada de nada.

Había recuerdos de él por todas partes. Pero eran recuerdos que pervivían sobre todo en ella. El hueco minúsculo entre los dientes delanteros. El olor de sus sábanas por la mañana. El jersey a rayas que quería ponerse a todas horas, a juego con el peto que llevaba él cuando murió. El camino al colegio. El agua del baño.

Aquellas manos.

Yo me moría por encontrarlo en ella, por mucho que me doliera. Y la odiaba por ello.

Nadie hablaba nunca de él. Ni los amigos. Ni los vecinos. Ni tus padres ni tu hermana. Preguntaban cómo lo llevábamos, y les salía por los ojos la pena que les daba vernos, pero jamás mencionaban su nombre. Yo era lo único que habría querido que hicieran.

«Sam.» Lo decía en alto a veces cuando estaba sola en casa. «Sam.»

Caroline, la madre del niño que había muerto en el parque infantil hacía dos años, me mandó un correo electrónico al poco de morir Sam. Se me aceleró el corazón nada más ver el nombre.

«Rezo para que, igual que yo, encuentres la manera de salir adelante. No sé cómo, pero al final hallé una cierta paz, hasta en la pena.»

Esa paz de la que hablaba no iba conmigo. Borré el correo electrónico.

—A lo mejor eres tú la que tienes que salir, irte tú sola —dijiste asomándote a la puerta del baño. Metí la cabeza debajo del agua para no oírlo.

Esa misma noche te pregunté qué habías querido decir. ¿Irme adónde? ¡Irme! Querías que me fuera.

—Hay sitios donde podrían ayudarte con el dolor. Retiros con terapeutas...

—¿Como las clínicas de desintoxicación? —pregunté, con cara de pocos amigos.

—Como los que buscan que te sientas mejor. He encontrado uno en el campo. A pocas horas de aquí —me tendiste una hoja de papel grueso, impreso en tu oficina—. Tienen hueco ahora. He llamado.

—¿Por qué quieres que me vaya?

Te sentaste a los pies de la cama y dejaste caer la cabeza entre las manos. Vi los temblores en tu caja torácica y las lágrimas que te caían en los pantalones, con un reguero lento pero constante, igual que el goteo del grifo en la cocina. Estabas incubando algo que querías confesar, algo grave que te pesaba en las entrañas, algo que todavía no habías dicho en alto. «No lo hagas —te supliqué en silencio—. Por favor no lo hagas. Prefiero no saberlo».

Te frotaste la barbilla y dejaste la mirada perdida en el cuadro del cuarto de Sam apoyado contra la pared.

—Iré.

48

Había baños de sonido, rituales de sanación, charlas sobre las abejas y hamacas de seda colgadas de vigas de madera en un granero remodelado. En mi habitación, tenía una hilera de aceites esenciales en la repisa del baño y una guía de bolsillo de naturopatía en el cajón de la mesilla. Las sesiones de terapia eran de nueve a tres; primero individuales, luego en grupo. Rellené el papel mediante el que renunciaba a ellas nada más registrarme en recepción. Marqué la casilla que decía: «Renuncio por mi propia voluntad a participar en las sesiones de terapia incluidas en la tarifa semanal que he abonado». No quería verme obligada a pronunciar el nombre de nuestra hija mientras estuviera allí. Había ido para librarme de ella. No tenía ningún interés en hablar de ella, ni de ti, ni de lo mal de la chaveta que estaba mi propia madre. Iba con un niño muerto. Quería estar sola y punto.

Nos daban la cena a las cinco en el comedor. Las mesas individuales estaban todas ocupadas, así que tomé asiento en el banco de la gran mesa central y paseé la vista por un sinfín de gente rica. El chándal que llevaba no estaba a la altura. Me subí la cremallera de la sudadera hasta la barbilla y alcancé las judías.

—¿Acabas de llegar? —casi se me cae la cuchara al oírla, de lo mucho que se parecía a la voz de mi madre. Miré a mi izquierda: la mujer echó un vistazo a mi cuenco y dijo que aquello no era comida para mi campo energético. Más tarde, esa misma noche, acabé compartiendo con ella una manta junto al hogar, tomando una infusión de jengibre mientras me contaba. Iris era la mujer más intensa que había conocido. Pero me cayó bien en el acto.

Me invitó a ir de paseo con ella todas las mañanas, a la hora justa para que la salida del sol nos pillara ya campo a través. Se presentaba en la puerta de mi cabaña con un cristal de circonio en la mano, decía que no sabía empezar el día sin él. Cruzábamos el prado que separaba las cabañas donde nos alojábamos del edificio principal, luego llegábamos a un río que delimitaba la finca por el norte, y bordeábamos los campos de lavanda por un sendero balizado. Solíamos caminar hora y media al día, y ella siempre iba un paso por delante de mí. Hablaba por encima del hombro, un monólogo que no tenía fin; ponía tanto énfasis en las palabras que era como si hubiera ensayado antes cada frase. Tenía la nariz larga y afilada, y una melenita más afilada todavía que apenas se inmutaba al ritmo de sus zancadas, ni se le rizaba con la humedad del aire como a mí.

Hablaba sobre todo de su vida, del cáncer que había tenido, de los milagros que había presenciado como médica y los seres queridos que había perdido. Iris había estado casada con un cirujano que sufrió un ataque al corazón cuando estaba operando. Hablaba de ello como si lo peor fuera no haber podido terminar la operación. Cuando acababa de contarme lo que fuera que pensara compartir conmigo ese día —había siempre una especie de propósito en lo que me contaba, como si fuera desgranando las lecciones de un libro de texto—, se detenía, estiraba los gemelos y me decía que abriera yo camino el resto de la marcha.

Entonces empezaba la ronda de preguntas sobre Sam. Preguntas que hacían que me sintiera debajo de la luz de un foco en la mesa de operaciones, abierta en canal. Una incisión detrás de otra.

Le había hablado de Sam la primera noche, porque me preguntó con toda la intención: «¿Cuántos hijos tienes?, ¿y están todos vivos?».

Le respondí con naturalidad. Tenía un hijo. Y estaba muerto. Iris me acompañó en el sentimiento. Hablaba sin remilgos. Me dijo que ahora tenía que encontrar una nueva forma de vivir en el mundo. La odié y la amé a partes iguales.

Me levantaba a las cinco de la mañana. Me cepillaba los dientes y salía a la hierba fresca empapada de rocío para hablar con aquella mujer que no conocía. Cuando hablaba de Sam con Iris, me dolían las piernas y me pesaba tanto el pecho que casi caía de bruces al suelo. Volvía a la cabaña después del paseo con los pies calados y los *leggings* chorreando, me metía debajo de la humeante ducha al aire libre y olvidaba hasta el último detalle de lo que le había contado esa mañana, hasta la última pregunta que me había hecho Iris: «¿Cómo crees que sería ahora si viviera? ¿Qué era lo que más te gustaba de él? ¿Cómo era tenerlo en brazos? ¿Cómo fue su venida al mundo? ¿Qué tiempo hacía el día en que murió?». Lo frotaba todo con la esponja en la ducha, como si fuera una aventura que había tenido con otro hombre, sexo ilícito del que nadie debería enterarse nunca.

El día anterior a mi partida, dos semanas después de que me dejaras allí como un fardo, los jardineros me encontraron en el río de aguas gélidas que atravesaba los terrenos. Estaba desnuda e histérica, me sacudía como un animal que es devorado vivo.

«Déjenme tocarlo. Soy su madre. Lo necesito. Tengo que llevarlo a casa.»

Me quedé sin voz.

No me tenía en pie cuando me sacaron del agua. Iba y venía el personal médico que había en plantilla. La gente susurraba y se llevaba las manos despacio a las clavículas, mientras observaban cómo iba haciendo pie y me ponían un pantalón de chándal de la tienda de regalos, con el emblema del centro bordado en la cadera. Tiré al suelo la manta con la que me habían arropado los hombros, y dejé que mis pechos marchitos respondieran a la mirada de la pequeña multitud que me rodeaba. Había superado con creces los límites de la vergüenza.

Iris me trajo un té a la cabaña, pero no le abrí la puerta cuando llamó, ni cuando pidió perdón a voz en grito, al otro lado de los tablones de cedro, diciendo que no había medido bien el alcance de mi fragilidad. Fragilidad. Escribí la palabra con el dedo en mi lado de la puerta.

Una psicóloga especializada en casos de duelo, a la que había renunciado por mi propia voluntad, pidió permiso para valorar mi estado y me propuso quedarme más tiempo. Vino a decir que corría peligro si me dejaban sola. Vino a decir que había que llamarte a ti.

«No, gracias», dije, y sanseacabó. No había mucho más que decir.

A la mañana siguiente te esperé sentada en el porche, con la maleta a los pies. Miré los árboles al otro lado del recinto, el perfil de sus copas, en declive y formación perfecta por el oeste.

—¿Entonces qué? —no apartabas los ojos de la autopista. Puse la mano encima de la tuya, sobre la palanca de cambio. Metiste la sexta. Ya sabía lo que me tocaba decir.

—¿Qué tal está? Violet, ¿qué tal está?

49

—No pasará nada. Anda, sal a divertirte —puse boca arriba las piezas del puzle y me obligué a mirar a Violet. Ella no levantó los ojos.

Tenías un asunto de trabajo. Eran más frecuentes ahora que antes, por lo visto, y tu aspecto era distinto cuando salías de casa. Conjuntabas la ropa, te ponías cinturón con los vaqueros. Estabas muy guapo, y te lo había dicho un rato antes, en el dormitorio. «El viejales con el que te casaste», dijiste.

Era imposible decir lo mismo de mí, y los dos lo sabíamos mientras nuestras miradas se encontraban en el espejo de cuerpo entero de detrás de la puerta.

El puzle del sistema solar tenía mil piezas y no estaba en casa cuando yo me fui. Tus padres se habían quedado con Violet y contigo mientras yo estaba fuera. Tu madre y yo no habíamos hablado mucho desde la muerte de Sam, aunque estuvo dos meses llamando, día sí, día no, para saludar un momento y ofrecerse a venir; para decir que pensaba en mí. Ponía de su parte, pero no sabía cómo comportarse en mi presencia, ni yo sabía cómo comportarme delante de nadie. Ya se habían ido cuando llegué del retiro, pero aún seguían calientes en la encimera unas pastas que había hecho en el horno. La canguro estaba en casa cuando entré por la puerta; llevaba sin verla desde que Sam murió. Tenía los ojos hinchados y enrojecidos. Nos dimos un abrazo, y pensé en el olor edulcorado que dejaba en mi hijo cuando se lo quitaba de los brazos.

Tres días. Eso tardó Violet en hablar conmigo desde que puse los pies en casa. Sam llevaba muerto casi siete meses por aquel entonces. Ella empezó por Neptuno y yo me puse con Júpiter. Al final nos encontramos, cerca del sol.

—¿Por qué te fuiste?

—Tenía que ponerme bien.

Le pasé la pieza que estaba buscando.

—Te eché de menos el tiempo que estuve fuera —dije.

Encajó la pieza de un golpe y me miró. La gente siempre decía que aparentaba más años de los que tenía, pero no vi que fuera cierto hasta ese momento. El color de sus ojos me pareció más oscuro. Allá donde posaba la vista en casa, todo me parecía diferente. Todo había cambiado. Al principio, evité mirarla. Se me acumulaba la bilis debajo de la lengua. Me vio tragar. Y otra vez. Dije que tenía que ir al baño.

Cuando volví, había guardado el puzle. La hallé en su cuarto, leyendo un libro. Estoy segura de que oyó las arcadas que me daban en el cuarto de baño.

—¿Quieres que te lo lea yo?

Dijo que no con la cabeza.

—Me ha sentado un poco mal la cena. ¿Tú estás bien?

Asintió. Me senté a los pies de la cama.

—¿Quieres que hablemos de algo?

—Quiero que vuelvas a irte.

—¿De tu cuarto?

—Que nos dejes. A papá y a mí.

—Violet.

Pasó la página.

Se me llenaron los ojos de lágrimas. La odiaba. Quería con todas mis ganas que volviera Sam.

50

Cuando mi madre nos abandonó, mi padre siguió como si tal cosa. En cuestiones domésticas esto no resultaba difícil: ella cada vez participaba menos de nuestra rutina; con el paso de los años se había convertido en una espectadora ocasional, como quien ve una película y sabe que puede apagar la televisión antes de que acabe.

Lo único que hizo mi padre fue cambiar mi cepillo de dientes y el peine al cajón de arriba del baño, manchado después de años de maquillaje y productos baratos para el pelo que se salían del bote. El hecho de no guardar ya mis cosas debajo del lavabo hizo que me sintiera más responsable, aunque no sabía de qué.

Él empezó a invitar a sus amigos a jugar al póker los viernes por la noche. Yo iba a casa de la señora Ellington y me quedaba allí con Thomas, viendo películas y comiendo palomitas, hasta que su madre apagaba la tele y me acompañaba a casa, donde me iba derecha a la cama. Pero una noche me quedé en el pasillo a oscuras, ante la puerta de la cocina, y estuve escuchando. La casa olía a colonia fuerte y a cerveza.

No me importaba que hubiera noches como esa, con la casa llena de hombres y el olor que tenían; eran de las pocas ocasiones en que mi padre parecía una persona de verdad. Él no bebía mucho aparte del vaso de whisky que se tomaba después del trabajo, pero los otros sí. Se lanzaban improperios unos a otros con la lengua floja, y entonces alguien dio un golpe encima de la mesa. Oí la cascada de fichas de póker que caían al suelo.

—Eres un tramposo —dijo mi padre, de una forma que yo no le había oído nunca, como si le costara respirar mientras pronunciaba esas tres palabras. Y entonces alguien respondió:

—La tramposa era tu mujer, ¡eres un mierda! No me extraña que te dejara.

Cuando levanté los ojos del suelo del pasillo, vi que mi padre me estaba mirando y temblaba de ira en el vano de la puerta de la cocina. Tenía entumecidas las piernas y no me pude mover cuando lo oí venir. Gritó que me fuera a mi cuarto. Alguien estampó una botella contra la mesa. Alguien dijo:

—Perdona, Seb, se le ha ido la mano un poco. Ha bebido demasiado.

Por la mañana, mi padre dijo que sentía que hubiera oído aquello, y yo encogí los hombros y dije:

—¿Oír qué?

—Blythe, a veces la gente piensa cosas malas de ti que no son ciertas. Lo único que importa es lo que cada uno crea de sí mismo.

Me tomé el zumo de naranja y él se tomó su café, y pensé: mi padre es mejor que esos hombres. Pero habían dicho algo esa noche que resonaba en mis oídos. «Eres un mierda.» Pensé en todas las veces en que no se defendió, en que nunca le pidió que se quedara en casa y no fuera a la ciudad. Pensé en el paño húmedo que colgaba a un lado de su cabeza. Pensé en el hombre que llamaba por teléfono, en los coágulos de sangre en el retrete. En las pastillas que nunca le quitó de la mesilla, en los platos estampados contra el suelo que siempre recogía él. En cómo se retiraba al sofá sin decir nada. Me enfurecía que mi madre lo hubiera abandonado, pero no sabía si alguna vez había salido de él impedírselo.

51

Empecé a escribir otra vez, y para ello tuve que tirar a la basura lo que había escrito antes de la muerte de Sam. Me había cambiado el cerebro, como si estuviera ahora en una frecuencia distinta a la de antes. Un antes y un después es lo que había. El después era cortante; las frases, abruptas y afiladas como si quisiera herir a alguien con cada párrafo. Había tanta ira en cada página, pero no sabía qué otra cosa hacer con ella. Escribí sobre cosas de las que nada sabía. La guerra. Los pioneros. Un taller de coches. Mandé el primer relato que acabé a una revista literaria que me había publicado antes de tener hijos. Su respuesta fue tan seca como mi carta de presentación, y me sentó bien, igual que untarme el torso de sangre me había sentado bien a la semana de morir Sam. «Que os den por culo. Además, no lo escribí para vosotros.» No tenía ninguna lógica aquello, pero rellenaba las horas que pasaba en casa.

Empecé a ir a una cafetería que quedaba a unos minutos andando; no ponían música, y las tazas eran como cuencos. Me gustaba ese sitio. A ti no. Así que me lo guardé para mí, para escribir. Había un hombre al que veía a menudo por allí, un hombre joven, puede que siete u ocho años más joven que yo. Trabajaba en su portátil, no pedía nunca un segundo café. A los dos nos gustaba sentarnos al fondo, lejos de la corriente que entraba cuando abrían la puerta. Me gustaba su manera de colgar la cazadora en el respaldo de la silla, de modo que la gruesa capucha hiciera de almohada para la espalda, así que empecé a colgar mi abrigo igual.

Un día entró con dos personas mayores que él, una con su misma nariz muy grande y la otra con sus mismos ojos oscuros. Los invitó a sentarse y les pidió café en la barra y un cruasán para que lo comieran a medias. Puso dos servilletas encima de la mesa, una delante de cada uno de ellos, como si estuviera sirviendo a dos clientes de toda la vida en un restaurante de lujo.

¡Se acababa de comprar su primera casa! Aquella noticia me llenó de emoción. Lo escuché mientras comentaba cada una de las fotos de la inmobiliaria en el móvil. Por aquí se entra a la cocina, y este pasillo da al aseo; ah, y esta será la habitación del bebé. ¡Iba a tener un hijo! Como mi Sam. Quería que me mirara para poder sonreírle, para darle a entender que me importaba su futuro, que había estado preocupada por si un joven tan majo no tenía nadie en la vida que lo quisiera.

Hablaron del impuesto de bienes inmuebles y la reforma del tejado, de cuánto tardaría en llegar al trabajo desde su nueva casa. Y entonces la madre le preguntó a su hijo si había planeado algo para cuando naciera el niño, en apenas un mes.

—Yo puedo venir a la ciudad entre semana y ayudaros en lo que haga falta. Lavar los platos, hacer la colada. No me importa, tengo tiempo. Puedo traerme la cama plegable del cuarto de invitados —lo decía tan esperanzada, y yo sabía, aun antes de que su hijo respondiera, que la mujer acabaría por oír una de las cosas más duras de su vida. Él le explicó que ya habían quedado con la madre de Sara. Que era lo más fácil. Ella podría visitarlos más tarde, cuando ya se hubieran hecho a la casa y hubieran tenido tiempo de estar juntos los tres. Y la mamá de Sara. Ya le diría él cuándo podía venir. Puede que unas semanas después. A ver cómo iban las cosas.

La madre adelantó un poco la cabeza, luego la echó para atrás e hizo acopio de fuerzas para decir:

—Desde luego, cariño —y puso la mano encima de la de su hijo apenas una décima de segundo antes de volver a metérsela debajo de los muslos.

A una madre se le parte el corazón un millón de veces en la vida, y cada vez de forma diferente.

Los dejé allí; no quería seguir fisgoneando. Hice a pie el camino a casa.

52

Pasó una cosa en el coche cuando regresábamos a casa de algún sitio, no me acuerdo de dónde. Volvimos la cabeza a un tiempo para mirarnos, mientras apagábamos una risa y fijábamos los ojos el uno en el otro, el mismo movimiento reflejo que nos impulsaba antes cuando Violet decía algo divertido. Era lo único que importaba, que compartíamos ese conocimiento íntimo del otro. Que la habíamos creado juntos y ahora estaba ahí, diciendo cosas de adulto inverosímiles que había aprendido de nosotros, con la vocecita frágil de una niña de ocho años. ¿Cómo me las había apañado para alcanzar contigo ese momento de alegría tan típica y perfecta? ¿Con ella? No hubo día en que no reviviera lo que pasó entonces en ese coche.

Pero nada más volver la cabeza me di cuenta de que la vida seguía su camino, quisiera yo o no. Estábamos juntos los tres, en el coche sin él, mirándonos como antes. Llevaba un año muerto.

Lo echaba de menos horrores. Quería decir su nombre en el coche para que lo oyerais los dos. Tenía que haber estado allí con nosotros.

Metí la mano en el bolso que había dejado a mis pies y saqué un paquetito de pañuelos de papel. Miré a Violet, que estaba en el asiento de detrás de ti. Cogí un pañuelo y lo tiré para atrás por encima de mi cabeza. Ella vio cómo flotaba y luego caía en su regazo. Saqué otro, y luego otro y otro. Apartaste la vista de la carretera y me miraste una vez, y otra, y luego la buscaste a ella en el espejo retrovisor. Vuestras miradas se encontraron, y entonces ella se quedó mirando por la ventanilla en silencio mientras los pañuelos de papel volaban sobre los asientos de atrás.

Lo hacíamos a veces con Sam cuando lloraba en el coche. Le tirábamos encima pañuelos de papel hasta que los largos y tristes sollozos se convertían en una risa imparable. Le encantaban los pañuelos de papel. A veces sacábamos una caja entera, sin parar de reír como locos, y el coche se llenaba de paracaídas blancos, los chillidos de los niños subían de volumen, nuestras caras de tontos, llenas de cansancio y alivio, sonreían con los ojos en la carretera.

Ninguno dijisteis nada cuando aquella tarde hice lo mismo. Aparté la vista de ti cuando el paquete quedó vacío, y lo dejé en el salpicadero, para que tuvieras que verlo al conducir. Me parece que había campos al otro lado de la ventanilla. Recuerdo que me quedaba mirándolos y me entraban ganas de atravesarlos corriendo hasta que me atraparas por la capucha de la sudadera. Si es que salías corriendo detrás de mí.

Esa noche te pregunté si sería conveniente que Violet fuera a que la viera alguien. Un psicólogo de niños, para que la ayudara a superar la pena. Se la veía reacia a hablar de él.

—Me parece que lo está llevando bastante bien. No creo que haga falta.

—¿Y nosotros? Los dos juntos. Una terapia de pareja —era como si tampoco quisiéramos hablar de él. Ni siquiera mencionaste lo que yo había hecho en el coche.

—Me parece que también lo estamos llevando bastante bien —me besaste en la frente—. Pero tú sí podrías ir. Tú sola. Deberías intentarlo otra vez.

Fui como alma en pena por la casa en silencio.

Estabas haciendo una maqueta en tu estudio, y tenías las cosas desperdigadas por encima de la mesa, debajo del brazo articulado del flexo. Pegamento, el tapete de cortar y un juego de cuchillas de distinto grosor. Las diminutas paredes de cartón pluma se erguían en uno de los lados. A Violet le encantaba ver cómo hacías maquetas para tus proyectos.

Cogí las cuchillas una a una y las metí en la caja. No tenían que haber estado por allí rodando. Ya te había dicho antes que tuvieras cuidado. Cogí la última, me la pasé por el dedo y temblé al ver lo afilada que estaba. Qué fácil era cortarse. Qué fácil sería cortarme. Me toqué la cicatriz debajo de la camisa, la línea en relieve que se me había formado en el costado. Qué bien me había sabido la sangre. Cerré los ojos.

—¿Qué haces? —di un respingo al oír tu voz.

—Estoy recogiendo tus cosas. No deberías dejar todo por aquí rodando; lo puede coger la niña.

—Ya lo hago yo. Vete a la cama.

—¿No vienes?

—Dentro de un rato —te sentaste en el taburete y encendiste la lámpara. Te toqué el hombro y luego te froté la espalda. Besé la parte de atrás de tu oreja. Metiste una cuchilla en el cúter y luego alcanzaste la regla de metal. Siempre contenías el aliento cuando trabajabas. Pegué la oreja a tu espalda y escuché las largas inhalaciones—. Lo siento, cariño. Esta noche no. Tengo que terminar esto.

Horas después, el ruido me sacó del sueño: una a una, despacio, las cuchillas caían en la caja de lata. Clic. Clic. Clic. Hubo una pausa. Y luego, clic, clic. Otra pausa. Abrí los ojos y procuré orientarme en la habitación con el débil resplandor del halógeno del techo. Clic, clic. Ladeé la cabeza, y el sonido de esas cuchillas de metal cayendo en la lata se convirtió en el de gotas heladas de lluvia contra el canalón, al otro lado de la ventana. Se levantó viento. Clic, clic. Clic. Cerré los ojos y soñé con mi niño en brazos, el olor de su cuello caliente y la sensación de sus dedos en mi boca, la de la sangre que le caía encima despacio, como gotas de agua de un grifo mal cerrado; vi cómo se retorcía con cada gota. Vi la sangre que daba contra su piel de bebé y formaba regueros, ríos entrecortados que se vertían en las grietas de su cuerpecillo. Lo lamí como si fuera un helado de nata derretido. Sabía dulce, como la compota de manzana que le daba el verano antes de que muriera.

Esa noche no viniste a la cama. Por la mañana te encontré dormido en el suelo del cuarto de tu hija, arropado con la manta del sofá del comedor.

—Le daba miedo la tormenta —dijiste en el desayuno—. Tuvo una pesadilla.

Le frotaste la cabeza y echaste más zumo de naranja en su vaso, mientras yo volvía a la cama escaleras arriba.

53

—Hace un frío de mil demonios ahí fuera, Blythe, ¿es que no lleva manoplas al colegio? —tu madre hizo una mueca al quitarse las botas mojadas. Había venido a quedarse unas cuantas noches, para pasar tiempo con Violet, y fue a buscarla al colegio. Violet había formado un charco con la nieve derretida que se estaba sacudiendo de los pantalones.

—Están en la mochila, pero no le da la gana de ponérselas.

Violet fue a la cocina, esquivándome al pasar.

Tu madre se ahuecó el pelo en el espejo del pasillo, y supe que tenía algo que decirme por cómo preparaba el terreno. Me apoyé en la pared y esperé a que hablara.

—¿Sabes?, la profesora me ha dicho que a Violet no le ha ido muy bien hoy. Que se la veía enfadada y no quería participar en ninguna de las actividades.

Noté que se me encogía el pecho.

—Ya me lo ha dicho alguna vez. Pero cuando le pregunto a Violet, no le da importancia. Fox cree que se aburre en el colegio.

—Estaba ella sola, sentada en un rincón del patio, cuando llegué. No jugaba lo que se dice con nadie —alzó las cejas y miró en dirección a la cocina para asegurarse de que Violet no la oía—. Todavía no han pasado ni dos años. Hay que tener en cuenta que ella también lo quería, como el resto de nosotros. A pesar de todo.

«A pesar de todo»: me sorprendió oírle esas palabras. Nunca sacaba el tema de la muerte de nuestro hijo. No sé si sabía lo que sabía yo. Siempre había querido preguntárselo. Era lo más parecido a un aliado que yo tenía.

—Helen —susurré—. ¿Ha hablado Fox contigo del día en que Sam murió?, ¿de lo que yo le conté que había pasado?

Desvió la mirada y luego se puso a estirar el abrigo que había colgado en el recibidor.

—No. Y no sé si estoy en condiciones de hablar de ello, si te soy sincera. Te pido mil perdones. Sé que tú estabas allí, que lo viviste en primera persona, pero... no puedo.

—Has dicho «a pesar de todo», y creí que...

—Me refería a que aparentemente no se la ve muy afectada —dijo enseguida—. A lo bien que lo ha llevado en casa aunque no te haya tenido a ti cerca —miré bruscamente en dirección a la cocina, y ella volvió a bajar la voz—. No lo digo como una crítica, Blythe, te lo juro. Has pasado un infierno.

Asentí para quitarle hierro a la tensión que pudieran haber creado mis palabras. La vi tan débil entonces, mucho mayor en apariencia de los sesenta y siete años que tenía, y me di cuenta de que perder a su nieto también le había pasado factura. Y, claro está, tú no le habías contado lo que yo creía. Violet la llamó para que fuera con ella a hacer galletas de chocolate, y la oí buscar en el armario los cuencos para mezclar la masa. Tu madre había ido caminando a la tienda esa mañana para comprar todos los ingredientes. Le di un apretón en una mano.

—Eres una persona muy fuerte —susurró. Eran palabras que no tenían ningún valor para mí, porque no era verdad. Me quería, pero no me conocía lo más mínimo.

Cuando llegaste esa noche, vi que te llevaba a la parte no iluminada del salón. Estuvisteis hablando en voz baja. Oí cómo le palmeabas la espalda cuando te abrazaba. Se te pegó el olor del perfume de rosas tan fuerte que se ponía, y me quedé pensando en ese abrazo toda la noche.

54

Hay una versión de mi historia con Violet que me viene a veces a la cabeza.

La versión es como sigue:

Le doy de mamar hasta que tiene un año. Me nutre la sensación de su piel caliente contra la mía. Me siento feliz. Estoy agradecida. No me dan ganas de llorar cuando tengo que estar cerca de ella.

Aprendemos cosas la una de la otra. Paciencia. Amor. Paso con ella ratos sencillos y gozosos que hacen que me sienta viva. Hacemos castillos cuando se levanta de la siesta y leemos el mismo libro todas las noches hasta que se sabe de memoria cada página, y solo se queda dormida si la acuno antes. No te odio cuando llegas tarde a casa, tarde para hacerte cargo de ella. Es a mí a quien llama cuando se despierta por la noche. Me da los buenos días con un chillido cuando entro en su cuarto, y pasamos una hora tranquilas las dos juntas antes de que tú te levantes. No te necesita como me necesita a mí.

Vamos caminando a la guardería y me despide con la mano desde el otro lado de la verja. La echo en falta todo el día de manera inconsciente. Me hace una tarjeta para el día de la madre con palabras que se le ocurren y que la profesora le imprime, y se me llenan los ojos de lágrimas cuando la abro. No siento ningún temor al recogerla cuando sale de la guardería.

Me sonríe. Se abraza a mis piernas. Le pido besos.

Cuida a su hermano como si fuera un muñeco. Le toca la cabeza cuando lo coge en brazos. Ve cómo le doy de mamar y se acurruca con nosotros para sentir el calor de los cuerpos. No tengo deseos de estar a solas con él sin ella. Habla de él cuando no está presente. Le cuenta a la gente que tiene un hermanito. De vez en cuando me pregunta si podemos ir las dos solas al parque, porque echa de menos estar más tiempo solo conmigo. Eso hacemos, nos columpiamos una al lado de la otra, y tomamos helado de vainilla. Volvemos a casa, y él nos espera, a salvo contigo. No finjo para mis adentros que es mi único hijo.

Se sienta en mi cama mientras me cambio y hablamos de lo que hablan las madres y las hijas. Soy amable, soy cariñosa. Ella siente curiosidad. Le gusta estar cerca de mí. Tiene una mirada dulce. Me fío de ella. Me fío de mí cuando estoy a su lado. La veo crecer y convertirse en una joven respetuosa y amable. Que siente que es hija mía. Tenemos un hijo y ella tiene un hermano. Los queremos a los dos por igual. Somos una familia de cuatro que cena lo mismo los domingos, que discute para ponerse de acuerdo sobre qué programa de televisión ver los viernes, que coge el coche para ir de viaje en primavera.

No me paso el día preguntándome cómo habría podido ser todo.

Ni cómo sería la vida si hubiera muerto ella en vez de él.

Yo no soy un monstruo, y ella tampoco.

55

Te habías ido a comprar protector solar a la tienda del hotel. Las vacaciones en la playa no eran lo nuestro, nos quemábamos enseguida. Pero intentábamos ser una familia normal. Se le ocurrió a tu madre, dijo que un cambio de aires nos vendría bien, así que reservaste una habitación por unos días. A Violet le encantaba jugar con la arena, aunque ya tenía nueve años. Yo leía una novela debajo de la sombrilla a rayas que teníamos y levantaba el ala del sombrero de vez en cuando para tenerla controlada. Estaba cavando unos canales conectados entre sí para llenarlos de agua. Un niño, todo piel y huesos, que no tendría ni tres años, deambulaba entre ella y el oleaje, mordiéndose los padrastros del pulgar.

Ella fue de puntillas hasta donde estaba él y se agachó a sus pies; el viento alejaba de mí sus voces. Parecía que él soltaba una risita nerviosa. Ella rodó por el suelo con cara de tonta, y él se echó a reír, mirando al sol. La siguió y la ayudó a llenar los canales con un cubo.

Había admirado la elegancia de su madre al verla ese mismo día, unas horas antes, en la piscina.

—Es un amor su hija, qué bien se lo está pasando con ella. ¿Tiene edad ya para hacer de canguro?

Le expliqué que aparentaba más edad de la que tenía. La invité a sentarse en la hamaca que habías dejado libre, mientras jugaban nuestros hijos. Los observábamos e intercambiábamos el tipo de cumplidos que son propios de las madres. El niño levantó la cabeza y la llamó, moviendo las manos, quería enseñarle el cubo que le habían prestado.

—¡Ya lo veo, ya lo veo! ¡Qué bonito, Jakey!

Habían ido a pasar la semana. Tenía otros dos hijos que habían salido de excursión en barco con el padre, pero Jake y ella se mareaban. Violet empezó a enterrarlo en la arena. Primero las piernas. Luego el tronco. Daba golpecitos en la arena, pasaba las manos para alisar el montículo, y el niño se quedaba quietecito.

—¿Le importa? —preguntó la madre, con el teléfono en la mano.

Tenía que hacer una llamada de trabajo, pero en la playa no se podía hablar con tanto viento. Fue corriendo por el sendero entablado que teníamos a la espalda y vi las evoluciones del caftán blanco entre sus largas piernas.

El niño ya estaba enterrado hasta la barbilla; la cabeza, caliente y redonda, quedaba sobre la arena, como una cereza caída del árbol. Violet fue hasta la orilla del agua, llenó el cubo más grande y volvió despacio junto al niño, agitando los brazos. ¿Cómo podía con un cubo tan pesado? Me incorporé en la hamaca. Sostuvo el cubo en alto sobre la cabeza del niño y tomó aire. Se detuvo para ver si la estaba mirando. Yo le sostuve la mirada, con el corazón en un puño. El niño tenía los ojos cerrados. Hice amago de levantarme. Cayó algo de agua cuando se movió para poner una mano debajo del cubo. Iba a volcarlo. Debía de haber más de tres litros, llenaría en el acto las vías respiratorias del pequeño. Lo miraba sin moverse, con la mano lista para volcar el cubo. Sentí que me flaqueaban las piernas, quise gritar pero no salió palabra alguna. Me di un golpe en el pecho para recobrar la voz. Y por fin grité. Me salió el nombre de él, apenas audible, con tal intensidad que noté la garganta ardiendo.

—¡Sam!

—¿Qué pasa? —noté tu mano en el brazo, me asusté y te aparté de un manotazo. Violet se nos quedó mirando, con el cubo en el suelo. El niño levantó el cuello y el montículo de arena se resquebrajó como si fuera hielo.

—¡Lo has estropeado!

—Perdona —dijo él, y empezó a gimotear.

Se puso de rodillas y lo ayudó a levantarse, sacudió la arena de su espalda y del pelo rubio y fino.

—No llores. Podemos hacerlo otra vez. ¿Estás bien? —le pasó una mano por los hombros, y él asintió. Me lanzó una mirada para ver si todavía tenía la vista puesta en ella.

—No pasa nada —te dije por fin, y me ajusté la parte de abajo del bañador. Se me iba a salir el corazón del pecho. Seguí mirando cómo Violet intentaba alegrar al niño. A lo mejor había exagerado. Volví a pensar en las manoplas rosas en el momento de empujar el carrito, y entonces aparté de mí ese pensamiento. Me diste la bolsa de plástico con total tranquilidad; no me habías oído decir su nombre. O al menos hiciste como que no lo habías oído.

El día de playa duró dos horas más. Acabé de leer el libro. Estuviste volando una cometa con los niños. Esa noche cenamos con la familia del niño, la madre elegante y los tres hijos, con sus camisas finas de algodón a rayas.

Vi que Violet ponía malvaviscos en las puntas de los palos de los chicos y les enseñaba a asarlos y a comerlos de postre con chocolate y galletas. Noté que me mirabas. Volví la cara para verte los ojos y sonreíste. Te acabaste el vino. Me levanté para partir otra tableta de chocolate en cuadraditos y dárselos a los niños. Me senté contigo en la silla de jardín, en ese regazo en el que antes pasaba tanto tiempo, cuando no teníamos niños, y metí las manos debajo de tu camisa para calentármelas. Me besaste en los labios. Vi que la mujer no nos quitaba ojo a través de las llamas. Podía ser todo tan fácil si me dejara llevar.

56

Una pausa larga antes de responder, algo que me sacaba de quicio, cuando no parecía tan difícil la respuesta. El que cerraras la puerta del baño, cosa que nunca habías hecho antes. Que trajeras a casa un café, y no dos. No preguntarle al otro qué va a pedir en el restaurante. Darte la vuelta para quedar de cara a la ventana cuando oyes que la otra persona se está despertando. Ese pasito que ahora llevabas siempre por delante de mí.

Son deslices en el comportamiento que se hacen aposta y llaman la atención. Erosionan lo que la pareja ha sido antes. Es un cambio que se desencadena despacio, y parece como que no significa nada; no puede significar prácticamente nada cuando la música es la ideal o el sol entra en el dormitorio de determinada manera.

El día en que cumplías treinta y nueve años bajé a la cocina y me preparé el desayuno. La noche anterior habías dado a entender (de hecho, lo dejaste caer dos veces) que querías ir a la *brasserie* de nuestra calle a desayunar huevos revueltos.

Pero yo quería que te despertaras en nuestra cama y olieras el *bagel* que me estaba tostando. No soportabas los *bagels*. Así te darías cuenta de que yo no pensaba ir a la *brasserie* a desayunar. Quería hacerte daño. Quería que pensaras: «A lo mejor ya no me quiere». Quería que te sintieras decepcionado hasta el punto de darte la vuelta en la cama y volver a dormirte, y saber que no eras el tipo de marido al que su mujer quiere hacer feliz una mañana que debía tener su importancia.

Bajaste las escaleras veinte minutos más tarde, te habías puesto el jersey de lana que yo tanto odiaba. Estaba lleno de bolas, hecho un andrajo. Yo le quitaba el queso al cuchillo debajo del chorro de agua. Eran las nueve ya y dijiste que ibas a salir a comprar el periódico. Estábamos suscritos al *Times,* y lo tiré en la encimera para que lo vieses. Dijiste que querías el *Journal*. Yo creía que ya no te gustaba el *Journal*. Volviste a la hora y media sin decir palabra. No comiste nada hasta que recalentamos una fuente de espaguetis, pasada ya con creces la hora de comer. O sea, que debiste de ir a comer huevos revueltos sin mí. Nunca hablamos de aquello, y nunca me arrepentí de hacerte esa jugarreta.

Tres días antes me habías preguntado cómo se llamaban las flores que yo había comprado para poner en la mesa de la cocina el fin de semana anterior, «esas blancas que parecían tan sedosas». Eran dalias. Te pregunté que por qué querías saberlo, y dijiste que era solo curiosidad, que te gustaban, que a ver si las compraba más a menudo. Qué raro. Jamás te habían llamado la atención las flores. Nunca me habías preguntado por el nombre de una flor.

Una semana después, estabas en tu sillón de lectura y tenías mi teléfono en la mano. Lo había dejado encima de la mesa. Buscabas una foto que te había sacado hacía un mes. Yo no salía en la foto contigo, tampoco Violet. Estabas tú solo, guapo, sonriente, con barba de dos días y un codo apoyado en la mesa del restaurante. Luego, esa misma noche, en la cama, pensé: a lo mejor quiere saber cómo lo ven las otras mujeres; a lo mejor se estaba preguntando qué impresión podría causar en una mujer que lo encontrara atractivo. A lo mejor buscaba una versión diferente de sí mismo en esa foto.

Pero mirarse en las fotos no es prueba de estar teniendo una aventura. Y preguntar el nombre de una flor tampoco. Aunque son este tipo de cosas las que ceban la imaginación de una persona hasta que ya no se siente amada; son los hechos que nos llevaron, de un punto en el que podríamos haber sobrevivido, incluso en la funesta cara de una muerte que casi me mató a mí también, hasta un punto del que no había vuelta atrás. Son cosas que se hacen dolorosas y difíciles en demasía, que violentan la rutina de lo que una vez pareció el lugar más seguro del mundo.

Por eso no fui contigo a desayunar el día en que cumplías treinta y nueve años.

57

Te pusiste un café y deslizaste la carta de renuncia sobre la mesa para que yo la viera. Acababa de volver de dejar a Violet en el colegio y no esperaba hallarte en casa.

—Pero ¿por qué?

Te sentaste y cruzaste las piernas. Me di cuenta de que llevabas unos días sin afeitarte. Puede que tres o cuatro. Había tantas cosas en ti de las que ya no me percataba.

—Quiero algo con más visión de futuro. Puede que algo centrado en la sostenibilidad. No tengo margen para nada creativo en ese estudio. Wesley mete las manos en todo.

Vi repiquetear tus dedos en la mesa de madera. Se me fue la vista a la carta y a tu firma. La nota de renuncia era breve. Unas pocas frases. Fechada el día anterior.

—¿No te parece que deberíamos haberlo hablado antes? —desconocía el estado de nuestras finanzas, o cuánto teníamos ahorrado. Eché la mente atrás rápidamente, por ver si recordaba el último extracto del banco que había visto. Tú pagabas las facturas. Yo no llevaba la cuenta de lo que ganábamos y gastábamos. Me empecé a sentir como una tonta—. A lo que voy es a si estamos bien económicamente. Es una decisión de calado.

—Estamos bien —te gustaba dejarme fuera de todo. Volviste a repiquetear con los dedos—. No quería importunarte con esto.

—Y entonces, ¿ahora qué pasa?

—Tengo una lista de opciones.

Estiraste la espalda en la silla y diste unos botes con los talones. Se te veía inquieto. Y aliviado tal vez. Entonces no caí.

—Salgo a correr un rato.

—Hoy hace mucho frío en la calle.

—Tú sigue, haz lo que sea que hagas cuando no estoy aquí —me revolviste el pelo como hacías siempre con Violet y saliste de la cocina para ir a por las zapatillas de correr. Ya no salías nunca a correr.

Noté que algo no iba bien. Se me iba un poco la cabeza. Tuve el impulso de llamar a tu madre. Estaba paseando al perro cuando cogió el teléfono.

Le dije que quería planear con tiempo su visita por Navidad. Pensaban venir en avión el 22 de diciembre, y al día siguiente llevaríamos a Violet a patinar con tu hermana. Le pedí ideas para el regalo de tu padre. Hablamos de quién haría la cena y qué prepararíamos.

—Sé que será duro otra vez —dijo—. Sin Sam.

—Lo echo de menos.

—Yo también.

—Helen —dije, y no sé si no habría sido mejor decir adiós—, Fox me ha dicho esta mañana que ha dejado el trabajo. ¿Sabías que tenía intención de dejarlo?

—No, no dijo nada —hubo una pausa—. Si el dinero es un problema, sabéis que siempre podéis contar con nuestra ayuda. No quiero que os preocupéis por eso.

—No es eso. Es que... se ha vuelto un desconocido para mí. Está muy... distante —contuve el aliento y dejé los ojos en blanco, como si la tuviera delante de mí. No me gustaba hablar de ti con ella, pero necesitaba a toda costa alguna palabra tranquilizadora—. Noto que podría haber algo más.

—Huy, no lo creo, cariño. No —por el tono, dio a entender que sabía a qué me refería—. Todavía estáis de duelo, Blythe. Es difícil para los dos. Puede que a Fox le cueste superarlo más de lo que crees —dejó margen para que yo asintiera, pero no abrí la boca—. Ten paciencia con él.

—Te pido por favor que no le digas que he llamado, ¿vale? —me froté las sienes para aliviar un poco la tensión.

—Tranquila —cambió de tema, volvió a preguntar qué día sería mejor sacar el vuelo de vuelta y miré por la ventana del comedor para ver si venías.

Tenías el portátil encendido, y me sabía la contraseña. Tu mesa de trabajo seguía igual, las herramientas desperdigadas, un proyecto en el que estabas trabajando la noche anterior, cuando te interrumpí. No parecía que estuvieras cerrando nada, nada parecía diferente. Abrí la bandeja de entrada y revisé los mensajes con el ratón. No me costó dar con el correo de tu jefe: «Me alegro de que estemos de acuerdo en que es la mejor solución, dada la gravedad del incidente. Siento que haya tenido que acabar así. Es posible que hubiéramos podido ser más discretos los dos a la hora de solventar las cosas. Cynthia se pondrá en contacto contigo para darte los detalles de la indemnización acordada».

Había habido un incidente de algún tipo. Indemnización: te habían despedido.

Abrí un correo que te había mandado esa mañana tu ayudante. Todavía no lo habías leído. Solo decía: «Acabo de estar con Recursos Humanos. Llámame».

Fui al cuarto de Violet y cogí el lápiz del unicornio y el borrador a juego que ella le había regalado. Olí la goma, como si fuera posible hallar ahí algún tipo de confirmación. Los puse de nuevo en el escritorio y me tumbé en su cama deshecha.

Me agarré el corazón con ambas manos, se me iba a salir del pecho. Las noches en que te quedabas hasta tarde en la oficina. El rechazo que notaba al tocarte. La forma de repiquetear con los dedos en la mesa cuando me mentías. Cerré los ojos y noté en la almohada el olor acre de Violet cuando dormía.

—Os odio —susurré. A los dos. Os odiaba a los dos. Solo quería a Sam. Si él hubiera estado allí, todo habría ido bien. Estuve llorando hasta que oí que abrías la puerta de la calle. Las zapatillas al caer en las baldosas. Tus pasos cuando subías por la escalera. Me quedé allí echada, y pasaste delante de la habitación de Violet hasta llegar al baño para darte una ducha. Había dejado abierto el correo en tu portátil. Lo verías veinte minutos más tarde y no dirías ni una palabra.

58

La mañana siguiente estuve esperando un rato en la calle antes de entrar en casa, después de dejarla en el colegio. No quería que estuvieras, pero la casa seguía oliendo mucho a ti. Andabas por allí dentro. No te llamé. Cerré la puerta del baño y me metí en la ducha y froté fuerte. Cada centímetro de piel. Me quedé debajo del agua hasta que salió fría.

Te oía al otro lado de la puerta, ruidos que había oído casi todas las mañanas de nuestra vida en común. Cuando abrías y cerrabas los cajones. Los calzoncillos recién sacados. La camiseta. Y luego el armario. La camisa de vestir —querías impresionar a alguien ese día—. El sonido metálico de los ganchos de las perchas. El traje, al deslizarse por los hombros de madera maciza y pasar a tus brazos.

Y luego la puerta del baño que se abría. Estaba desnuda. Mirabas mi cuerpo de manera distinta esa mañana; la piel colgante que había sostenido a tus hijos; los pechos que esos mismos hijos habían chupado; la mata de vello púbico desaliñado que llevaba años sin retocarme; allí todo, a la vista de un hombre que tenía algo mejor, más joven, más firme que mirar. Imaginé que ella tenía la piel suave y libre de venas moradas y vello insidioso. Observé cómo me observabas. Y quise saber qué significaba para ti ese cuerpo ahora. ¿Era tan solo un recipiente? ¿La nave que te había llevado a ser el padre de una hermosa hija y de un hijo al que apenas llegaste a conocer?

Me viste mirándote y desviaste la mirada. Sabías que te habías demorado demasiado en mi cuerpo desnudo. Sabías que yo lo sabía. Alcanzaste una toalla y me la diste.

No nos dijimos ni una palabra ese día. No volviste hasta las diez de la noche. Y entonces me follaste con tanta fuerza que sangré. Yo te lo había suplicado. Imaginaba que también te la

213

habías follado a ella esa noche. Pero quería saberme usada, de forma mecánica, para sentir mi cuerpo separado de quien yo era. Me quería sentir como una barcaza en el mar. Oxidada, usada, abollada.

Hay días, como ese, que marcan aquellos momentos de la vida que nos cambian. ¿Era yo la mujer engañada? ¿Eras tú el hombre que me había traicionado? Ya éramos padres de un niño muerto. De una hija a la que yo no podía querer. Nos convertiríamos en la pareja que se separó. El marido que dejó a su mujer. La mujer que nunca pudo superarlo.

1972

Llegó un momento en que a todo el mundo le quedó claro que Etta estaba perdiendo pie. Dejó de guisar y dejó de comer. Había dejado de hacer ya prácticamente todo por aquel entonces. La casa olía a humedad, como unas toallas olvidadas demasiado tiempo en la lavadora. Había días en que iba como alma en pena por la planta de arriba; otros, no salía de su cuarto.

Cecilia también lo pasó mal. Se estaba quedando en los huesos, el cuerpo le bailaba en la ropa de hacía unos meses. Había perdido el apetito y dejó de cuidarse con el empeño de otras quinceañeras. No le quería pedir dinero a Henry para comprar compresas, así que se metía calcetines en las bragas cuando tenía el periodo. Nunca había detergente en casa, y los iba apilando debajo de la cama. Cuando los vio Henry, Cecilia se sintió avergonzadísima. Su padre le pidió a su hermana que fuera a vivir con ellos una temporada. Vivía en el extranjero y, que ella recordase, Henry no había hablado nunca de su hermana, así que Cecilia supuso que la situación era desesperada. Mantenían las distancias unos con otros: la hermana de Henry comprendió que las cosas iban muy mal. Limpiaba la casa y hacía la compra para llenar la nevera.

Un día, Cecilia oyó a escondidas lo que la hermana de Henry venía a decir: había que llevar a la chica a un internado. Ya no estaba segura viviendo con su madre. El puñetazo que dio Henry encima de la mesa hizo que temblara la vajilla.

—Es su hija, joder. Etta necesita a Cecilia.

—Henry, pero si no quiere estar con ella. No quiere a esa chica.

Cecilia asomó la cabeza y lo observó. Henry se tapó la cara un instante. Luego dijo que no con la cabeza.

—Te equivocas. No se trata de querer o no querer.

Unos días más tarde, Etta se colgó de un árbol del jardín que había delante de la casa, con uno de los cinturones de Henry. Era lunes por la mañana, y justo estaba amaneciendo. Vivían en la misma calle del colegio de Cecilia. Etta tenía treinta y dos años.

59

Pensé que si me pasaba el día entero imaginando cómo te follabas a otra me dolería tanto que pensaría menos en Sam. Porque, con toda seguridad, la tristeza que puede aguantar una persona tiene un límite. Por eso pensé que si centraba más la atención en lo que me hacías, quizá la pena por Sam llegara a ser menos agobiante, a estragarme menos.

Pero ese no fue el caso. El hecho de que me traicionaras no me hizo suficiente mella en el corazón. Lo sucedido con Sam me había abotargado, había sido tal el impacto que seguía sin haber nada que me calara más hondo que su muerte. ¿Que deseabas a otra mujer? Pues vale. ¿Que ya no me querías? Me hacía cargo.

La doctora que habló con nosotros en el hospital después de la muerte de Sam dijo esto: «Estrechen los lazos entre ustedes y sean fuertes. Muchas relaciones no sobreviven a la muerte de un hijo. Han de saberlo, y luchar por su matrimonio».

«¿A qué ha venido eso? — dijiste más tarde a propósito de sus palabras—. Bastante preocupación tenemos ya encima».

Estuve ocho días sin echarte en cara mis sospechas. Llevábamos una vida tranquila para que Violet no notara la más mínima tensión. Tú eras superamable. Yo no quería que me vinieras con esas. Nunca te pregunté adónde ibas por el día porque me importaba más bien poco. ¿A verla a ella, a buscar trabajo? No lo sabía. Te dije que cancelaras la visita de tus padres por Navidad, aunque parecía un castigo para nosotros.

—¿Por qué no llamas tú a mi madre? —dijiste—. Al parecer, te gusta mucho ponerla al día de mis cosas.

O sea, que te había contado que la llamé.

No sé qué pusiste como excusa cuando le dijiste que no vinieran. No respondí a sus llamadas después de aquello, aunque me doliera cada vez que no le cogía el teléfono.

La noche del octavo día te vi en tu estudio ordenando el escritorio. Habían desaparecido todos tus proyectos, en manos ya de la gente que se haría cargo de tus clientes. El brazo articulado del flexo estaba plegado sobre sí mismo, como si aguardara a ser envuelto en plástico con burbujas para la mudanza. Puede que así fuera. Busqué con la mirada la lata de cuchillas y no la vi por ninguna parte.

—¿Dónde has puesto todas tus cosas? ¿Los útiles de hacer maquetas? —contuve el aliento, avergonzada por querer saber dónde estaban las cuchillas. Notaba la ansiedad en el pecho, con un latido amenazador. Señalaste el armario y seguiste ordenando papeles sueltos en una caja. Abrí la puerta corredera y paseé la mirada por las baldas en desorden. Viejos juegos de mesa y marcos de cuadros vacíos y diccionarios que yo guardaba de la facultad. Allí estaba la lata, en la segunda balda, entre tus libros de arquitectura y un bote lleno de reglas y bolígrafos. Cerré la puerta y me encaré contigo. Se te estaban cargando los hombros igual que a tu padre. A saber si a ella le gustaba pasar la mano por el vello que te nacía en la nuca, si te lo afeitaría algún día, como había hecho yo tantas veces.

—¿Cómo es?

Levantaste la cabeza. El ambiente del cuarto era distinto sin las sombras del flexo que danzaban en la pared cuando estabas trabajando. No movías un músculo. Volví a contener el aliento, sin saber qué me ibas a decir. Pero no abriste la boca. Volví a preguntarte.

—Que cómo es, Fox.

Y luego me fui. Me acosté. Sin saber si te irías a la mañana siguiente. Horas más tarde, o puede que fuera solo una hora después, noté que se movía tu lado del colchón.

—No pienso volver a verla.

Habías estado llorando. Se te notaba un poco gangoso al hablar. No sentía nada dentro. Ni alivio. Ni ira. Solo cansancio.

Por la mañana, te llevé el café a la cama antes de que se despertara Violet. Me senté a tu lado mientras lo tomabas.

—Ya perdimos bastante cuando murió San —dije. Te frotaste la frente—. No te has enfrentado al dolor como es debido. No has sabido asimilarlo.

Esperé a que hablaras.

—Nuestro matrimonio no se está rompiendo en pedazos por lo de Sam. No tiene nada que ver con eso.

Se abrió la puerta de la habitación y entró Violet y se nos quedó mirando. Me miraste despacio, se te notaba el sueño en los ojos, aunque los tenías igual de abiertos que ella. Y entonces volviste a mirar a nuestra hija.

—Buenos días, cariño —dijiste.

—¿El desayuno? —preguntó. Saliste de la habitación detrás de ella.

60

Qué sitio más tonto para dejarlo. Debajo de la cama. Lo metí ahí cuando te oí llegar a casa a media tarde. Aunque nunca te fijabas en los libros que leía. Y tampoco pensé en Violet, si te soy sincera; casi no existía en su mundo, y ella apenas existía en el mío, aparte de las rutinas a las que nos ateníamos.

No sé por qué lo compré. Sabía que no valdría de nada, pero parecía algo que cabía intentar para hacer que fuera tangible. Para sentir algo más que pura curiosidad. Hacía dos meses que me había encarado contigo por tu supuesto lío. Y lo único que pensaba a todas horas era: ¿quién es esa mujer?, ¿cómo es? Te negabas a decir nada de ella; solo sabía que había sido tu ayudante. La mujer que llevaste un día a comer con tu hija.

Siempre que te pedía que me contaras, negabas con la cabeza y decías en voz baja: «No preguntes».

Encontré el libro en la mochila de Violet. *Sobrevivir a una aventura: Cómo superar la traición en tu matrimonio*. Estaba comiéndose un yogur en la encimera de la cocina, su merienda al volver del colegio, y levantó la vista y me vio con el libro entre las manos. No sabía qué decirle; tenía diez años. ¿Sabría ya lo que era una aventura? Pensé en sus compañeras de colegio más mayores, a las que no habría dudado en preguntar.

—¿Cómo es que tienes tú este libro? —quise saber, hecha un manojo de nervios. Alzó las cejas con gesto cómplice y volvió a hundir la cuchara en el yogur—. Respóndeme.

—¿Y por qué lo tenías tú?

Salí de la cocina.

Una hora después llamé a la puerta de su cuarto y pregunté si podíamos hablar un momento. Dio la vuelta a la silla giratoria con toda calma y me miró sin comprender. Saqué el libro y le dije que quería aclarar algo; que lo tenía porque me estaba documentando para algo nuevo que estaba escribiendo. Que teníamos que hablar del significado de esa palabra de adultos, «aventura», y de qué creía ella que quería decir. Que no es que tuviera el libro porque pasara nada entre mamá y papá. Que nos queríamos mucho.

—Pues vale —dijo. Y luego volvió a enfrascarse en los deberes.

Yo sabía que ella sabía quién era la mujer. Puede que ese día que llevaste a Violet a la oficina no fuera el único en que se habían visto; no sabía los secretos que guardabais los dos. Me parecía raro que no hubiera estrenado el lápiz ni la goma de borrar que le había regalado la mujer. Los tenía en la balda de su cuarto, expuestos como trofeos, atesoradas posesiones que debían de significar para ella más de lo que yo pensaba.

Tiré el libro al cubo de basura que había fuera de la casa y estuve pensando en más mentiras que corroboraran la que acababa de contarle. Quería volver a entrar en su cuarto y convencerla de que no tenía razón, y hacerlo con la autoridad de una madre. No quería que pensara que era el tipo de mujer a la que su marido va engañando por ahí. Y por mucho que llevara diez años resentida por la relación que teníais Violet y tú, tampoco quería que pensara que tú eras ese tipo de hombre.

Sabía que mi relación con mi familia pendía de un hilo. Pero me aferraba a él. No tenía nada más.

Cuando llegaste a casa esa noche, te toqué con afecto cuando pensé que ella estaría mirando, y dije «cariño» en vez de llamarte por tu nombre. Me acurruqué a tu lado en el sofá mientras veías el partido de hockey. Dejé la mano en tu regazo y puse la barbilla encima de tu hombro, y la llamé para que entrara con el pretexto de preguntarle si había entregado el dinero del menú de pizza en el colegio. Me fulminó con la mirada y clavó la vista en mi mano, encima del muslo de su padre; asintió con un movimiento apenas perceptible de la cabeza, un meneo seco que hacía las veces de respuesta tajante y me venía a decir que sabía a qué estaba jugando. Se le daba la mar de bien hacer que me odiara a mí misma.

Un mes después —a los dos meses de que me enterara de tu aventura—, me desperté un domingo y lo supe. Habíamos terminado. Teníamos que dejar de fingir que lo superaríamos dejándonos llevar y ya está, como el que va navegando por un río y ve algo desagradable en la orilla. La canguro se llevó a Violet a pasar la tarde por ahí, y nosotros fuimos al bar que había un poco más abajo en nuestra calle.

—Todavía la ves, ¿no es eso?

Miraste por la ventana y luego le hiciste señas a la camarera con impaciencia. Te volví a preguntar si podías hablarme de esa mujer, te lo pedí por favor. Si podías decirme por qué la amabas. No me esquivaste la mirada. Por tu cara, me pareció que sopesabas la idea de cuánto contarme, qué secretos estabas dispuesto a revelar. Me reconcomían las ganas de perderte de vista, ya no soportaba tenerte enfrente; había que terminar ya. Quería que te fueras.

Volví a casa a paso vivo, con el abrigo entre los brazos a la altura del pecho. Subí las maletas del sótano. Metí con esmero toda tu ropa dentro y eché la cremallera. Llamé a una compañía de mudanzas y encargué cuatro contenedores y una furgoneta pequeña para el día siguiente. Encontré un taco de notas adhesivas en un cajón de tu escritorio y fui por toda la casa poniendo etiquetas a las cosas que compartíamos y ahora quería que te llevaras: el carrito con ruedas de la cocina, el tocadiscos, la vajilla que nos habían regalado tus padres, la alfombra larga del pasillo de la entrada, que tenía marcas de los zapatos que nunca te quitabas cuando yo te lo pedía, el sofá del cuarto de estar con la huella de tu trasero después de tantos años, el jarrón verde de cristal, la tabla de cortar, manchada de sangre de carne roja, las sillas que encargaste para la mesa del comedor y que le hacían daño a todo el mundo en la espalda, todos los muebles de tu estudio y casi todos los cuadros que había en la casa. Luego fui al armario de tu estudio a buscar la lata de cuchillas. Saqué la más larga, la envolví en un pañuelo de seda y la metí en mi cajón de abajo.

—Me tiene sin cuidado dónde pases la noche. Tú ven mañana y empaquetas lo que queda —y hasta te di un beso de despedida, un hábito, un reflejo de mujer casada. Cuando iba escaleras arriba, pensé en las cosas de Sam. Las cosas que guardábamos de él estaban en cajas en el sótano. A lo mejor querías algo, una manta, un juguete. Quizá debiera preguntarte. Quizá debiera darte alguna de esas cosas, una que guardara alguna leve huella de su olor, pegado todavía al tejido después de casi tres años. Abrí el grifo de la bañera y me quité la ropa. El agua había amortiguado tus pasos, por eso me di un susto al verte en el umbral de la puerta. Llevé las manos a mis pechos y te di la espalda. Sentía que eras un intruso. Tantos años, y te sentía como un extraño ahora.

—¿Qué hacemos con Violet? —no me quitabas los ojos de encima mientras entraba en la bañera. El agua estaba que escaldaba, pero me obligué a meterme.

—¿Qué pasa con ella? Eso es cosa tuya, tú sabrás lo que vas a decirle.

Levantaste la vista al techo, como siempre que decía algo y pensabas que ojalá no fuera tan cabezota, tan complicada o indecisa. O frívola. O sarcástica. He ahí algunas de las cosas que no te gustaban de mí. Te frotaste la frente. Como si te resultara cansina. Como si desearas que jamás hubiera existido.

—He hecho cuanto ha estado en mi mano para tenerla al margen de esto porque no quiero que piense mal de ti. No quiero que cambien las cosas entre vosotros dos —dije—. Pero me parece que lo sabe.

Esperé una reacción por tu parte. Quería que me estuvieras agradecido, que admitieras que eras tú el que nos hacía esto a todos. Pero solo dijiste:

—Quiero la custodia compartida. Y que esté la mitad del tiempo contigo y la mitad conmigo.

—Vale.

Viste cómo me metía entera en el agua hasta que mi cuerpo pareció sometido a un cristal de aumento. Me miraste, miraste a la mujer en la que llevabas entrando veinte años. Llegué a preguntarme si te meterías conmigo en la bañera. Si a pesar de todos mis defectos, de tantas decepciones como te había causado, todavía querías rozar mi piel una última vez. Alcé la vista y no sentí nada por ti; ni amor, ni odio, ni nada entre los dos extremos. ¿Es eso lo que en teoría se siente cuando acaba todo? Hay quienes se lo trabajan, quienes luchan por el otro, y lo hacen por los hijos. La vida que creían que querían. Pero a mí no me quedaba nada para alimentar el fuego. Nada que dar.

Y entonces reparé de golpe en lo que habías dicho: custodia compartida. Estaría sola con ella. Por eso habías preguntado que qué pasaría con Violet. Lo que querías decir era: «¿Qué pasará entre Violet y tú, cuánto no tendréis que aguantar las dos sin mí? ¿Qué pasará esos días en que no os dirigís la palabra, esas noches que necesita que alguien esté con ella y tú no le sirves? ¿Las veces que sabe que estás fingiendo que te importa lo que debería importarte? ¿Quién la va a creer? ¿Quién la defenderá? ¿Quién le dará consuelo? ¿Quién le alegrará la cara por la mañana cuando despierte? ¿Quién la querrá esos días en que está sola contigo y necesita saber que no le va a pasar nada? ¿Quién la va a creer?».

Me mirabas, con tus vaqueros, tu jersey gris y las manos en los bolsillos. Desnuda. Incompetente. Te sostuve la mirada punzante.

—No nos pasará nada —dije—. Soy su madre.

61

Nuestro cerebro está siempre alerta. Atento al peligro; en cualquier momento puede surgir una amenaza. Llega la información y hace dos cosas: impacta en la conciencia, donde podemos observarla y recordarla, e impacta en el subconsciente, donde una zona del cerebro en forma de pequeña almendra llamada amígdala la filtra para buscar señales de peligro. Podemos sentir miedo aun antes de ser conscientes de lo que vemos, oímos y olemos; en tan solo una milésima de segundo. La respuesta es tan rápida que salta antes de que seamos conscientes de que algo pasa. Como cuando vemos que viene un coche. Como cuando vemos que están a punto de atropellar a alguien.

Los reflejos. Te hablan del reflejo más natural del mundo cuando das a luz a tu bebé: el reflejo de la oxitocina. La hormona maternal. Produce la leche y hace que fluya, colme los conductos y llegue a la boca del bebé. Se pone en marcha cuando la madre siente que tiene que dar de mamar. Cuando huele o toca o ve al bebé. Pero también afecta a la madre en su comportamiento. La calma, le reduce el estrés. Y hace que se encariñe con su bebé. Hace que mire a su bebé y quiera que viva.

Hubo un vídeo de una mujer famosa y su revoltoso hijo pequeño que se hizo viral en las redes, una joven aristócrata británica, mimada por la prensa del corazón. Se ve cómo lo agarra en tres momentos de peligro: se agacha y le da la mano a tiempo cuando el niño tropieza en la escalera de un avión, lo coge del cuello de la camisa en la cubierta resbaladiza de un yate, lo aparta de la trayectoria de un caballo de polo justo a tiempo. Como una víbora atrapa a un ratón en la tenaza de sus mandíbulas. Los instintos de una madre. Incluso de una madre como esa: flanqueada por niñeras, con broches y tacones y un tocado prendido a los bucles de peluquería.

Violet curioseó en mi teléfono una mañana, al poco de que te fueras, y encontró el vídeo en YouTube. Se sentó a mi lado en el sofá, bañado por un rayo de sol poco después del mediodía. Yo estaba leyendo. Levantó el teléfono en alto.

—¿Has visto esto?

Estuve mirando el vídeo. Ella no me quitó los ojos de encima durante los sesenta segundos que duró.

—La mamá salva siempre al niño —dijo.

—Eso hace, sí —dejé el libro encima de la mesa y alcancé la taza de té. Me temblaba la mano. Quería darle una bofetada. Que le rebotara la cabeza contra el sofá y le sangrara la boca.

«Niñita estúpida de los cojones. Asesina.»

Pero no, salí del comedor y estuve llorando en silencio, volcada sobre el fregadero de la cocina con el grifo abierto. Qué triste estaba. Lo echaba de menos horrores. Era casi el día de su cuarto cumpleaños.

62

Miraba el vacío que habías dejado en el dormitorio. Te habías llevado el cuadro de Sam con tus cosas. Me sentaba en el suelo y me lo imaginaba allí: la madre, la manita ahuecada sosteniendo la barbilla; la presión de ella sobre el muslo del bebé. La calidez en la piel de ambos.

—Tengo hambre —Violet me miraba desde la puerta; todavía llevaba puesta la ropa con la que había ido al colegio—. ¿Qué miras?

—Pediremos algo por teléfono.

—No quiero comida preparada.

—Vale. Te haré unos espaguetis.

Eso funcionaba: me dejaba en paz. No la quería allí conmigo. No podía apartar los ojos del agujero de la escarpia en la pared.

Hice la cena mientras ella acababa los deberes en la mesa de la cocina. Tenía la misma costumbre que tú, meter la nariz en el papel cuando escribía, hasta tocarlo casi. La vi encorvada y me sonreí sin querer. Y entonces recordé que ya no estabas. Que no eras ya merecedor de mi sonrisa.

—¿Quieres helado de postre y vemos la tele?

—Ya no tenemos tele.

—Es verdad. Podemos jugar a algo.

No hacía falta que respondiera a eso.

—¿Qué hora es? A lo mejor nos da tiempo a ir al cine, a la última sesión.

—Mañana hay colegio —borró algo con fuerza y echó al suelo con la mano los restos de goma.

—Bueno, por una vez...

Me puse un delantal para hacer la salsa. Había salido a buscar ropa mientras hacías la mudanza. Llevaba uno de los jerséis nuevos, de cachemira color hueso. El día que lo compré, me lo traje puesto de los grandes almacenes. No iba conmigo eso de comprar montones de ropa cara de una vez, pero ese día quería desmadrarme y no se me ocurrió otra cosa. Todavía eras tú el que pagaba la cuenta de la Visa.

—Ella tiene un jersey como ese que llevas.

«Ella.» Dejé de remover, quedándome así, inmóvil, como para no espantar a la fierecilla. Vi con el rabillo del ojo que Violet volvía a enfrascarse en la tarea, a apenas unos centímetros del papel. Quería que me contara más.

—Pues qué bien —dije.

Levantó la cabeza y me miró; ¿cómo que qué bien?

—Será porque tiene buen gusto —le guiñé un ojo y puse los espaguetis en la mesa. Dejó que se enfriaran mientras terminaba los deberes, y yo me apoyé en el mueble de la cocina, sin saber si me diría algo más.

—Así que mañana vas a ver a papá. ¿Tienes ganas de ver su nueva casa?

—La casa de los dos.

No sabía si me estaba mintiendo; por lo visto, estaba más al tanto que yo. Había supuesto que vivirías por tu cuenta, pero nunca se me ocurrió preguntar. Me quité el delantal y miré el jersey; a lo mejor estaba a tiempo de devolverlo. Pero ya se había manchado de salsa en una manga.

—Vale, pues eso, la casa de los dos. ¿Tienes ganas de ir?

—Hay una cosa de ella que deberías saber —hablaba con aspereza. Me serví un plato de espaguetis para sentarme a cenar con ella. De repente, vi que me faltaba el aliento; puede que fuera el miedo a lo que me iba a contar.

—¿El qué?

Dijo que no con la cabeza y bajó la vista otra vez, y me di cuenta de que no tenía intención de contarme nada. O puede que no hubiera nada que contar.

—No hace falta que hablemos de ella. Es asunto de tu padre, no mío —sonreí. Enrollé los espaguetis y me los metí en la boca.

63

Mi madre se reinventó a sí misma cuando me dejó, aunque puede que me quede corta al hablar de reinvención. Me enteré cuando tenía doce años y la vi en una cafetería a las afueras de la ciudad. Estaba entre dos taburetes en la barra de los batidos y pedía un tenedor limpio con una voz que nunca le había oído. Aunque habría reconocido su figura de espaldas en cualquier sitio: los hombros redondeados, la curva de las caderas. Cuando le alcanzaron el tenedor, dio las gracias con una voz que sonaba distinta a la voz que tenía cuando era mi madre. Sus palabras, con aire de superioridad, salieron de su boca mientras giraba sobre sus talones negros. Entregó el tenedor al hombre con el que estaba y él dijo: «Gracias, Annie, cielo». Cecilia Anne era su nombre completo.

Luego me enteré de que el hombre corpulento se llamaba Richard. Yo sabía que había un hombre, el que la llamaba por teléfono antes de que se fuera, el que tenía algo que ver, según mis sospechas, con la sangre en el retrete. Pero no me lo había imaginado así: era guapo aunque no parecía de fiar, con el pelo húmedo y la piel brillante, y llevaba un reloj de oro muy grande. Tenía la cara bronceada, y eso que solo estábamos en marzo. No se parecía en nada a mi padre, ni tampoco parecía llevar la vida por la que yo había imaginado que mi madre me había dejado.

Escondí el cuerpo detrás de la señora Ellington en el reservado. Nos había llevado a Thomas y a mí a celebrar que habíamos ganado el concurso escolar de ciencia de todo el condado. Estuvo presente entre el público en el salón de actos, mientras presentábamos nuestros descubrimientos delante de los jueces. Detrás teníamos un póster de cartulina que también habíamos hecho nosotros, en el que se describía el experimento con la letra aplicada de Thomas y los dibujos minuciosos que yo había hecho para cada sección. Era algo sobre la luz ultravioleta, no recuerdo ahora exactamente qué. Pero sí recuerdo que la señora Ellington asentía mientras hacíamos la presentación, como si pudiera oír lo que decíamos entre el murmullo de los cien alumnos asistentes. La veía a lo lejos y ponía los hombros bien derechos al hablar, igual que hacía ella. Quería que estuviera orgullosa de mí.

Estuve vigilando a mi madre y a Richard mientras comían, lo que me pareció horas enteras, hasta que los vi doblar las servilletas, como hace la gente educada al acabar de comer. Ella llevaba una blusa negra muy fina, con rosas bordadas en el cuello; yo jamás la había visto con algo así de sexy. Él puso el dinero encima de la mesa antes incluso de que les llevaran la cuenta. La señora Ellington también la vio, pero no me dijo nada entonces, ni yo a ella, así que nos tomamos los batidos y Thomas habló de lo que podíamos hacer con el premio de cincuenta dólares. A mí me comían por dentro los nervios y no podía moverme, no fuera a volver la cabeza mi madre y verme allí. Una pequeña parte de mí quería que me viera. Pero no miró, y la verdad es que sentí alivio cuando se fueron. No sé si habría venido a saludarme, de haberme visto. Salimos de la cafetería y volvimos a casa en el coche de la señora Ellington.

—¿Te encuentras bien, Blythe? —Thomas entró corriendo en casa, y la señora Ellington me acompañó hasta la acera. Asentí y le di las gracias con una sonrisa por habernos llevado en coche. No quería que la señora Ellington supiera cuánto me había dolido ver a mi madre. Feliz. Bella. Mejor sin mí.

Esa noche me puse a gatas antes de acostarme y recé para que se muriera mi madre. Hubiera preferido que se muriera antes que verla convertida en aquella mujer nueva, la mujer cambiada que ya no era mi madre.

64

Nunca me habían dado esquinazo antes, o por lo menos no que yo recuerde o me enterara. Pero me habría costado menos verme cara a cara con la reina que verte a ti en persona después de que te fueras de casa. Solo estabas dispuesto a recoger a Violet del colegio y a llevarla, y tus mensajes de texto eran muy secos. Yo quería conocer a la mujer por la que me habías dejado, la mujer que vivía en el mismo apartamento en el que mi hija pasaría la mitad del tiempo. Quería saber cómo era ella en comparación conmigo. Quería ser capaz de imaginaros a los dos juntos. Habías pedido que evitáramos el juicio y la asesoría jurídica, así que yo tenía cierta ventaja en unas negociaciones que no avanzaban. Pero en lo otro no cediste un ápice: ya nos presentarías cuando estuvieras preparado, y no había más que discutir a ese respecto.

—Me encantaría conocer a la nueva novia de papá —le dije a Violet cuando me contó que ella la había llevado al colegio ese día. Era viernes y me tocaba a mí el fin de semana.

—A lo mejor ella no te quiere conocer a ti.

—A lo mejor no.

Violet se abrochó el cinturón y clavó la vista en la llave de contacto, como suplicándome que arrancara el coche para dejar de estar cuanto antes en aquel asiento detrás de mí. Miré por el espejo retrovisor y vi que le cambiaba la expresión: ponía cara de pena, no sabía si sentida o no.

—Papá no quiere que la conozcas por una razón —bajó la voz, como si me estuviera contando un secreto o dándome una pista para resolver un misterio que yo aún no sabía que tenía que resolver. Miró por la ventanilla la hilera de bloques de apartamentos de ladrillo por los que siempre pasábamos de camino a casa. Apenas volvió a hablarme en toda la tarde.

Por eso, no sé si me quedaba otra que hacer lo que hice.

Violet me contó que ibais a ir al ballet los dos solos la semana siguiente; la mujer no podía ir, tenía planes para el miércoles por la tarde a esa misma hora. Miré en internet y vi que el espectáculo empezaba a las siete. Sabía que llevarías a Violet a comer pizza antes.

Tenías el apartamento en un bloque de poca altura, en una parte muy cuca de la ciudad que yo conocía bien. Cogí un taxi y me bajé a escasas manzanas. Eran las seis y media y todavía había tráfico. El taxista me miraba por el espejo retrovisor, como si me notara los nervios: no paraba de tirar del hilo suelto que tenía en el borde del abrigo. Dejé demasiada propina porque no quería esperar a que me diera el cambio, y me puse la capucha para taparme la cara con la piel del borde. Caminar me aplacaba los nervios. Me fui calmando mientras miraba mis pies, uno detrás del otro, hasta que llegué a tu edificio. Apoyada en la pared de ladrillo rojo, me quité los guantes y saqué el teléfono del bolsillo. No tenía ningún plan, pero parecía convincente dar la apariencia de estar atareada, distraída con los mensajes, como tanta gente por la calle.

Miraba el portal con el rabillo del ojo; a medida que se iba haciendo de noche se veía mejor dentro. Pasaron unas cuantas mujeres, pero yo sabía que no era ninguna de ellas: muy mayores, o muy gordas, o con muchos perros. Y entonces salió del edificio una mujer con un abrigo de plumas, teléfono en mano, que sonrió al portero. Tenía el pelo largo y rizado con la raya a un lado, y un pendiente de diamantes brilló a la luz del alerón que había encima del portal. Alzó los brazos para ponerse el bolso en bandolera y luego se enfundó unos guantes con estampado de leopardo; la noche se había vuelto fría y ventosa. Estaba casi segura de que era ella. Así que me arriesgué y la seguí.

No me costó ir a su paso. Los botines de ante eran de tacón cubano y caminaba despacio, como si no se hubiera criado en la ciudad. Apretaba los botones en los semáforos, aunque todo el mundo sabe que eso no sirve para nada. Yo pensaba que me entrarían los nervios por miedo a que me pillara, pero fue muy fácil seguirla. Hizo una llamada rápida mientras la tenía a escasos pasos delante de mí en un semáforo, y luego se apresuró a cruzar en verde, porque, con la distracción, casi se le puso rojo. A media manzana de allí entró en un sitio al que yo iba a menudo cuando andaba por la zona: una librería pequeña, con una estantería en madera labrada de pared a pared, y enormes tulipas blancas que se movían un poco en el altísimo techo de seis metros cada vez que abrían la puerta.

Miré en el escaparate para cerciorarme de que cerraban a las seis los miércoles, detalle que recordaba vagamente. Pero tenían las luces encendidas. Hice pantalla con la mano contra el cristal para tapar la luz de la farola y ver bien el interior. Había cuarenta, puede que cincuenta personas dentro de la librería. Todas mujeres. Habían dejado los abrigos en unos bancos, y se servían vino de una mesa con una torre de magdalenas, donadas para la ocasión por la panadería de al lado. Por lo visto, nadie pedía la entrada ni el nombre. Esperaba ver carteles anunciando la aparición de algún autor, o una mesa con una pila de libros, listos para la firma. Todas parecían más jóvenes que yo; muchas llevaban las mismas botas que ella; el tuyo era un barrio caro donde todas las tiendas ofrecían las mismas cosas. Las dos mujeres que había al lado del escaparate tenían bebés recién nacidos pegados al cuerpo con fulares de tela a rayas. Se mecían de un lado para otro según hablaban, seguían las dos el mismo ritmo, y recordé esa sensación, ese golpe de metrónomo que nunca deja de regir el movimiento de tus caderas cuando sientes el peso del bebé contra tu cuerpo.

Ella estaba al fondo, se pasaba la mano por la mata de pelo oscuro cuando alguien le tocó el hombro para saludarla. Se abrazaron, y pegó la sonrojada mejilla contra la de su rubia y alta amiga. Tenía la cara alegre, llevaba pintados los ojos grandes y oscuros, y la boca esbozaba una sonrisa. Pareció recordar algo que llevaba en el bolso para la mujer rubia; metió la mano deprisa y sacó una prenda gris, tricotada, y la amiga la apretó contra su pecho en señal de agradecimiento. Se les unió otra mujer que les ofreció dos vasos de vino.

Cada vez había más gente, y al cabo la perdí de vista. Se me cayó el alma a los pies. Quería más. No sé cómo no me entró el pánico —seguro que había visto alguna foto mía en algún momento y sabía qué aspecto tenía yo—, pero traspasé el umbral y sumé mi abrigo al montón. Reconocí a la dependienta de la librería, que cerraba la caja, y me acerqué para hablar con ella en voz baja.

—¿Sabe quién da esta fiesta?

—No es lo que se dice una fiesta. Es un grupo de mamás que quedan de vez en cuando. A veces hay conferenciantes o marcas que reparten cosas gratis. Nosotros nos limitamos a dejarles el espacio con la esperanza de vender algo.

—O sea, ¿que son todas mamás?

—Pues supongo que no tienen por qué serlo, pero no estoy segura de a qué vendrían si no —encogió los hombros a modo de excusa y fue a la trastienda con una bandeja llena de dinero.

Eché un vistazo alrededor y oí de pronto la cascada de problemas que aquejan a toda madre: cómo enseñarles a respetar las horas de sueño, cuándo empezar a darles sólidos, si los pijamas con cremallera son mejores que los de cierre automático, cuándo apuntarlos a la lista de espera de la guardería. Me serví vino en un vasito de plástico y fui buscando un rincón al fondo desde donde todavía pudiese verla. Miraba el teléfono, con la esperanza de que nadie se dirigiera a mí, y alzaba la vista cada pocos segundos. Ella parecía estar contando una historia y la mano libre revoloteaba con pequeños espasmos, como alas de mariposa. Las otras dos mujeres asentían y se echaban a reír. Una de ellas acercó la cara y entornó los ojos al hablar, arrancando de nuevo la risa de las otras. Me di cuenta de que tocaba mucho a la gente. El brazo, la mano, la cintura. Vi que era cariñosa. Pensé en tus pies descalzos debajo de las sábanas, que buscaban siempre los míos por la noche, siempre querías frotarlos contra mis pantorrillas, sentir mi calor, y yo me apartaba y buscaba el otro lado de la cama. Lejos, más y más lejos cada vez.

—¿Es el primer día que vienes?

Se me plantó delante alguien que tenía el pelo atado en una cola de caballo muy alta y se había pintado los labios de color rojo chillón, con una tarjeta en la mano que decía «Las mamás salen de marcha» junto a una serie de logos de las pequeñas tiendas de la zona.

—Pues la verdad es que sí. Gracias.

—¡Fantástico! Te puedo presentar a algunas personas. ¿Cómo nos has conocido?

Me puso una mano en las lumbares y me llevó al centro de la librería, sin esperar respuesta por mi parte.

—Es nueva, Sydney —dijo en alto, y me introdujo con premura en medio del corro, como si me tuvieran que poner un chip en la oreja para que no me perdiera. Sydney levantó la vista y se abrió paso entre la concurrencia para llegar hasta mí y presentarse.

—¿Y te llamas...?

—Cecilia —no se me ocurrió otro nombre. Miré por encima de las cabezas, buscándola al fondo, pero no la veía; ya no estaba con las dos mujeres de antes. Paseé la vista en derredor y empecé a marearme.

—Pues ¡bienvenida, Cecilia! Te has podido escapar esta noche, ¡enhorabuena! ¿Qué tiempo tiene tu pequeñín?

—Gracias..., ¿sabes?, el caso es que solo quería pasarme para que me dierais algo de información. La próxima vez me quedaré —miré el teléfono, como si me hubieran mandado un mensaje, como si alguien tuviera necesidad de mí—. Tengo que irme ya.

—Claro. Pásate otro día —le dio un sorbito al vino y se fue a buscar con quién hablar.

Mi abrigo seguía en lo alto del montón, pero estuve rebuscando un rato, ganando tiempo y mirando por encima del hombro por si la veía entre la gente. Tenía que irme..., ya llevaba allí demasiado tiempo. Me subí la capucha y salí al azote de los remolinos de nieve que barrían la acera. Me senté en un banco enfrente de la librería y enterré la cabeza entre las rodillas.

Era madre. Habías encontrado a una madre mejor que yo para tu hija. El tipo de mujer que siempre habías querido.

65

La segunda vez estaba nerviosa.

Había comprado la peluca de pelo largo en una tienda de artículos para teatro. Era de un color castaño que tú habrías descrito como apagado, pero es que apagado era lo que yo quería. Se me aceleró el corazón al remeter el pelo rubio en el forro de seda. No sabía si mi aspecto habría cambiado lo suficiente, pero no se me ocurría otra cosa. Ensayé una sonrisa más alegre en el espejo y luego agaché la cabeza. «Qué tonta eres. Tonta de remate.» Por ponerme la peluca, por pensar que no me iba a descubrir, por creer que decías la verdad cuando te pregunté si tenía un hijo..., por cualquiera de esas razones. Por todas esas razones.

Cuando llegué a la librería, Sydney, la que comandaba oficiosamente el grupo de madres, estaba en la puerta y repartía muestras de una pomada natural para bebés a todo el que entraba. Me llevé los dedos a las puntas de mi pelo nuevo.

—¡Hola! ¿Es la primera vez que vienes? ¡Bienvenida! —hablaba como buscando a alguien detrás de mí, alguien mejor que yo. Asentí, le di las gracias y guardé la pomada en el bolso.

Había una conferenciante preparando su charla, que habían titulado «Un hogar natural para una madre natural». La tienda estaba llena de sillas. Me serví vino y observé a las asistentes. Hice como que ojeaba las estanterías, sin perder de vista la puerta, atenta a los corros de mujeres que se iban formando, entre elogios a la ropa y preguntas por los hijos de unas y otras. Las hebras pardas me impedían ver a los lados, y me daban ganas de darle manotazos al pelo, como si fuera una nube de moscas; no acababa de acostumbrarme a ser castaña. La mujer de la coleta alta con la que había hablado la otra vez me señaló desde el fondo. Dios, ¿es que me había reconocido? Noté un rubor en las mejillas y me di la vuelta para hablar con alguien, quien fuera, pero todas las que me rodeaban estaban ocupadas. Me sumé a un grupo de tres mujeres que debatían si era conveniente castigar a los niños en el colegio echándolos de clase. Les sonreí, y estaba a punto de presentarme cuando la de la coleta me dio un toquecito en el hombro.

—Hola. Me llamo Sloane. Toma una tarjeta. Las magdalenas son del Luna. El vino, de las bodegas Edin. La semana que viene traemos a una experta en sueño que es buenísima. ¿Tienes Facebook?

Qué alivio. Cogí la tarjeta que me ofrecía, por segunda vez. Estuve charlando con el corrillo, atenta a la puerta, pero no la vi. Sloane pidió a todo el mundo que tomara asiento, y empezó la conferencia. Me senté en la última fila, cerca del escaparate, con la intención de salir sin ser notada a las primeras de cambio. Me picaba la peluca y no tenía el más mínimo interés en seguir allí, solo había ido por ella.

Justo cuando iba a ponerme de pie noté la corriente al abrirse la puerta detrás de mí. Allí estaba ella, pidiendo perdón a la conferenciante con un gesto de la mano, acercándose al banco de puntillas mientras se abría la cremallera del abrigo. Volví la vista despacio al frente de la sala, crucé las piernas y contuve el aliento. Había un sitio libre a mi lado. Allí se sentó, y me envolvió una nube del perfume dulce que llevaba.

—Perdón —dijo con un susurro, porque me dio con el bolso en la pierna. Sonreí y no aparté la vista de la conferenciante, aunque sentía que se me iba a salir el corazón del pecho y no oí ni una palabra. Miré de soslayo, le vi los desgarrones en los vaqueros, las botas que todas llevaban, el bolso caro en el suelo.

—Yo la sigo en las redes, es buenísima —ese nuevo susurro me sobresaltó. Asentí, fingiendo entusiasmo, y ella sacó una libreta rosa con la palabra «Alegría» impresa en letras doradas en la portada. Tomó notas sobre cómo hacer pulverizadores que no fueran tóxicos para limpiar la casa, y yo asentía de vez en cuando para no desentonar. Tenía las manos largas y bonitas. Cerré las mías, llenas de manchas solares y cientos de arrugas. Yo tenía cuarenta años; ella parecía al menos una década más joven. No llevaba anillos. Yo a veces usaba la alianza, pero esa noche me la había quitado.

Era como si la charla no fuera a acabar nunca. Cuando por fin concluyó, me volví para hablarle.

—Ha estado muy bien. Es genial.

—¿A que sí? Tengo una amiga que hace al pie de la letra lo que dice, y te juro que no está mala nunca —guardó la libreta en el bolso y señaló la mesa—. ¿Quieres un vino?

La seguí mientras iba saludando a algunas de las asistentes con un toque en el hombro, en un codo. Besos y abrazos. Sirvió dos vasos y alzó la barbilla, señalando un espacio libre entre el bullicio y la concurrencia. La seguí otra vez. Soltó una larga exhalación.

—Aquí mejor. Esto se pone hasta arriba. No hay quien aguante la lana —tiró del cuello del jersey granate y tomó un sorbito minúsculo de vino—. Huy, perdona, me llamo Gemma. Me parece que no me he presentado todavía.

—Yo Anne.

—¿Qué edad tienen tus niños?

Esa parte la tenía planeada. Era madre soltera de dos niñas, una de dos y otra de cinco años. Pelirroja una y rubia la otra. Fútbol y ballet. Había practicado en alto la voz que pondría al decir cómo se llamaban.

—Tengo uno de cuatro años. Se llama Sam.

Hubo como un eco a mis palabras. Sentí que él brillaba dentro de mí y noté la cabeza despejada, como si hubiera esnifado una droga que llevara años sin meterme. Bajé la vista, temerosa de que me viera los ojos. Me lo imaginé en casa, cenando contigo y con Violet, sin saber dónde estaría yo ni si volvería a tiempo de arroparlo. Ahora no pararía de decir tonterías. «Te quiero hasta la luna gigante y vuelta, diez mil trillones de veces, mami.»

—Yo también tengo un niño. Mañana cumple cuatro meses —se extinguió el eco que había dejado el nombre de Sam en mis oídos, y mis ojos captaron el detalle al vuelo. Volvió a beber sin beber, dejando solo el sabor del vino en los labios. Entonces me di cuenta de que tenía los pechos como dos torpedos. Llenos de leche.

—Perdona, ¿has dicho cuatro meses?

Dio un salto cuando vio que el vino le manchaba los botines de ante. Se me había caído el brazo solo, y me quedé contemplando el vaso de plástico vacío que tenía en la mano.

—Ay, mierda —estuvo buscando algo con que limpiarse—. Tengo toallitas —dijo con un hilo de voz, y se puso a buscar en el bolso mientras yo me quedaba de piedra, sin decir nada. Vi cómo sacaba las toallitas del paquete y repasé mentalmente el calendario. Estábamos en noviembre. Conté los meses. ¿Cuándo se había ido de casa, en enero? Sí. Sí, justo después de Navidad.

—¿O sea, que nació en julio?

—Sí, el 15 de julio... Espera a ver si encuentro unas servilletas, que esto no lo quita.

—Mierda, perdóname —fui corriendo a la mesa de las magdalenas, volví con un puñado de servilletas y me agaché para secarle los botines. Se los había quitado y estaba sentada en una silla, con los pies vueltos para dentro. Froté el ante mojado y pedí mil perdones.

—Me pasa que me tiembla la mano a veces —era sorprendente lo bien que se me daba mentir.

—Huy, no te preocupes —le cambió la voz al saber de aquella discapacidad mía; puso la mano en la parte superior de mi brazo, del mismo modo que la había visto hacerlo con sus amigas de la librería—. No te preocupes lo más mínimo. Ya se secarán.

Nos levantamos las dos. Media casi treinta centímetros más que yo, calzada solo con un par de calcetines húmedos. Tenía que levantar la cabeza para dirigirme a ella.

—Esto... Yo... Tú..., cuatro meses, ¡es muy pequeño! —me maravillaba a mí misma que no me hubiera quedado sin habla; la capacidad de formar palabras que tenía—. Estás estupenda.

—Gracias. Me encuentro muy cansada. Duerme fatal. Tengo muchas ganas de asistir a la charla sobre el sueño la semana que viene. O a lo mejor tú tienes algún truquillo. ¿Seguiste algún método para enseñarlo a dormir? ¿El de dejar que lloren? Yo no creo que pueda hacer eso. No soporto verlo alterado.

El niño del que hablaba era tuyo. Ella había parido a tu hijo. Te habían dado una segunda oportunidad. Y entonces caí de golpe en la cuenta: un bebé tarda diez meses en gestarse desde que es concebido. La dejaste embarazada un mes antes de que te despidieran del trabajo. Ya lo sabías antes de que yo te pidiera que te fueras. Lo supiste todo el tiempo. Desde el principio.

—Pues... el caso es que durmió bien siempre. No tuve que hacer gran cosa.

—¿Ah, sí? ¿Como desde cuándo?

Notaba opresivo el aire de la librería. Me la imaginé empujando para dar a luz al bebé. Y a ti, viendo cómo te nacía un hijo nuevo.

—¿Puede que desde los cuatro meses? La verdad es que no me acuerdo.

—Estaba pensando en añadir un poco de leche en polvo a las tomas de la noche. Dicen que eso ayuda a llenarles la barriga. Aunque no estoy segura de qué tipo...

—¿Y el padre?

—¿Cómo? —se acercó más a mí; creyó que no había escuchado bien, porque era una pregunta muy rara.

—¿Que tienes pareja, no?

—Sí. Es genial. Un gran padre. De hecho, mira lo que me acaba de mandar —sonrió y sacó el teléfono. Bisbiseó mientras buscaba la foto que me quería enseñar, como hablando consigo misma. Sostuvo el teléfono en alto y alzó las cejas, esperando a ver cómo reaccionaba yo, como si fuera la foto de una gran erección, algo desproporcionado. El bebé estaba dormido, arropadito en la cuna. Las sábanas tenían lunas y estrellas. No le veía la cara por el ángulo de la foto. Le quité el teléfono de las manos y miré a aquel ser humano tapado de pies a cabeza, un ser humano que era la mitad tuyo, que compartía el ADN de nuestro hijo muerto—. A él se le da muy bien dormirlo. Se quieren mucho.

—Muy tierno —se lo devolví y me toqué el pelo, recordando que llevaba peluca. Tenía que salir de allí; hacía demasiado calor y el ruido me pareció insoportable de repente.

—¿Y tú? ¿Tienes pareja?

—Yo no... Yo..., él no se implicó nunca. Así son las cosas. Madre soltera —asentí, como para confirmarme a mí misma la mentira, con la esperanza de que no preguntara más.

—¿Sabes, Anne?, el caso es que me suena tu cara.

—¿Ah, sí?

—Sí, es como si nos hubiéramos visto antes.

—Puede —me dirigí al montón de abrigos. Tenía que salir de allí.

—¿Dónde fuiste al colegio?

—Huy, en un pueblo perdido por el oeste...

—¿Haces yoga?

—Sí, puede que sea de eso. Me he apuntado a un par de gimnasios, ¿a lo mejor hemos coincidido ahí?

—No... Creo que no.

Iba ya derecha a la salida. Ella me siguió.

—Me muevo mucho por la zona, a lo mejor hemos...

—Ay, mierda. Ya caigo —dio un chasquido con los dedos. Contuve el aliento y miré en dirección a la puerta—. Es que te das un aire a... mi profesora de *spinning*. Te pareces un montón a ella.

Te llamé desde el taxi de regreso a casa. Cuatro veces. Sabía que no ibas a cogerlo. Ardía en deseos de hablar contigo, de preguntarte si se parecía a Sam. Si fruncía así los labios, si olía igual. Se me olvidó preguntarle cómo se llamaba su hijo. Me di cuenta de que tú y yo no hablábamos desde que había nacido ese bebé. Puede que pensaras que mancillaría tu vida de alguna manera si oías mi voz, que te robaría parte de esa experiencia que tanto merecías. Parecía una madre maravillosa; se veía solo con estar a su lado. Daba la impresión de que era muy pero que muy buena madre.

66

Me pregunto si estabas mirando en el momento en que su vagina, hinchada y candente, se abría para liberar a un nuevo ser, mitad tuyo, en las manos de un médico que te daría la enhorabuena por el hijo recién nacido. Un niño, y ya iban dos. Me pregunto si se te llenaron los ojos de lágrimas cuando pusieron al bebé, todo resbaladizo, encima del pecho sudoroso de ella, si lo viste abrir la boca buscando su pezón. Me pregunto si le sujetaste la mano temblorosa a la mujer mientras le clavaban aguja e hilo en la piel del perineo, y tiraban fuerte hasta que quedaba en su sitio el estropicio. Si la agarraste del codo y la acompañaste al cuarto de baño de la habitación, donde gritó de dolor al acercar los muslos flojos, le manó sangre y notó el peso de las entrañas, el pulso de la vulva, sintió la debilidad del cuerpo después de pasar por una experiencia tan traumática. ¿Le echaste un poco de agua tibia en sus partes ensangrentadas, tal y como te habían enseñado las enfermeras? ¿Te metiste en la ancha cama de hospital con madre e hijo, preguntándote cómo habías podido amar a otra mujer que no fuera ella? ¿Pusiste el teléfono en silencio para que ella no oyera mis mensajes mientras intentaba que el calostro llegara a la boca de su hijo? ¿Diste razones para que lo circuncidaran, como hiciste con Sam? ¿La llevaste a casa al día siguiente para que guardara cama, vestida con un pijama de algodón suave que se había comprado para la ocasión? ¿Y fue en esa misma cama a la que la llevaste donde engendraste a ese hijo, el lugar en el que te corriste dentro de ella con tantas ganas que te importó una mierda lo que pasara después?

Estuve días sin dormir después de conocerla.

No pude volver a dormir hasta que no bajé al sótano.

Quité la capa de polvo del embalaje. Dentro estaban las cosas de Sam. Baberos, mantas, pijamitas y cosas que le gustaban. El conejo Benny. Subí la caja a mi habitación, la dejé a los pies de la cama y empecé con el ritual. Encendí la lamparita. Me puse crema de lavanda en las manos, la misma que solía darle en la piel después del baño. El aparatito del sonido estaba en el fondo de la caja. El rumor del océano. Lo coloqué en la mesilla.

Cerré los ojos e hice por recordar hasta la última de sus cosas que había allí dentro. La ranita de color verde menta tan suave que le regaló tu madre. El pijama, a juego con el de Violet. La manta de muselina, estampada de corazones. Los diminutos calcetines rojos. La manta de franela del hospital. Me lo sabía todo de memoria, y no me quedaba otro consuelo entonces que jugar a memorizarlo. No había lavado nada de todo ello. Tanto de él había quedado impregnado en esas telas.

Era un capricho que me había permitido solo unas pocas veces desde que muriera Sam. Lo guardaba para cuando más falta me hacía.

Me llevaba a la cara despacio las prendas una a una e inhalaba con todas mis fuerzas, hasta que me picaba la nariz, dejando que la mente embebiera lo que fuera que hallaba en ellas: los mamporros que daba a las cazuelas en el suelo de la cocina mientras le hacía la papilla, el agua del baño que chupaba de la esponja con la que lo bañaba, cómo se acurrucaba cuando le contaba un cuento, desnudo, feliz, el riesgo que corría el edredón de nuestra cama con un culito sin pañal. Atesoraba esas películas mudas de él, tan breves. Me daba igual que no fueran recuerdos exactos, que casi ninguno de ellos hubiera sucedido como yo lo imaginaba en las escenas que proyectaba en mi cabeza; solo necesitaba verlo, y luego lo podía sentir con aquellas cosas entre mis manos. Si me concentraba lo bastante, Sam podría estar allí a mi lado, y yo volvería a sentirme viva otra vez.

Cuando había acabado de acariciarlo todo, me quedaba con el pijama que más se ponía, gastado en las rodillas de tanto ir a gatas detrás de Violet, manchado de mermelada de arándanos en el cuello. La ligera manta de punto de su cuna. Y Benny. Encontraba su presencia nítida en ese peluche, y respiraba su esencia para colmarme el cerebro como una anestesia. Pero ya casi no había rastro del olor de Sam, y Benny había terminado un poco húmedo y mohoso. Pasé el dedo por la parte de la cola que tenía manchada, convertida ahora en un resto de óxido desvaído.

También había guardado un pañal sin usar. Puse todo encima de la cama, cada cosa en su sitio: el pañal, dentro del pijama; la manta, debajo; Benny, acurrucadito a la altura de su cuello. Y entonces lo cogí en brazos y lo mecí, lo olí, lo besé. Apagué la lamparita. Lo arropé bien con la manta para que no tuviera frío. Me abandoné al susurro de las olas del mar y tarareé la nana que le cantaba siempre. Lo acuné en mis brazos. Y cuando se quedó quieto y noté todo su peso, cuando su forma de respirar delató que se había dormido, lo metí en la cama para no despertarlo. Cambié las almohadas de posición, creé un espacio seguro. Y allí me dormí, con él en brazos.

Por la mañana, metí otra vez con cuidado cada cosa en su sitio. Llevé la caja al sótano. Volví a la cocina, puse la tetera a calentar, subí las persianas y di comienzo a otro día en soledad.

67

Mi padre dijo que me iba a llevar a casa de mi madre a comer el domingo. Me quedé de una pieza. Habían pasado dos años desde que se fuera, y apenas habíamos hablado de ella; no la había vuelto a ver desde aquella vez en la cafetería con la señora Ellington. Mi padre dijo que había llamado la semana anterior para invitarme. Por su modo de decirlo, parecía que no me quedaba otra que aceptar la invitación, pero recuerdo que yo quería ir, aunque nos hubiera traicionado. Sentía curiosidad. Puede que él también.

Cuando abrió la puerta, miró detrás de mí, buscando a mi padre detrás del reflejo del parabrisas. Se quedó mirando el coche hasta que desapareció al fondo de la calle y entonces me miró a mí. Yo llevaba un peinado distinto, dos trenzas largas, y tenía la cara llena de las pecas nuevas que me habían salido ese verano con el sol.

—Me alegro de verte —dijo, como si nos acabáramos de encontrar en la tienda de la esquina.

Pasó adentro y la seguí. Tenían una casa modesta por fuera, pero decorada con un lujo de detalles que yo no había visto nunca antes, ni siquiera en casa de los Ellington. Las mesas tenían su tapete, y había figuritas de cristal en pedestales y cuadros iluminados desde arriba, cada uno con su propio foco. A mí todo me parecía irreal. Como un decorado al que fueran a entrar los actores en cualquier momento para adueñarse del escenario. Richard nos llamó, y ella me llevó arrastrando los pies a la cocina, donde él me dio una copa de cóctel llena de un líquido de color rosa oscuro.

—Te he preparado un Shirley Temple —lo recogí de su manaza, y se quedaron los dos mirando cómo le daba un sorbito.

—Te presento a Richard. Richard, te presento a Blythe —se sentó a la mesa y paseó la mirada por la cocina, invitándome a que hiciera lo propio. Todo tenía un aspecto inmaculado, sin estrenar. A lo mejor no lo habían utilizado nunca.

—He encargado unos sándwiches por teléfono.

Richard me miró, y luego volvió a mirar a mi madre. Ella alzó las cejas, como diciendo: «¿Ya estás contento?».

Me preguntó qué tal la primera semana de colegio y dijo que le gustaba mi nombre, luego se excusó porque tenía que hacer una llamada. Mi madre le quitó el plástico transparente a la comida que había encargado y me preguntó qué había estado haciendo. «¿En los últimos tres años, o solo el fin de semana pasado?», me apetecía preguntarle. Pero estaba claro que teníamos que aparentar las dos, igual que la casa que había montado. Igual que aquella vida que, por alguna razón, había querido mostrarme. Fue a la encimera a coger un cuchillo, y rozó con la blusa un pegote de mayonesa.

—Mierda —dijo, apretando los dientes, y frotó la mancha con un paño de cocina—. La acabo de estrenar.

Me comí el sándwich de pavo y estuve escuchando lo que decían de un sitio en la costa francesa. Habían ido a pasar el verano. A saber de dónde sacaban el dinero, por qué vivían en aquella casa tan anodina en un barrio mediocre, a media hora del centro. Yo había imaginado siempre que nos dejaba por una vida urbanita y bohemia, llena de gente que compartía con ella su tipo de belleza. No así Richard, desde luego. Pero tampoco le pegaban a él las figuritas de cristal ni la vajilla elegante. Parecía tan fuera de lugar como yo sabía que lo estaba ella.

Tenía el pelo distinto, y la piel y los labios y la ropa; hasta la voz. Las texturas, los olores y los tonos eran diferentes. Todos los detalles de su persona que yo había conocido se habían cubierto de una pátina de brillo, y quedaban ahora como empaquetados, con el olor de unos grandes almacenes. Luego vi en su armario cajas de pañuelos de papel y bolsas dobladas de tiendas de las que no había oído hablar en mi vida. Me dio una apresurada vuelta por la casa, y luego nos demoramos un rato en el dormitorio. No tenía pastillas en la mesilla. Vi que había una pequeña maleta en un rincón, abierta y con sus cosas asomando. Se dio cuenta de que me había fijado en ese detalle.

—No me ha dado tiempo a deshacer la maleta. Muchas noches nos quedamos en la ciudad. Richard tiene negocios allí. De hecho, antes vivimos allí por un tiempo —se quitó la blusa de seda que se había manchado y estuvo buscando en el armario otra cosa que ponerse. Soltó un suspiro—. Odio este sitio, pero...

«Pero ¿qué?», me preguntaba yo. El sujetador era de encaje negro. A mí me entraron unas ganas tremendas de meter la cara entre sus pechos y me dio vergüenza sentirme así, anhelar que ese hueco me trajera algún recuerdo de la infancia.

Por la tarde, cuando bajaba del baño sin hacer ruido, vi desde el pasillo que Richard la agarraba de la cintura y la atraía hacia sí. Ella levantó los brazos y le metió las manos en el pelo engominado y un poco canoso.

—Te he echado de menos. No vuelvas a desaparecer así —ella se soltó de la mano de él.

—Ojalá no lo hubieras llamado.

—Bueno, al menos ha servido para que volvieras a casa, ¿no?

Había sido Richard quien me había invitado, no mi madre. Yo era un señuelo para traerla de vuelta de la ciudad. Pero debía de haber una parte de ella que sí quería verme, a la que le preocupaba todavía lo que pensáramos de ella mi padre y yo.

Conté hasta diez y entré en la cocina. Mi padre llegaría pronto. Les di las gracias por el almuerzo y me asomé a la ventana para ver si aparecía el coche. Esperaba que ella dijera algo: «Vuelve pronto. Me alegro de que hayas venido. Te he echado de menos».

Se despidió de mí en la puerta, y se aseguró de que mi padre pudiera verla bien.

Él no me preguntó por la visita; ni por la casa, ni por Richard, ni por lo que habíamos comido. Pero en la cena, mientras fregábamos el último de los platos los dos juntos en silencio, le dije:

—No fuiste tú el que le amargó la vida —quería que lo supiera. No respondió; dobló el paño húmedo, lo dejó en la encimera y salió de la cocina.

Esa fue la última vez que vi a mi madre.

68

Cuando Violet se quedaba conmigo, era como vivir en casa con un fantasma. Casi nunca me dirigía la palabra, aunque hacía notar su presencia. Dejaba luces encendidas, grifos abiertos. Era como si cambiara el aire del espacio que ocupaba. Yo sabía bien por aquel entonces qué sensación deja el resentimiento, era capaz de reconocerlo en el espesor que la rodeaba como un aura.

¿A quién le echaba la culpa de la separación? La respuesta más obvia era que a mí, si es que culpaba a alguien. Yo creo que estaba encantada con aquella división de la familia en dos. Era como si se viniera arriba con el nuevo papel que desempeñaba, la hija de un divorcio, como si disfrutara en silencio de la amnistía que yo le había concedido. Llevábamos un tiempo sin tener noticias de sus profesores. A saber si no estábamos en la calma que precede a la tempestad.

Una mañana, de camino al colegio, aparté una mano del volante y le tendí una magdalena. Estaba buscando algo debajo de la bufanda y lo dejó para coger lo que yo le ofrecía. Cuando volví la vista al frente, sacó una cadenita de oro con un pequeño colgante, parecida a la que me habías regalado tú años atrás y que nunca me ponía. Por el espejo retrovisor, vi que la tocaba con cariño.

—¿De dónde la has sacado?

—Me la regaló Gemma.

No había vuelto a pronunciar su nombre en alto delante de mí desde aquella vez que comisteis juntos en tu oficina. Yo quería a toda costa guardar el secreto de mi relación con Gemma, así que nunca le preguntaba a Violet por ella. No podía dar pie a que saliera mi nombre en tu casa de ninguna de las maneras.

No tardé mucho en congeniar con Gemma. Era muy alegre, estaba llena de energía y le encantaba que le preguntaran por su vida. Tenía la costumbre de soltar largas charlas y luego, como si cayera de repente en la cuenta, entrecerraba los ojos y decía: «Ya me he enrollado otra vez, ¿a que sí? Pero háblame de ti», y me tocaba las muñecas con delicadeza, como si le diera unos toquecitos a un conejo en las patas. Era un gesto enternecedor, y comprendí el desahogo que habrías hallado en ella cuando se estaban desmoronando en silencio los cimientos de nuestro matrimonio.

Empezamos a sentarnos juntas en las reuniones a las que asistíamos cada semana, y a mezclarnos con las otras mujeres después. Me apartaba lo menos posible de Gemma para que no se me escapara ningún detalle de lo que iba contando. Era un rompecabezas que yo montaba despacio, una semana tras otra. Tenía el corazón acelerado todo el tiempo, ansiosa por enterarme de más cosas sobre su vida. A menudo me sorprendía a mí misma mirándola, imaginándoos juntos a los dos. Cómo la tocabas. Cómo la follabas. Cómo la mirabas mientras daba de mamar a vuestro hijo o lo dormía en sus brazos y le hacía cosquillas por la mañana, y lo inmensamente feliz que te hacía.

—La verdad es que me encanta... Me encanta ser su madrastra.

Salí de golpe de mis fantasías y la vi otra vez tal como era. Nunca había hablado de Violet antes. Yo lo estaba esperando.

—Tiene once años, una edad que puede ser difícil para algunas chicas. Pero yo creo que le caigo bien. Soy muy afortunada, si hemos de creer lo que se cuenta por ahí de los hijastros...

Intercedió alguien y cambió de tema. Luego, cuando nos quedamos solas, le pregunté por lo que había dicho.

—No sabía que tuvieras una hijastra.

—Huy, ¿no te lo había dicho? Se llama Violet. Es un amor de niña. Mi marido comparte la custodia con su ex, así que pasa mucho tiempo con nosotros.

—Y entonces, os lleváis bien, ¿no?

—Nunca discutimos. Es que nos llevamos muy bien, la verdad. A mi marido se le cae la baba con nosotros. Le encanta que estemos los cuatro juntos.

—¿Y la madre de la niña?

—Parece que no se implica mucho. Es largo de contar. Tiene sus cosas, así que guardamos las distancias.

Asentí y no dije nada, confiando en que contara más.

—Hay algún problema al respecto, y yo prefiero no entrar. Tengo entendido que no es la persona más cariñosa del mundo. Pero ¿quiénes somos para juzgar a los demás, no te parece? —soltó un suspiro y miró a la concurrencia.

Yo quería más. Quería saber hasta la última mentira que le hubieras contado de mí.

—Violet es muy afortunada de tenerte, pues.

—Gracias, es muy amable por tu parte. La quiero como si fuera mía.

La miré a la cara para sondear si decía la verdad. Buscaba la misma incomodidad que a mí me había consumido en vida con Violet. Pero Gemma se dejó mecer por el hilo musical y soltó el vaso vacío en la mesa de la caja.

—¿Nos vamos?

Carraspeé y la seguí hasta la puerta.

—Y entonces, ¿Violet se lleva bien con el bebé?

—Adora a Jet. Es la hermana mayor más buena del mundo.

Me despedí de ella con un abrazo y sentí sus tetas llenas de leche contra las mías.

69

Me compré un teléfono nuevo con un número distinto para poder escribirme mensajes con Gemma el resto de la semana. Al principio no era más que un intercambio aburrido de cortesías: «¿Tú vas a ir? Genial, ¡yo también!». Y luego: «¡Me encantó verte! Que tengas buena semana». Después empezó a escribirme para pedir consejo, desde un pasillo entre las estanterías de la farmacia mientras buscaba algún medicamento para el resfriado, o en el momento de comprarle a Jet pañales de usar y tirar o bien reutilizables para las clases de natación. Era una mujer segura de sí misma, locuaz y llena de energía, pero una parte de ella buscaba constantemente un voto de confianza cuando se trataba de Jet. Quería ser la madre perfecta, hacer, comprar y dar lo mejor que había, y buscaba a menudo mi consejo. Esa vulnerabilidad me llegó al alma. La forma en la que se desvivía por el bienestar de su hijo, el examen constante que se hacía a sí misma y a las cosas que le ofrecía.

Estaba encantada de ser madre, claro, pero también de ejercer como tal. De babear por su hijo, cuidarlo, estar siempre encima, quererlo, tenerlo en brazos, darle de mamar. Florecía con todo ello. Cuando le pregunté si había pensado ya destetar al bebé —tenía casi el año cumplido por aquel entonces—, negó con un movimiento enérgico de cabeza. Debería haberlo imaginado: me dijo una vez que cuando le daba de mamar sentía un subidón emocional que no había tenido nunca antes de que naciera, algo que le salía de dentro y no podía explicar. Le dije que ni que estuviera describiendo un orgasmo.

—¿Sabes qué te digo, Anne? Es hasta mejor que eso.

Nos reímos las dos, pero lo decía en serio.

—Me encantaría conocer a Sam —dijo la noche de un miércoles, cuando nos poníamos el abrigo—. ¿A que sería divertido juntarlos a los dos?

—Sería estupendo.

Nunca insistió, aunque yo tenía una batería de excusas con fundamento para el caso de que insistiera. Actividades a las que no podía faltar. Enfermedades (le horrorizaban los gérmenes). Un viaje de última hora. Nuestra relación discurría la mar de bien, mejor de lo que yo pensaba.

Una noche me llamó casi a las doce, cuando Violet estaba en vuestra casa. Le preocupaba el resfriado de Jet porque se le había agarrado al pecho y le costaba respirar. No sabía qué hacer: ¿era mejor llevarlo a urgencias?, ¿darle otro baño de vapor en la ducha?

—¿Tu marido qué dice? —sabía que no estabais casados, tú y yo todavía no nos habíamos divorciado, pero aun así ella te llamaba su marido.

—No está en casa..., ha salido de viaje por trabajo y no coge el teléfono.

—Vaya —me sorprendía que hubieras dejado a Violet sola con Gemma por la noche sin decirme nada. Pensé en el acuerdo tácito que teníamos, en lo a rajatabla que yo había respetado el tiempo que pasaba conmigo y contigo. En teoría, teníamos que informar al otro si Violet iba a quedarse con un tercero. Te habías aprovechado de que la niña prefiriera estar contigo y me habías sacado una noche más de cuando en cuando, sin comunicarme si ibais a pasar el fin de semana fuera. Sabías que partías con ventaja—. ¿Entonces estás sola?

—Está aquí su hija. Si me voy a urgencias, tendré que despertarla y llevarla conmigo. Pero empieza baloncesto mañana antes del colegio y va a estar agotada. A lo mejor..., ¿a lo mejor se puede quedar sola? Tiene once años. El hospital está a dos manzanas de aquí, ni una más. Nunca se despierta por la noche, nunca. Pero, Dios, me da un ataque si se despierta y ve que no estoy —soltó una larga exhalación, como si lo estuviera pensando—. No, no, tendré que despertarla si lo llevo a urgencias.

No sé qué se apoderó de mí.

—Déjala. Déjala sola, estará bien. No le pasará nada. Pon el intercomunicador en su cuarto y la vigilas desde el hospital. Ya tiene edad. Si fuera yo, lo llevaría en el acto.

—¿De verdad? Mierda. ¿Tú crees?

—Sí, seguro. Vete. No tardarás mucho, y no se despertará. No te puedes arriesgar…, el niño es muy pequeño. No puedes arriesgarte. Jamás te lo perdonarás.

Yo nunca la habría dejado sola. Pero quería que te enfadaras con ella. Que te pusieras hecho una furia. Quería que hiciera algo que a ti te pareciera horrible.

—Ay, no sé, Anne.

—No lo pienses, llévalo —dije, con premura en la voz—. Lo oigo desde aquí y no me gusta nada cómo le suena el pecho. Me preocupa.

Sentí asco de mí misma cuando colgué el teléfono.

Me escribió a la mañana siguiente para decir que la habían mandado a casa después de esperar cuatro horas, que le habían dicho que abriera el agua caliente de la ducha y lo pusiera cerca del vapor. Que se pondría bien.

A la semana siguiente la vi en el grupo de mamás, y me contó que habías puesto el grito en el cielo cuando reconoció que había dejado a Violet sola. Imaginé que habrías empezado a soltar lindezas con los dientes apretados, como hacías cuando te enfurecías de verdad. «Yo creía que podía dejarte sola con ella. Creía que eras mejor madre.»

—No sé, Anne, a lo mejor no tenía que haber hecho eso. No regía bien yo esa noche.

—Perdona si fui mala consejera. Pero hiciste lo que creías que era mejor.

—Sí. Puede —esa vez la noté más callada de lo normal, y sabía que estaba disgustada conmigo. Le escribí un mensaje mientras esperaba el taxi para volver a casa.

«¿Todo bien? No parecías muy animada esta noche.»

«Hay días así; no es nada contigo, ¡te lo prometo!»

Era demasiado amable y rehuía la confrontación. Me sentó fatal pensar que la había traicionado. Poco a poco se había convertido en la única persona de la que yo tenía verdadera necesidad.

70

Me he saltado una parte importante de nuestra amistad. Puede que la más importante. Cuando estaba con Gemma, era la madre de Sam. Mi hijo volvía a vivir en mí de una forma que jamás imaginé. Estar con Gemma era como jugar a inventar personajes, y mi amigo imaginario era el amor de mi vida. Mi hijo precioso. Mi niño mellado y charlatán que atravesaba descalzo los pasillos de la casa con una mancha en su camiseta de béisbol favorita. Le encantaban las cintas métricas y ver el camión de la basura y coger los azucarillos en los restaurantes. Todos los días me preguntaba por la madre naturaleza, que era la que decía qué tiempo iba a hacer. Los sábados y los domingos íbamos a nadar, y los otros días comprábamos magdalenas de camino a la guardería. Siempre le apretaban los zapatos. Siempre ponía morritos. Le encantaba que le hablara del día en que nació.

Los miércoles, me pasaba el día pensando en lo que diría cuando llegara a la reunión de madres: que no había pegado ojo y estaba agotada, que lo había dejado llorando con la canguro al salir de casa. Quizá algo que la profesora hubiera dicho cuando había ido a recogerlo a la guardería esa misma tarde. Tramar un relato que tuviera a Sam de protagonista era adictivo; repasaba el argumento de lo que iba a contar como una obsesa, pensaba cómo sería mi hijo si estuviera vivo, y cómo lo cuidaría yo. Si Violet no lo hubiera matado. Aunque procuraba dejarla a ella fuera esos días. Eran sagrados, solo para él. Y cuando Gemma la hacía aparecer en la conversación alguna vez, me erizaba toda por dentro, atenta y dividida en dos: tenía ganas de asomarme a mirar por esa ventana que se abría a vuestra vida juntos, pero no soportaba su mera existencia en la periferia de esta segunda oportunidad que tenía Sam.

Me encantaba que Gemma me preguntara por él. Una vez dijo que me brillaban los ojos cuando ella pronunciaba su nombre, y no me cabe ninguna duda de que hasta vería brillar mis entrañas. Casi nadie hablaba nunca de él, y hela allí, dándole espacio y tiempo y valor. Quería saber cosas de él. A Gemma le importaba Sam. Por eso ella me importaba a mí, y mucho.

No había pensado en el tema de las fotos.

Un día me preguntó si tenía una foto de Sam para enseñársela. Alargó el cuello y echó un vistazo al teléfono que yo tenía en la mano, esperando que deslizara el dedo por cientos de fotos de él, como las que ella tenía de Jet.

—¿Sabes qué pasa? Que acabo de borrar todo. Me había quedado otra vez sin espacio —puse cara de fastidio por aquel contratiempo tecnológico. Eché el teléfono al bolso y cambié de tema como si tal cosa.

Esa noche me puse una copa de vino tinto y estuve buscando fotos de niños de cuatro años en internet que se parecieran a Sam. Me metí en cuentas de desconocidos que tenían el perfil abierto en las redes sociales. Pasé horas escudriñando las vidas de críos felices que hacían pompitas, montaban en trenes de feria y salían con la cara llena de helado. Cuando encontré al niño perfecto, casi me había acabado la botella de vino. Rizos negros, sonrisa mellada y sus mismos ojazos azules. «Siobhan McAdams, mamá de James por el día, hace pasteles por la noche.»

Estudié al detalle la cara de aquella mujer en la pantalla. Parecía muy cansada. Parecía muy feliz.

Guardé una docena de fotos de James y puse una de fondo de pantalla en el teléfono: salía en un columpio, con las manos en alto como si estuviera en una montaña rusa. A Sam le encantaban los columpios.

Compraba ropa de bebés en tiendas de segunda mano y a veces le llevaba algo a Gemma, fingiendo que eran cosas que ya no le valían a Sam; jamás habría podido desprenderme de su ropa de verdad, ni de sus juguetes; y además, Violet y tú los habríais reconocido. Ella abrazaba siempre las prendas, como si

262

estuviera abrazando a Sam. Me encantaba mirarla cuando hacía eso. Me encantaba mirarla cuando pensaba en él.

Un día apareció con un juego de bloques de madera de Froebel que yo sabía que era muy caro.

—La verdad es que fue mi marido el que dijo que por qué no te lo traía; nos lo regalaron, pero ya tenemos otro muy grande.

Me di cuenta de que no había debido de contarte que fui yo quien la convenció para que fuera a urgencias. Abracé la caja en señal de agradecimiento, como hacía ella con las cosas que le regalaba. Eso es lo que hace la gente al relacionarse, ¿no?: copiar gestos, actuar de forma parecida. A saber si ella habría imitado ya alguno de mis gestos, puede que el de tocarme las puntas de los cabellos de la peluca que me ponía para salir los miércoles por la noche, o la costumbre de chasquear la lengua cuando me quedaba pensando; y, en ese caso, a saber si te habría recordado a mí, aunque solo fuera un pasajero y efímero recuerdo que se iría enseguida por donde había venido.

Al salir, le pedí que te diera las gracias por el regalo. Y entonces dije algo que no tenía que haber dicho: que me encantaría conocerte algún día, y a Jet y a Violet. Algo del todo imposible, desde luego, pero en cierto sentido quería hablar de ti. Gemma asintió y dijo que a ella también le gustaría, que a lo mejor podía ir a vuestra casa un día a comer pizza con Sam, como había apuntado antes.

—¿Y qué tal van las cosas con Violet?

—¿Violet? Está bien. Están todos bien —vi que tenía la mente en otra parte, le estaba escribiendo un mensaje a alguien en el teléfono.

Aunque llegué a preguntarme si no me estaba mintiendo. Llegué a preguntarme si no había veces en que miraba a mi hija y tenía la sensación de que no era de fiar. Llegué a preguntarme si alguna vez no temió por su hijo.

Se despidió de mí con un beso en la mejilla, y yo le toqué el brazo, como hacía ella siempre conmigo.

Nos estábamos haciendo muy amigas. Me prometí a mí misma que faltaría la semana siguiente. Llevé los bloques de madera a casa y los puse en el cuarto de Sam.

71

No pensaba ir. Le escribí un mensaje para decir que no me encontraba bien, que Sam había pasado mala noche y la anterior yo tampoco había dormido mucho. Me mandó una cara triste en el mensaje, y volvió a escribir más tarde para decir que me echaría de menos. No quise desilusionarla.

Nos sentamos al fondo y nos pusimos al día sobre la semana, en voz baja; la suya era un cúmulo de problemas sin lógica que la preocupaban; la mía estaba llena de lindezas que Sam había dicho o hecho.

Llevábamos casi un año viéndonos todos los miércoles por la noche y conocíamos a las que nunca faltaban, aunque Gemma y yo habíamos hecho piña las dos a partir de cierto punto. Las otras mujeres nos guardaban dos asientos si había mucha concurrencia, y le preguntaban a una por la otra cuando alguna se retrasaba. Yo no sabía por qué Gemma me había elegido a mí entre todas. Pero sin duda la respuesta era que yo la había buscado con toda la intención, y a ella no le había quedado más remedio. Aun así, me gustaba pensar que había algo en mí que la atraía, que creyera que era una madre maravillosa, llena de amor y entrega, y que hacerse amiga mía le sirviese de consuelo mientras se abría paso como madre primeriza en el primer año de vida de su hijo. Hacía que me sintiera parte clandestina de la nueva familia que habías formado, libre por fin de las garras de tus críticas.

Nos despedimos del resto y me envolví el cuello con la bufanda.

—Ha venido mi marido —Gemma señaló la entrada. Y allí estabas. A la puerta, mirándome. Me aferré a la lana que sostenía entre las manos y contuve el aliento. Me volví despacio para darte la espalda. Nos habías estado observando.

—Ven, que te presento —me puso las manos en los hombros y me empujó hasta la puerta. Yo no sabía qué hacer.

—Gemma, tengo..., tengo que ir al baño...

—Huy, pues vuelve rápido. Nos vamos al cine, pero quiero que lo conozcas, ya que ha venido.

Bajé la vista y cavilé. ¿Qué podía hacer? Me subí la bufanda hasta más arriba de la barbilla y me calé el sombrero para que me tapara la frente. Saqué las hebras largas de pelo castaño de debajo del abrigo y las dejé caer sobre mis hombros. Como si no me hubieras reconocido ya. La mujer a la que amaste veinte años. La madre de tus hijos. Allí estaba, delante de ti, más desnuda que nunca. Ella te besó. No tenía que ponerse de puntillas como yo. Me fusilabas con la mirada. Tragué saliva, y me subieron las lágrimas a las comisuras de los ojos, aunque Gemma pensaría que era de puro frío.

—Fox, te presento a Anne. Anne, te presento a Fox.

Se me iba la cabeza, flotando como un farolillo encendido en el cielo de la noche; ya no era yo la que estaba allí, sometida a tu mirada inclemente, a la espera de que me acribillara lo que fueras a decir a continuación. Solo así podía sobrevivir a la vergüenza, al miedo, a lo mucho que lamentaba que te hubieras enterado de lo que había hecho. Salí de mí misma. Lo vi todo desde arriba.

—Encantada de conocerte —te tendí la mano enguantada. Miraste a Gemma. Y luego otra vez a mí. No sacaste las manos de los bolsillos. Yo te había regalado ese abrigo para tu cumpleaños.

Ella te miró muy preocupada, como si la única manera de explicar tu mala educación fuera que te había dado un aneurisma. Sacaste la mano despacio del bolsillo del abrigo y estrechaste la mía. Llevábamos año y medio sin hablar. Mucho más sin tocarnos. Tenías la piel de la cara roja de frío y parecías mayor. A lo mejor dormías poco por culpa del bebé o estabas estresado con el nuevo trabajo que imaginaba que tendrías. O a lo mejor no me había dado cuenta de cómo pasaba el tiempo; pese a todo, en los recuerdos que primero me venían a la cabeza, seguías siendo el hombre del que me había enamorado hacía años.

—Lo mismo digo —miraste por encima de mi cabeza al decirlo, y supe entonces que nos ibas a ahorrar tanta humillación. Aunque no lo hicieras por mí.

A Gemma no se la veía cómoda. Estaba tensa, lejos de su natural cariño y desenvoltura. Se lo noté hasta debajo del grueso abrigo. Me parece que comprendió que algo no iba bien, pero hacía demasiado frío para quedarse allí parados mucho tiempo, y había otras mujeres que la buscaban con los ojos para despedirse. Nos alejamos del peligro que encerraba estar los tres juntos. Me escabullí entre los corros que se habían formado en la acera y luego eché a correr. No sabía qué otra cosa podía hacer. Tenía que alejarme lo más posible de ti.

72

No sé si Gemma te contó lo que pasó después.

Imagino que esperaste hasta que salisteis del cine para decírselo. O puede que pasaran días. Puede que quisieras ahorrarle en la medida de lo posible la decepción, hasta que no te pareciera ya honesto seguir guardándotelo. O puede que te costara admitir que habías estado casado tantos años con una mujer como yo, capaz de hacer algo tan inconcebible. Algo enfermizo. Vergüenza ajena. No tuve noticias de Gemma esa semana y no me atreví a dar señales. Era raro ese silencio suyo, prueba de que le habías contado quién era yo. Dejé de ir al grupo de madres los miércoles por la noche.

A lo mejor no te contó gran cosa del año de amistad que compartimos juntas. Pero para mí significaba mucho. Nunca había tenido una amiga como ella, alguien que despertara en mí un cariño que me reconfortaba y me salía de dentro. Era como un día templado de verano. La sentía como te había sentido a ti. Antes. Hasta que no salió de mi vida no me di cuenta de lo sola que estaba.

Me reconcomía la curiosidad, hasta que saqué el cuajo de preguntarle a Violet un día.

—¿Qué tal está Gemma?

—¿Por qué lo preguntas?

—Solo por curiosidad.

—Está bien.

—¿Y el bebé?

El bebé. Nunca lo habíamos mencionado. Dejó el tenedor quieto en la boca y clavó la mirada en las verduras que tenía en el plato, pensando, estoy segura, en cómo me había enterado; o a lo mejor sopesaba la pérdida de poder, porque ya no contaba con aquel secreto en su arsenal.

—Está bien —carraspeó de forma extraña e hizo que me sintiera incómoda. Pidió permiso para levantarse de la mesa, y no volvimos a hablar de Jet en toda la tarde. Antes de irse a la cama, preguntó si podía quedarse contigo el fin de semana, porque venían tus padres de visita. No había vuelto a hablar con tu madre desde que descubrí tu lío de faldas. Llamaba de vez en cuando, pero ya hacía tiempo que no dejaba mensajes.

—Vale, pero tiene que ser tu padre el que me lo pida.

Encogió los hombros. Las dos sabíamos que no tenía sentido andarse con protocolos, después de todo el desastre que ya teníamos organizado. Sonó un aviso de mensaje en el teléfono, en la habitación de al lado. Era Gemma. Me había escrito: «¿Podemos hablar?».

Me doblé en dos de puro alivio.

Quedamos para tomar un té al día siguiente cerca de la librería. Esa noche no dormí, estuve ensayando distintas versiones de lo que le diría, dando vueltas a la manera de explicarme. Lo que más nerviosa me ponía, qué locura, era que viera mi pelo de verdad, sin la peluca pardusca que me encantaba ponerme. El manojo de nervios que yo era se concentraba en esa sola cosa: mi pelo. No en lo retorcida que había sido mi manipulación, en la forma tan perturbada en que había traído a mi hijo de vuelta a la vida, ni en la soltura y el descaro con que había mentido, como si estuviera de cháchara con desconocidos una mañana de recados.

Vi desde la puerta que había pedido té para las dos. No nos abrazamos como siempre al saludarnos. Ocupé deprisa la silla, me toqué las puntas del pelo y entonces me acordé: era Blythe, no Anne. Lo que hice fue enderezar el cuello de mi abrigo. Me había puesto algo que sabía que le gustaba: me lo había dicho una vez, pasando los dedos por la manga para notar la trama del tejido.

—No sé qué decir —no tenía pensado ser la primera en hablar, pero eso hice.

Gemma asintió, pero luego meneó la cabeza, se la veía incómoda y lo entendí. Me mordí el labio mientras la veía echarse unas gotas de leche en el té. Esperó un momento, y entonces me pasó la leche y el azúcar. Oíamos las dos el ruido que hacía mi cucharilla contra la taza. Estaba claro que no quería hablar, y puede que solo quisiera escuchar lo que le diría si me daba esa oportunidad.

—No creo que puedas perdonarme nunca. Lo que he hecho no tiene perdón de Dios.

Gemma miró a lo lejos, perdiéndose en el mundo que discurría al otro lado de los ventanales del café. Seguía con los ojos a todo el que pasaba, como una profesora que cuenta mentalmente a los alumnos según van volviendo del recreo. Llegué a preguntarme si se arrepentía de haber quedado conmigo. Llegué a preguntarme si no tendría que quedarme callada y ya está.

—Me avergüenzo de mí misma, Gemma. Me muero de vergüenza. Echo la vista atrás y no me creo lo que hice, no me creo capaz de algo tan... psicótico. Yo...

Esperaba que me destrozara allí mismo. Apartó los ojos del ventanal y se quedó mirándome el pelo. Llevaba años con el mismo peinado. No sabía si se había fijado en las canas foscas que me habían salido entre el rubio platino. No sabía si le parecería más mayor así.

—Si hay algo que pueda decir, algo...

—Siento lo de tu hijo. Siento que lo perdieras.

Sus palabras me sorprendieron.

—No me imagino lo que sería perder a Jet —se tocó el labio.

Solté una exhalación y me toqué el mío también, sin saber de dónde le salía la lástima. Debería haberme odiado. Con un hijo muerto y todo.

—Fox jamás me contó lo que pasó —se quedó mirando el té y dio unas vueltas a la taza—. Yo solo sabía que había tenido un hijo, que habíais tenido un hijo y se mató en un accidente. Siempre creí que fue un accidente de coche. ¿Lo fue?

Había contado tantas mentiras que no podía contar ni una más. Abrí la boca y me salió la verdad. Le conté con todo detalle lo que tenía en la memoria. Paso a paso. El recuerdo de las manoplas rosas en el manillar. El impacto del coche contra el carrito. Que seguía atado cuando murió. Que ni siquiera pudimos ver el cuerpo después. Que la hijastra objeto de su amor y confianza, la hermana de su propio bebé, había empujado el carrito contra el tráfico y matado a mi hijo.

No reaccionó mientras escuchaba. Se quedó quieta, sin mover un músculo ni dejar de mirarme a los ojos en todo el tiempo que hablé. Me pareció verla tragar saliva, como hace la gente cuando está digiriendo algo, una realidad que descubre a su pesar. Vi que una fisura minúscula se abría en el hielo. Me acerqué.

—Gemma. ¿Nunca has pensado que hay algo diferente en Violet? ¿No se te ha pasado nunca por la cabeza un asomo de preocupación al pensar que tu hijo podría no estar a salvo si lo dejas solo con ella?

Se levantó de golpe, el chirrido de la silla me puso los pelos de punta. Dejó un billete de veinte dólares encima de la mesa y salió con el abrigo en la mano. Era principios de noviembre, pero ya estaba nevando. Ni se paró a ponérselo.

272

73

Dentro de la casa en la que antes vivíamos todos juntos hay un solo par de zapatos junto a la puerta. La tetera está constantemente echando humo. Bebo seis veces del mismo vaso de agua antes de lavarlo. Parto en dos las pastillas del lavavajillas. En los armarios, las perchas cuelgan cada seis centímetros, y no hay nadie aquí que las cambie de sitio. Las manchas de té en el suelo del pasillo siguen ahí, aunque todos los días me propongo limpiarlas. Le doy una importancia desorbitada a la organización de los cajones y riego en excceso las plantas. Hay cuarenta y dos rollos de papel higiénico en el sótano. Se me olvida casi siempre borrarlo de la lista de la compra que hago una vez a la semana por internet.

Me encantaría que viniera un ratón, y sé que suena raro, pero añoro el consuelo de alguien que venga con frecuencia, el crujido de una bolsa en el armario de la cocina o el repiqueteo de unas garras en la tarima; una visita que dure poco, que no hable y sea predecible.

Hay fines de semana en los que pongo las carreras de Fórmula 1. El silbido de los motores y el acento británico del locutor me transportan a los domingos por la mañana antes de las clases de natación, cuando preparaba huevos y café, y tostadas sin el borde para Violet.

Me acostumbré a la soledad, pero había alguien que venía cuando Violet estaba en tu casa. Era un agente literario no muy bueno que me presentó Grace. Le gustaba follarme despacio, con las ventanas del dormitorio abiertas para oír los pasos en el hormigón. Creo que cuando se sentía más cerca de los desconocidos que pasaban por la acera se corría antes.

Empiezo por ahí, aunque eso no le hace justicia. Era comedido e inteligente, y gracias a él yo tenía una razón para hacer la cena, para abrir una botella de vino. Usaba el papel higiénico. Le daba calor a la cama cuando me hacía falta de vez en cuando. Nunca preguntaba por Violet, y eso me gustaba, que ninguno supiera de la existencia del otro. No había conocido nunca a un hombre con el que la convivencia fuera más fácil en ese sentido. No le gustaba la idea de que yo tuviera hijos; de que mi cuerpo hubiera parido y dado de mamar. Tú creías que la maternidad era la máxima expresión de una mujer, pero él no; para él, la vagina no era más que un recipiente destinado a su placer. Le revolvía el estómago pensar que pudiera ser otra cosa, así como hay gente a la que le da impresión ver sangre. Me lo dijo una vez que le conté que tenía que ir al ginecólogo a hacerme una citología.

Leía mis escritos, y hablábamos de qué podía hacer y cuál podría vender. Quería que escribiera literatura juvenil, algo comercial que rezumara angustia vital y pudiera funcionar con la portada conveniente. En otras palabras, algo que funcionara para él, que pudiera representar y de lo que sacar un pico. A veces tenía mis dudas al respecto. Pero yo estaba ya a punto de cumplir esa edad en la que las mujeres tienen miedo a desaparecer de la vista de todos, a no destacar ni por el corte de pelo ni por el color del abrigo. Las veo pasar por la calle todos los días como fantasmas. Supongo que no estaba preparada para ser invisible. Todavía no.

1972-1974

Cuando murió Etta, con ella murió el sentido de la responsabilidad paternal de Henry. Con el corazón destrozado, era incapaz de cuidar de nadie más que de sí mismo. Se culpaba por el suicidio de Etta, aunque nadie más lo veía así: Cecilia sabía que él amaba a Etta y que había puesto de su parte. Nadie le contó nada a Cecilia de lo que había pasado. Nadie sabía qué decir.

Apenas fue al colegio después de aquello, pero era lista y faltó solo lo justo para que no la echaran. Le costaba mirar cara a cara a sus compañeros y a la profesora, y el sentimiento era mutuo, por lo visto. Creía que lo único que veían cuando la miraban era a su madre muerta colgando de un árbol.

Pasaba horas enteras leyendo poesía, género que descubrió en la biblioteca del pueblo cuando faltaba a clase. No tenían una gran colección. En dos semanas y media se terminó las dos estanterías enteras; luego empezó otra vez por el principio. Soñaba que hallaba a Etta muerta con la cabeza en el horno, como Sylvia Plath, con cuyos libros debajo de la almohada dormía a veces.

Empezó a escribir poesía ella también, a llenar cuadernos, aunque no creía que nada de ello fuera muy bueno. Eso hizo hasta que cumplió los diecisiete, el año antes de acabar el bachillerato. Para entonces había decidido que tenía que ganar dinero por su cuenta si quería irse del pueblo y convertirse en una persona nueva.

Trabajó cuidando a la señora Smith, una mujer mayor que vivía en su misma calle. La señora Smith había colgado en la puerta un letrero que parecía escrito por una niña: «Se busca persona de confianza». Estaba sorda y medio ciega, pero se manejaba ella sola para casi todo. Necesitaba a alguien que la ayudara en las tareas que requerían manos hábiles, y Cecilia le remendaba la ropa con hilo y aguja o echaba la pizca justa de especias en el guiso. No estaba acostumbrada a ayudar a otras personas, así que halló gran satisfacción en su nuevo papel, si bien le pareció un poco tedioso en ocasiones. Pero le gustaba eso de deambular por una casa conocida, libre de los demonios de otros y sus amenazas. Había una paz y un orden que nunca había conocido.

La señora Smith murió mientras dormía, y Cecilia fue quien la encontró, con la mitad del cuerpo fuera de la cama y uno de los consumidos pechos fuera del camisón. Pensando qué hacer a continuación, echó mano a la lata que había en el cajón de la mesilla. La había visto guardar ahí el dinero cuando lo sacaba del banco una vez a la semana. Había seiscientos dólares; con eso le llegaba para sacar un billete a la ciudad y pagar el alojamiento de varios meses. Cecilia llegó a preguntarse si la señora Smith no lo habría guardado para ella, porque nunca se lo había escondido y tampoco tenía parientes. Por lo menos, eso hizo que se sintiera menos culpable cuando se lo llevó todo, hasta el último dólar.

Henry acompañó a Cecilia en coche a la estación a la mañana siguiente. No dijo nada, ni siquiera adiós. Pero ella sabía que su mudez se debía solo a la impotencia. Fue la primera vez en su vida que lo besó, una vez en cada una de sus peludas mejillas. Ya apenas se afeitaba después de la muerte de Etta. Le susurró lo único que cabía decir: gracias.

Fuera del coche, Cecilia estiró su conjunto más bonito, una falda de pana de color morado y una blusa que había comprado en una tienda de segunda mano. Tenía el resto de sus cosas en la maleta turquesa de Etta, con sus iniciales grabadas, un regalo de Henry que jamás había estrenado. Etta no había querido nunca ir a ningún sitio.

Cecilia acababa de cumplir los dieciocho y sabía que la suya era una belleza clásica, en eso se parecía muy poco a su madre. Pensó que le sacaría más provecho en la ciudad que allí en el pueblo. Nada más bajar del taxi se topó con Seb West, botones de un hotel de lujo que ella no podía permitirse. El hotel era el único sitio del que había oído hablar en aquella ciudad; no supo qué otra dirección darle al taxista. Seb le tendió una mano enguantada de blanco, y ya casi no se soltaron después de eso.

Seb le enseñó la ciudad a Cecilia y le presentó a sus amigos. Uno de ellos la ayudó a conseguir un trabajo mal pagado en la empresa de alquiler de limusinas de un tío suyo. Echaba una mano con las reservas y mantenía la oficina en orden. Salía a comer con las otras compañeras. Una le habló de un pequeño estudio que se alquilaba encima de una galería de arte que había tenido que cerrar, pero Cecilia aún no podía permitirse vivir sola en la ciudad. Seb se fue a vivir con ella para pagar a medias, y corrió con los gastos de todo lo demás en su vida. Oficialmente, eran pareja.

Disfrutaba siendo libre en la ciudad. Con un sitio de categoría al que ir a trabajar por las mañanas. Poder pagarse un café en el puesto en plena calle y leer poesía en el parque en los ratos libres que tenía en el trabajo. Conocer a gente que no tenía ni idea de dónde venía. Ni de quién era hija.

Cecilia había acertado al pensar que su belleza no pasaría inadvertida. Los hombres la seguían con los ojos por la calle, al entrar y salir de la oficina, y siempre la estaban tocando: una mano aquí, una mano allá. Se sentía poderosa y vulnerable al mismo tiempo. Seb y ella salían a menudo a tomar algo, o a lecturas de poesía en bares marginales. Otros hombres la asediaban en cuanto él se daba la vuelta. Hasta los amigos de Seb, que sabían que eran pareja, aprovechaban para poner la mano un poco más abajo de donde debían cuando se apretujaban contra ella al pasar.

Una noche, Lenny, un amigo por el que Seb habría puesto la mano en el fuego, la sujetó contra la pared del bar y le metió la lengua hasta la campanilla mientras Seb estaba en el baño. Cecilia lo apartó de un empujón, pensando que ojalá no le hubiera gustado tanto aquello.

Pero era emocionante sentirse tan deseada. Se podía desmadrar por primera vez en su vida. Así que permitió que volviera a pasar más veces con Lenny.

Al poco, empezaron a quedar cuando ella bajaba a tomar café en el trabajo. A Cecilia le encantaba lo que le decía. Le contó que podía ayudarla a ser modelo, que su belleza no era para echarla a perder en un trabajo de oficina sin futuro, durmiendo con un botones. Le gustaba decir que había algo en ella, aunque no acabara de saber el qué. Ella le dijo que le encantaba la poesía y que esperaba trabajar algún día en una editorial, puede que hasta publicar algo. Eso nunca se lo había dicho a Seb. Lenny dijo que tenía un amigo muy bien situado que le podía presentar. Le sugirió que dejara a Seb y se fuera a vivir con él.

A la semana, Cecilia se enteró de que estaba embarazada.

Apenas si acababa de sentirse a sus anchas en la ciudad, y ya tenía que despedirse de ella.

Seb no tenía ahorros, y quiso a toda costa que se fueran a vivir a casa de sus padres, en una zona residencial de las afueras, hasta que pudiera reunir más dinero. Le hacía ilusión empezar una familia. Había disfrutado de una infancia feliz, recordaba grandes cenas de Acción de Gracias y acampadas en vacaciones.

A Cecilia se le vino el mundo abajo.

Cuando por fin sacó coraje para decirle a Seb que quería abortar, él le contestó que no se le ocurriera volver a mencionarlo. Le dijo que se fuera a vivir al pueblo y le pidiera el dinero a su padrastro si tanto le horrorizaba la idea de tener un hijo con él.

Cecilia no paraba de pensar en su madre colgando del árbol.

Se sentía atrapada y ridícula. Así que cedió.

74

No hubo nada especial en el lento espacio de tiempo que medió entre el momento en que perdí a Gemma y lo que la trajo de vuelta a mi vida. Fue un año como otro cualquiera. Violet iba a cumplir trece años, pero yo no pasaba mucho tiempo con ella; habías ajustado las cosas para que viniera solo una vez a la semana. Hasta le escribí un correo electrónico a un abogado, alguien que le había llevado el divorcio a una amiga. Acordamos que me llamaría, pero me quedé mirando cómo sonaba el teléfono encima de la mesa cuando llegó el día y la hora. Había perdido toda capacidad de lucha y, además, Violet parecía más feliz viviendo sin mí.

Por eso me sorprendió la llamada de la profesora preguntándome si me gustaría ir con ellos de excursión a una granja. El viaje era al día siguiente; otra madre que solía acompañarlos en esas actividades se encontraba indispuesta y no podía esta vez. Me llenó de aprensión pensar en Violet tratándome con su frialdad habitual delante de sus compañeros. Pero dije que iría. Llamé a la puerta de su habitación para comunicárselo. No mostró reacción alguna. No levantó la vista de la pulsera de cuentas que ensartaba con dedos pacientes. Tenía unas manos tan diferentes a las mías.

Me senté como a la mitad del autocar, al lado de un padre que lo único que hacía era leer correos electrónicos en su teléfono mientras salíamos de la ciudad entre sacudidas, con la emoción adolescente como telón de fondo. Violet estaba unas filas por detrás de mí, en la otra hilera de asientos, al lado de la ventana. La chica sentada a su lado era alta y tenía ya un pecho prominente. De espaldas a Violet, se inclinaba hacia el pasillo para hablar con un par de chicas morenas, peinadas con trenzas a juego. La mirada de Violet recorría el contorno del paisaje.

Parecía que no estaba prestando atención a la conversación, pero yo sabía que no se le escapaba ni una palabra: veía que su garganta subía y bajaba despacio. Recordé lo que sentía yo cuando me excluían. No creía que a Violet le importara encajar o no en el grupo de las más populares del colegio. Me parecía que estaba más cómoda en la periferia, y casi siempre sola; no era como las otras chicas de su edad. Nunca lo había sido.

Cuando llegamos a la granja, me quedé a unos pasos de los demás y la estuve observando. Iba pegada a las chicas del autocar, pero no hablaban mucho con ella. Se detuvieron delante del huerto de manzanos, y entonces me buscó con la mirada. Yo la saludé con la mano desde la última fila. Se apartó la coleta del hombro con un gesto rápido y pasó a mezclarse con el corrillo de chicas que silenciaban con sus altas voces las instrucciones del agricultor sobre cómo arrancar las manzanas con cuidado para no dañar el brote de la cosecha del año siguiente. El profesor fue repartiendo bolsas de plástico.

Nos habían dado una hora para el huerto, luego nos llevarían a hacer pasteles. Me separé de los otros padres, que también mantenían las distancias, y di con los manzanos de la variedad McIntosh. Unas hileras más allá vi la chaqueta roja de Violet entre los árboles. Estaba sola, sujetaba la bolsa con una mano y levantaba la otra hasta las ramas. Me sorprendió lo grácil de sus movimientos. Tocaba la piel de las manzanas, buscando imperfecciones. Cuando arrancaba una, la olía y le daba unas vueltas en la mano. Parecía tan mayor: ya no tenía las mejillas regordetas, y la línea de la mandíbula se había hecho más prominente. A pesar de la feminidad incipiente que comenzaba a definirla, se movía igual que tú. Se lo notaba en la forma que tenía de cambiar el apoyo de un pie a otro, en cómo caminaba con las manos a la espalda. Pero erguía la cabeza igual que yo: un poco ladeada, con cierta tendencia a mirar para arriba cuando se estaba pensando una respuesta, buscando la palabra en un vocabulario que se diría que le crecía más rápido incluso que las largas piernas.

Soplaba la brisa de vez en cuando y la distraía, le metía en la cara hebras de pelo castaño. Dejó la bolsa en el suelo y sacó una goma, se hizo la coleta de nuevo y luego se pasó la mano por la coronilla. No apartaba los ojos del suelo. A saber qué estaría mirando, puede que un pájaro o una manzana podrida. Pero cuando me acerqué un poco me di cuenta de que no miraba nada; estaba absorta en sus pensamientos y parecía triste.

Cuando notó que la seguía, recogió la bolsa y fue hasta un grupo de alumnos que habían dejado de recolectar y se comían las manzanas. La vi sentarse, cruzar las piernas y darle un mordisco a una de las suyas.

El profesor silbó con los dedos y empezó a agrupar a los alumnos. Vi que Violet seguía a su clase hasta el granero. Cuando entré, la perdí de vista entre el tumulto y escudriñé los bancos donde los niños se iban sentando. Vi a las chicas del autocar, todas juntas en la misma mesa.

—¿Alguien ha visto a Violet?

Una de ellas levantó la vista, me miró y dijo que no con la cabeza. Las otras trazaban sus nombres encima de la mesa con las mondas de las manzanas.

—Vosotras sois amigas suyas, ¿no, chicas?

Otra lanzó una mirada al resto, pidiendo permiso para hablar.

—Claro. Eso creo. A ver, más o menos.

Dos de ellas soltaron una risita nerviosa. La que había hablado las mandó callar de un codazo.

Yo ya tenía el corazón en un puño. Miré por todo el granero pero seguía sin verla.

—Señor Philips, ¿sabe adónde ha ido Violet?

—Fue al autocar a echarse un rato. Le duele la cabeza..., dijo que la llevaba usted.

Corrí hasta el aparcamiento, pero el conductor no estaba y había cerrado la puerta con llave. El encargado dijo que no había visto a ningún alumno por los alrededores. Fui corriendo hasta la zona de los establos y pregunté si alguien había visto a una chica de pelo castaño. Busqué entre los montones de heno detrás de los establos, y entonces vi a lo lejos un campo de maíz acordonado.

—¿Ha entrado alguien ahí? Estoy buscando a mi hija —dije a voz en grito, casi frenética. Hacía lo posible por recuperar el resuello.

Había un joven pintando un letrero de «¡SE ENTRA POR AQUÍ!» que negó con la cabeza.

Entonces supe que se había ido. Me castigaba por haber venido con ellos. Habíamos aprendido a dar grandes rodeos la una alrededor de la otra para hacer llevadera la coexistencia; era un acuerdo tácito. Pero ir de excursión violaba esa regla. Volví corriendo al granero. Busqué al profesor y le dije que había desaparecido, que me parecía que se había marchado, no sabía muy bien cómo. Dijo que buscaría en todo el recinto y le pidió a otro padre que avisara al director de la granja.

No me dijo que no me preocupara, no dijo: «Tiene que andar por ahí, aparecerá en cualquier momento».

Vi que unos chicos miraban a todas partes desde su mesa, conscientes de que algo no iba bien. Uno de ellos se me acercó y preguntó qué pasaba.

—Violet ha desaparecido. ¿Sabes dónde puede estar?

Guardó silencio. Dijo que no con la cabeza, volvió con sus amigos y todos se me quedaron mirando. Creí que sabían algo. Fui hasta la mesa, me apoyé en un extremo del tablero y tomé aire para que no me fallara la voz.

—¿Alguien sabe dónde está Violet?

Todos dijeron que no con la cabeza, como el primer chico, y uno de ellos añadió, muy educado:

—Lo siento, señora Connor, pero no lo sabemos.

Les vi a ellos también el miedo en los ojos.

El padre que había venido a mi lado en el autocar se ofreció a hacer una ronda conmigo otra vez por todo el recinto. Pero a mí ya me daba vueltas la cabeza. No sentía las piernas. Me había pasado antes, cuando Violet tenía dos años y se escabulló en un parque de atracciones. Enseguida la encontramos en el puesto de algodón dulce. Aquello fueron minutos. Minutos en los que yo sabía que lo más seguro era que estuviera a salvo, lo más seguro era que simplemente no la viéramos.

Y luego estaba lo de Sam. Intenté no pensar en él. Lo intenté.

—Me falta el aire —dije, y el padre me sentó en el sendero de grava.

—Mete la cabeza entre las piernas —me frotaba la espalda—. ¿Tiene tu hija teléfono móvil?

Negué con la cabeza.

—¿Has mirado tu móvil a ver?

No respondí. Metió la mano en el bolso y lo sacó.

—Tienes seis llamadas perdidas.

Se lo quité de las manos y tecleé la contraseña. Las llamadas perdidas eran de Gemma.

—Es Violet —le dije con voz quebrada cuando lo cogió—. Ha desaparecido.

—Me acaba de llamar un camionero hace cinco minutos. Para que fuéramos a buscarla —hizo una pausa, como si no quisiera decirme dónde estaba—. Está en un área de descanso de la carretera. Voy a recogerla —colgó sin despedirse. El padre me ayudó a levantarme y fuimos en busca del profesor, que dio por finalizada la operación de búsqueda. En la tienda de regalos me ofrecieron una botella de agua y te llamé por teléfono una y otra vez, pero no respondiste.

Una hora más tarde subimos al autobús y cada uno se sentó en el lugar que había ocupado antes. El griterío había bajado de volumen, el aire fresco había aplacado la energía volcánica que traían antes. Nadie dijo nada de Violet; como si no hubiera venido de excursión. Cuando llegamos al aparcamiento del colegio, me hice un ovillo en el asiento y vi cómo bajaban los alumnos. Revisé la parte de atrás para cerciorarme de que no se dejaban nada y encontré la pulsera en el asiento que habían ocupado las chicas de las trenzas. Las cuentas moradas, amarillas y doradas que Violet había estado ensartando la noche anterior con suma paciencia. Seguro que la había hecho para una de ellas. Estaba suelta, abandonada. Pasé los dedos por las cuentas.

—Chicas —dije en voz alta. Se habían sentado en los escalones de entrada al colegio, a la espera de que vinieran a recogerlas sus padres—. ¿Se os ha caído esto?

Dos de ellas miraron al suelo.

—He dicho que si se os ha caído esto.

Abrí la mano para que vieran la pulsera y todas negaron con la cabeza. Cerré la mano y clavé la vista en ellas hasta que llegó un coche. Miraron hacia allí y yo no dije nada.

En casa, metí la pulsera en el último cajón de la cómoda, donde sabía que Violet no la encontraría. Lo que pasó ese día cambió por completo mi forma de verla. Se sentía impotente entre sus amigas y no quería que yo lo supiera. Ya no era la chica que intimidaba con gran facilidad a cualquiera, que era capaz de hacer daño a la gente con sus actos o sus palabras. La tenían bien calada, y por un momento casi me dio pena.

Esa noche llamé a Gemma, aunque no sabía si respondería al teléfono. Enderecé la espalda en la silla de la cocina cuando vi que sí.

—Solo quería saber cómo está. ¿Qué tal se encuentra?

—Está muy callada. Pero bien —oí que tapaba el auricular y decía algo en susurros. Guardó silencio. Imaginé que te miraba y te hacía señas con los ojos. «No se entera de que estaba huyendo DE ELLA. El problema es ELLA.» Imaginé que le indicabas por gestos que colgara. Imaginé la botella de vino que habías abierto ahora que los niños estaban en la cama. Paseé la vista por mi cocina, a media luz, en silencio. Quería recordarle a Gemma cómo había recurrido a mí en otro tiempo antes de enterarse de todo. Cómo había buscado en mi rostro de madre los secretos para criar a su propio hijo. Le había mentido. Pero seguía siendo la misma mujer que ella había tenido por amiga. Fue algo que no pude evitar.

—¿Tú qué tal estás? ¿Cómo está Jet?

—Adiós, Blythe.

75

Tardé bastante en volver a ver a Violet después de la excursión. Ocupé mi tiempo escribiendo, diciéndole que sí al agente cuando quería verme, aunque en un momento dado empecé a sentirme más sola con él en casa.

Él abría el grifo de la ducha mientras yo miraba qué tiempo iba a hacer. Lluvia y frío. Llévate el paraguas hoy, le decía. Me preguntaba qué planes tenía. Escribir, llamar al fontanero para que viniera a limpiar las tuberías. ¿Le daba tiempo a desayunar? No, tenía una reunión a las ocho, ¿no me acordaba? ¿Quería volver por la noche entonces? No podía: cenaba con un autor nuevo. Mejor mañana. ¿Le apetecería cordero? Se metía en la ducha y, al otro lado de la mampara, podría haber sido cualquiera, distorsionada su imagen por el cristal mojado; entonces era cuando lo observaba. Dejaba la puerta del baño abierta para que no se empañara el espejo. No me hacía ninguna gracia que dejara rayajos al pasar la toalla para afeitarse. Ni encontrarme los restos de pelos y jabón en el lavabo. Tenía que poner agua a calentar para el té antes de que acabara. Una vez abajo, me daba un beso de despedida y yo casi ni acercaba la boca. Me parece que nunca se dio cuenta.

76

Un día cualquiera del mes de junio, Violet me llamó para saber si podía quedarse conmigo el fin de semana. No había querido pasar un fin de semana conmigo desde que empezara el curso. Anulé los planes que tenía con el agente y le dije que te dijera que estaría conmigo. Fui a buscarla al colegio, y metió en el maletero la bolsa que traía para pasar la noche fuera de casa, llena de ropa que no le había visto nunca. Me estaba perdiendo una parte importante de su vida. Me entristeció ver los *leggings* de lentejuelas doradas; era algo que yo le tenía que haber comprado de haberlo visto en una tienda, pero ya no se me pasaba por la cabeza comprarle cosas.

Fuimos al cine y después a tomar un helado. No hablamos gran cosa, pero la noté menos inquieta. Menos irascible. No sé, pero fui cauta. Le di su margen. En la radio del coche contaron un chiste sobre un gato en celo. No tenía muy claro si había entendido lo que quería decir, pero nos miramos y nos echamos a reír, y noté que se me encogía el estómago. No por aquel instante compartido, sino por lo raro que nos resultaba a las dos; por lo mucho que nos habíamos perdido.

Tenía la misma edad que yo cuando vi por última vez a mi madre.

Solía darle las buenas noches desde la puerta, pero ese día me senté en el borde de su cama y puse la mano encima de la manta a la altura de sus pies. Se los estrujé. Lo hacía cuando era más pequeña, antes de que me prohibiera tocarla. Levantó la vista del libro y me miró a los ojos. No apartó los pies.

—La abuela te echa de menos. Eso dijo el otro día.

—Anda —exclamé con delicadeza, sorprendida de que Violet me contara aquello. Tu madre y yo no habíamos vuelto a hablar—. Yo también la echo de menos a ella.

—¿Por qué no la llamas?

—No sé —solté un suspiro—. Me parece que me entristecería mucho hablar con ella. Seguro que adora a Jet, ¿a que sí?

Violet encogió los hombros con indiferencia. Llegué a preguntarme si tendría celos de la atención que recibía el niño en tu casa, pero entonces se me ocurrió pensar que a lo mejor suponía que no me hacía mucha ilusión oír hablar de tu hijo. Dejó vagar la vista rápidamente por la habitación, y a saber si Sam no se nos pasó a las dos por la cabeza en ese momento. Me moría de ganas de decir su nombre, de meterlo allí en la habitación con nosotras. Volví a mirar la forma de sus pies debajo de mi mano. Era raro pero me sentía en calma.

—¿Quieres hablar de algo? ¿Algo del colegio o... cualquier cosa? —no quería salir de su habitación. No quería quitarle la mano de encima.

Negó con la cabeza.

—No, estoy bien. Buenas noches, mamá —abrió el libro por la página en la que tenía el dedo y apoyó la espalda contra la almohada—. Gracias por la peli.

Me quedé dormida esa noche en el sofá, sin quitarme la ropa, pensando en lo bien que se estaba portando. Llegué a preguntarme si estaban cambiando las cosas.

Me despertaron unos pasos leves en la tarima de arriba. Hacía seis años que había muerto Sam, pero todavía tenía aguzado el instinto de despertarme en mitad de la noche al más mínimo ruido, igual que cuando era recién nacido.

Violet caminaba de puntillas, iba de su habitación a la mía. Abrió la puerta. ¿Me estaba buscando? No sabía si me llamaría. Los pasos se hicieron más sutiles. Estaba cerca de la cómoda. Oí el tintineo del tirador contra la madera. Y el ruido que hizo luego al cerrarse. La incursión había sido breve. Eficiente. Me preguntaba qué cajón habría abierto, qué andaría buscando. Allí estaba la pulsera que había encontrado abandonada en el autobús meses atrás. Claro. Tenía que haberla tirado a la basura; jamás imaginé que la encontraría. Ni siquiera recordaba la última vez que ella había entrado en mi habitación. Oí los pasos que la llevaban de vuelta a la cama. Esperé, para darle tiempo a dormirse otra vez, y entonces subí despacio las escaleras. Me puse el camisón y abrí el cajón: la pulsera seguía allí. Si la había visto, no la había cogido.

La noté muy agradable en el desayuno. No simpática o habladora, solo agradable. La acerqué con el coche a tu casa y vi cómo corría por el caminito de grava y cruzaba la puerta. Alcancé a ver a Gemma por la ventana del salón; iba rauda a recibirla, a darle la bienvenida a casa.

Fue entonces cuando se me ocurrió la idea. Volver con el coche más tarde, cuando ya se hubiera puesto el sol. Veros sin ser vista, por la noche.

77

Después de que tú y yo nos conociéramos, dejé de buscar en mi padre lo que más falta me hacía. Consuelo, consejo. Pasó a ser menos útil para mí. Tuvo que darse cuenta por el modo en que yo omitía los detalles de mi vida cuando me llamaba por teléfono, y cambiaba de tema para hablar de él. Ya no lo dejaba entrar. Me da vergüenza reconocerlo porque sabía que no tenía a nadie más que a mí.

El día en que me llevó a la residencia de la universidad, me dio un beso de despedida en la cabeza y se alejó a paso lento. Cuando me asomé por la ventana horas después, seguía allí, apoyado en un árbol, con la vista puesta en el edificio. Pienso a menudo en eso, en cómo se quedó allí.

El mes en que nos graduamos, caí en la cuenta una mañana de que no me había llamado desde que había estado en casa por vacaciones. Me prometí a mí misma que lo llamaría ese fin de semana y no lo llamé, aunque a ti te dije que sí lo había llamado y que tenía muchas ganas de verme. Lo que hice fue presentarme en su casa sin avisar la tarde después de los exámenes. Le dije que tenía que dejar allí unas cosas de la residencia. Intercambiamos unas cuantas palabras cordiales, y luego se acostó temprano. Decidí quedarme una noche más. Al día siguiente, hice para cenar la receta de pollo que sabía que le gustaba. Estuve esperando a que volviera del trabajo, pero fueron pasando las horas. Cuando llegó, después de las diez, olía a alcohol y se sentó a la mesa de la cocina, con la vista clavada en el plato de comida fría, mientras yo me apoyaba en la encimera. Creo que los dos pensamos en mi madre en ese momento. Serví un par de whiskies y me senté. No tenía pensado preguntárselo, pero eso hice.

—¿Por qué se marchó?

Salió de casa antes de que me despertara por la mañana. Me dolía horrores la cabeza, por culpa de la botella que nos habíamos acabado entre los dos. Volví en coche al campus y recogí el resto de mis cosas. Al día siguiente, tú y yo nos íbamos a vivir juntos. Se me hacía duro pensar en él después de esa noche. Me moría de ganas de dejar atrás el pasado. Él era parte inextricable de mi madre y de mí, aunque no había sido nunca el problema.

Cuando llamó la policía para decirme que lo habían encontrado muerto en su casa, que sospechaban que le había dado un ataque al corazón mientras dormía, te pasé el auricular y me tumbé en el suelo de parqué caliente, bañado por un rayo de sol. Llevábamos cuatro meses viviendo en nuestro apartamento por aquel entonces.

—Me alegro de que fueras a visitarlo —dijiste, y te agachaste para tocarme el pelo.

Yo te di la espalda. No hacía más que acordarme de lo último que dijo esa noche, con la mirada clavada en el fondo del vaso. Llevábamos horas hablando y bebiendo.

«Yo te miraba y le decía a Cecilia: "Menuda suerte tenemos". Pero ella no veía...»

Dejó la frase a medias y se levantó de la mesa sin decir nada más. Me había estado hablando de los días que siguieron a mi nacimiento. No perdí palabra de lo que me contó.

Ahora sabía que mi madre y yo le habíamos roto el corazón.

Volví para organizar el funeral y me acerqué con cautela a la casa. La señora Ellington tenía una llave y había limpiado todo antes de que yo llegara. Lo supe en el acto, porque la casa olía a limones y ella siempre limpiaba con aceite de limón. La ropa de cama era diferente. Reconocí las sábanas impolutas que había en la habitación de invitados de los Ellington.

La señora Ellington vino por la tarde a hacerme compañía. Daniel y Thomas me ayudaron a sacar los enseres de la casa antes del funeral, y lo di todo para obras de caridad. Quería la casa vacía. No quería quedarme con nada.

Al año siguiente puse en venta la casa en la que crecí, por un precio inferior al del mercado. No sentí nada cuando me la quitaron de las manos. La señora Ellington se pasó por allí el día que firmaba los papeles.

—Estaba muy orgulloso de ti. Tú le hacías muy feliz.

Le toqué la mano. Había tenido la delicadeza de mentirme.

78

Gemma me llamó a los tres días de la grata visita de Violet. Le noté el enfado en la voz.

Había encontrado a Jet en el cuarto de lavar esa mañana, jugando con una cuchilla afilada. Estaba a punto de cortarse los vaqueros que llevaba puestos cuando ella entró.

—¿Es tuya?

—¿Que si es mío el qué? —iba andando a casa de vuelta de la piscina. Había estado viendo los baldosines de Sam. Todavía no había asimilado lo que me había dicho; ni me había repuesto de la sorpresa que me causó ver su nombre en el teléfono.

—Que si vino de tu casa la cuchilla.

Pensé en la que había sacado de la lata de Fox hacía cuatro años, escondida en el fondo del cajón de la cómoda, envuelta en un pañuelo. No había vuelto a tocarla. Violet. A lo mejor por eso había entrado en mi habitación. Porque de alguna manera sabía que estaba allí.

—No se me ocurre otro sitio del que pueda haber salido. Fox ya no las tiene en casa. Violet dijo que tú todavía guardas las herramientas de hacer maquetas en el sótano, bien a mano. Al lado de la ropa que le lavaste.

—Eso no tiene ni pies ni cabeza —dije, y noté que me caldeaba por dentro. Imaginé que Violet le daba la cuchilla a Jet mientras Gemma estaba en la planta de abajo, que lo dejaba solo con ella entre las manos. Me entró calor en la cara.

—Parece mentira, Blythe. La niña se podía haber cortado.

Dio un bufido y colgó. Fue una bajeza por su parte. Antes solo le daba pena. Ahora le caía mal.

Solté un taco por lo bajinis y me apresuré en llegar a casa. Me quité las botas y subí corriendo las escaleras, fui a mi cuarto y abrí el cajón. Allí estaba el pañuelo, pero la cuchilla había desaparecido.

79

Estuve varias semanas sin dormir después de eso. Y cuando dormía soñaba con Sam. Le cortaban los dedos uno a uno, y se retorcía entre mis brazos, sin parar de gritar. No sé quién se los cortaba. Supongo que sería Violet. Y luego notaba las yemas de sus dedos en la boca, las chupaba y las masticaba. Como un puñado de gominolas. Cuando despertaba, escupía en el lavabo, creyendo que lo iba a llenar todo de sangre. Así de real era el sueño.

Violet vino a pasar unos días al mes siguiente. Hablamos menos esta vez, fuimos menos amables la una con la otra. La frialdad reinaba de nuevo entre las dos. Ella sabía que Gemma me había llamado. Yo sabía que ella había cogido la cuchilla, pero no sabía si debía echárselo en cara. No sabía qué hacer. Estaba agotada por la falta de sueño y era más fácil no pensarlo.

Decidí dejarlo correr, hasta que un día me preguntó algo. Estaba lavando la alfombrilla del baño con lejía en la pila de abajo. Señaló el símbolo de peligro en el bote de lejía y abrió la boca un instante, antes de decir:

—Eso significa que si alguien bebe un poco de eso se puede morir, ¿no? —guardó silencio un instante—. ¿Por qué tienes una cosa venenosa aquí?

—¿Por qué lo preguntas?

Encogió los hombros. No buscaba una respuesta; salió del cuarto de lavar y oí que te llamaba para que vinieras a buscarla antes. La angustia me recorrió la espina dorsal, aquel pánico paralizante que tanto conocía y casi me dejaba sin habla. Ya había pasado por eso antes. Y había sobrevivido a duras penas.

Guardé el bote en el armario con el resto de productos de limpieza. Estuve un rato observando la balda. Memoricé lo que allí había.

Llamé a Gemma una vez detrás de otra esa tarde, con el corazón en vilo. Respondió a mis llamadas por la noche.

Le conté lo que Violet había dicho del veneno. Le conté que faltaba la cuchilla del cajón.

Le dije que mi única intención era prevenirla a ella y a su familia. Que me preocupaba Jet. Que teníamos que ver a Violet desde un ángulo distinto. Que ya habían pasado cosas. Me daba miedo lo que pudiera volver a suceder; y algo me decía que iba a suceder. Apoyé la cabeza en la mesa mientras esperaba a que hablase ella. Qué cansada estaba de pensar en Violet. Ya no quería que esa niña fuera un problema para mí. Un miedo mío.

Gemma guardó silencio. Y luego habló con calma:

—No empujó a Sam, Blythe. Ya sé que tú crees que sí. Pero te lo has inventado. Viste algo que nunca ocurrió. Ella no lo empujó.

Colgó el teléfono. Oí las llaves en la puerta; el agente venía a pasar la noche. Lo llamé desde la cocina y me quité la ropa. Follamos en la mesa mientras me levantaba los pechos flácidos y colgantes, muertos por succión, como si calculara dónde habían estado antes.

80

Llevaba años pensando en volver a aquel sitio. Era algo que me venía a la mente solo, como te viene la idea de ir al cine un domingo por la tarde. «Bueno, eso siempre está ahí. Podría ir hoy.» Y luego me convencía a mí misma de que había que fregar el baño, poner orden en los armarios de la cocina.

Aquel día, sin embargo, fue diferente. Había vuelto a perder el sueño y deambulaba por la casa sin mayor motivo, incapaz de hacer nada que no fuera detener la mirada en las cosas: había que rellenar el salero; poner en hora el reloj del horno, que seguía adelantado; tirar el montón de folletos que se acumulaban a apenas unos centímetros del cubo del papel reciclado. Hacía meses que la voz de Gemma resonaba en mi mente, con un eco sordo, como si me hubieran envuelto la cabeza en papel de aluminio. Me había hablado como si supiera algo que yo no sabía. Como si hubiera estado allí el día que murió. «¿Tú cómo sabes lo que pasó? —quería decirle a gritos por teléfono—. ¿Cómo diantres vas a saberlo?».

Pero he de admitir que, a medida que pasaba el tiempo, yo misma empecé a dudarlo. La certeza que me había acompañado tantos años iba perdiendo consistencia de alguna manera. Me costaba ver con claridad aquel día en mi cabeza. Había veces en que despertaba por la mañana y era lo primero que hacía: rebuscar en la memoria aquellas imágenes y volver a proyectarlas. ¿Se habían desvanecido? ¿Estaban más lejos ahora que el día anterior?

Podía haber ido andando; no vivía lejos. Pero ir en coche hacía que estuviera a la distancia que tenía que estar para mí. Di varias vueltas por la zona y luego aparqué el coche a una manzana de donde ocurrió. Cerré los ojos y apoyé la nuca en el reposacabezas. Así me quedé un rato.

Y después eché a andar. Tenía la capucha puesta, alcé la vista y vi el letrero de la cafetería de Joe. Las letras lucían ahora un negro brillante, y no la pintura desvaída y descascarillada de antes. Me llevé la mano al pecho para ver si sentía los latidos de mi corazón a través del abrigo. Cada vez que bombeaba la sangre, era como si llorara.

Me di la vuelta y encaré el cruce.

Parecía todo distinto a como yo lo recordaba. Y, aun así, ¿cuánta diferencia puede haber entre un cruce y otro? El asfalto agrietado y descolorido, lleno de tenues líneas de alquitrán, como si fueran venas; la pintura amarilla reflectante que marcaba el borde del paso de peatones vedado a los transeúntes. El semáforo se mecía al viento, y la señal de cruce repicaba entre el estruendo del tráfico a mi alrededor.

Escudriñé la acera, busqué una huella. Sangre. Restos. Y entonces recordé que el paso del tiempo era una realidad, que habían transcurrido 2.442 días largos y vacíos. Esperé a que dejaran de pasar coches. Pisé la calzada y me agaché en el punto exacto donde había muerto, en la parte izquierda del carril derecho, unos metros por delante del paso de peatones. Pasé la mano por el asfalto y luego la apreté contra mi mejilla fría.

Miré desde allí el bordillo y me imaginé el carrito en el momento en que invadía la calzada. Ya no estaba la hendidura en el borde que recordaba con tanta nitidez. La habían tapado con cemento y formaba una pequeña rampa hasta el nivel de la calle. Desde donde estaba en cuclillas, se veía la pendiente, y era más pronunciada de lo que recordaba. Fui hasta la acera y saqué una barra de cacao del bolsillo. La puse en el suelo y vi cómo rodaba, desde la punta de mi bota, despacio al principio, hasta que paró en mitad de la calzada. El semáforo se abrió, y el cilindro empezó a dar botes contra los bajos de los coches que pasaban. Un hombre trajeado de mediana edad se detuvo un instante en la acera para echarme una ojeada. Aparté la vista y me puse de pie.

Veía otra vez la escena en la mente. Salía de la cafetería. Esperaba en la acera. Tenía el té en la mano izquierda. El manillar del carrito, en la derecha. Le tocaba por última vez la cabeza. El vaho caliente me subía a la cara. Violet, a mi lado. El golpe en el brazo. La piel quemada. Las manoplas rosas de Violet en el manillar del carrito. La nuca de Sam que se alejaba. ¿A qué velocidad iba? ¿Habría cogido impulso? De no haberlo empujado alguien, ¿habría llegado solo tan lejos? ¿Había tocado ella el manillar?

Vi una y otra vez la escena desde todos los ángulos posibles, justo allí, delante de mí. Podía ser. Podía haber sucedido.

Noté en el hombro el roce de un transeúnte, y luego otro, y de repente me hallé rodeada de un río de gente que tenía las manos ocupadas con comida y café para llevar. Me sentí invisible entre aquellos seres humanos que tenían vidas y trabajos reales, iban a sitios importantes para ellos y allí los esperaba otra gente que los necesitaba. «¡Que os den por culo a todos! —pensé, y quise gritarles—: ¡Mi hijo está muerto! ¡Murió aquí mismo! ¡Pasáis por aquí todos los días como si tal cosa!». Estaba enfadada y muerta de cansancio. Me di la vuelta y fijé la vista en la cafetería.

Era el último sitio donde había mirado a Sam a los ojos cuando aún estaba vivo. Pero estaba distinto. Vi por el escaparate que habían sustituido el suelo de madera por baldosas blancas en espiga; y las paredes estaban pintadas con pintura de pizarra, en vez del papel a cuadros escoceses. Hice memoria para recordar las mesas de antes, que habían venido a ser reemplazadas por otras altas de acero inoxidable. No había mucha gente para ser la hora de comer, con lo lleno que estaba siempre.

Entré y vi que habían quitado la campanilla que tanto les gustaba a Violet y a Sam. Joe seguía allí, de espaldas a mí mientras preparaba un expreso.

Respiré hondo.

—Joe —dije, y levantó despacio la vista. Dejó caer los hombros. Salió de la barra y vino hasta mí con las manos extendidas. Me estrujó entre sus brazos.

—Siempre tuve la esperanza de que volvieras algún día.

—Está todo cambiado —dije, paseando la mirada por el local.

Joe entornó los ojos.

—Mi hijo. Va a seguir él con el negocio; tengo mal la espalda y aquí se pasa mucho tiempo de pie... —nos sonreímos—. ¿Qué tal estás?

Miré al cruce por los ventanales.

—¿Tú qué recuerdas del accidente? —tragué saliva. No había pensado meterme en honduras, no había pensado hablar con él.

—Ay, cariño —dijo, y puso su mano otra vez encima de la mía. Miró donde miraba yo—. Solo me acuerdo de lo afectada que estabas. Sufriste una conmoción. Tu hija se agarraba a tu cintura y pedía que la cogieras en brazos, pero tú no podías agacharte, no podías ni moverte.

Violet no había hecho eso nunca; jamás se había agarrado a mí, nunca buscó consuelo en mí como otros niños buscan a sus madres, aferrándose a ellas, enganchándose a sus faldas.

Nos sentamos a una mesa con vistas al ventanal, y vi cómo cambiaba el semáforo y pasaban los coches. El cielo estaba blanco.

—¿Tú viste cómo sucedió?

Contrajo las facciones, pero no dejó de mirar a la calle. Estaba pensando lo que me iba a decir. Aparté la vista del cristal y vi que movía la cabeza señalando un punto detrás de mí.

—¿Viste cómo llegó el carrito allí? —hice un nuevo intento y cerré los ojos.

—No fue más que uno de esos accidentes terribles que nadie se espera.

Abrí los ojos y le miré las manos, plegadas encima de la mesa. Las apretó, una contra la otra, como si notara una punzada de dolor.

—He pensado mucho en ti estos años, en cómo saldrías adelante después de eso —le brillaban los ojos—. Siempre di gracias a Dios de que tuvieras a la niña, te habrá dado la vida.

Cuando llegué a casa, la ventolera de noviembre cerró de un portazo y casi me pilla los dedos. Me dejé caer al suelo y tiré las llaves contra la pared. Pensé en Sam, en cómo le estaba cambiando la cara justo entonces y la cabecita redonda y sonrosada de todos los bebés apuntaba ya rasgos de la persona que sería un día, en el olor de mi leche dulce que se le quedaba pegado siempre al pliegue del cuello, en cómo tiraba una última vez de mi pezón con la boca cuando había acabado. Cómo me buscaba la cara en la penumbra mientras mamaba.

Cerré los ojos e intenté sentir el peso de su cuerpo en mis rodillas. Hasta ahí podía llegar; ahí podía estar. Los programas matinales de televisión como ruido de fondo, el vapor de la tetera en la cocina. El ruido leve de los pies descalzos de Violet en el piso de arriba. El grifo del agua en el lavabo mientras te afeitabas para ir a trabajar. La sensación de tener el pelo sucio. El grito que llegaba de la otra habitación, cada vez más alto. Esa vida, banal y agobiante. Pero reconfortante. Lo era todo. Se me había escapado de las manos.

Puede que también él se me escapara de las manos.

81

Esa noche me había bebido media botella de vino, sí. Pero llevaba días pensando en llamarte. Estaba acurrucada en el sofá mientras él dormía arriba. En tu lado de la cama. Ojalá no se hubiera quedado a dormir. Era casi medianoche.

Había ensayado en mi cabeza distintas versiones de lo que te diría, pero no me convencía ninguna. No quería pedir perdón por haber sido mala madre con ella porque no lo sentía así. No quería decir que me había equivocado porque no sabía si ese había sido el caso. Solo quería que supieras que algo dentro de mí había cambiado. Y quería ver más a mi hija.

Gemma cogió el teléfono a mi tercera llamada.

—¿Va todo bien?

Puede que sí, quería decir. Puede que por fin sí.

Pero lo que dije fue que quería hablar contigo. Estabas a su lado en la cama, me llegó el roce de las sábanas cuando te diste la vuelta para coger el teléfono.

—Necesito verla más. Quiero hacer mejor las cosas.

Te pregunté por el cuadro, el que te llevaste de nuestro dormitorio cuando te fuiste de casa. No pensaba hablarte de eso, ni siquiera se me había pasado por la cabeza esa noche. Pero de repente quería tenerlo a toda costa. Me levanté y di unos pasos por la habitación mientras tú guardabas silencio al otro lado de la línea. Me lo imaginé colgado en una pared desnuda de color blanco en el pasillo de tu preciosa casa nueva; y a Gemma, tocando con ternura el marco dorado cuando pasaba y pensaba en su propio hijo, en la forma que tenía el bebé de tocarle la cara.

—No sé dónde está el cuadro.

82

Recogí a Violet del colegio la semana siguiente. Estaba ella sola sentada en los fríos escalones, como una roca en mitad de una cascada, mientras los niños bajaban dando botes.

—Podemos hacer lo que tú quieras esta tarde —le dije en cuanto se abrochó el cinturón—. Tú eliges. Pero vamos a cambiar el régimen de visitas. Los miércoles y los jueves dormirás conmigo.

Vi por el rabillo del ojo que escribía algo en el teléfono, hecha una furia.

—Quiero ir a casa —dijo por fin, mirando por la ventana.

—Y a casa iremos, pero primero vamos a divertirnos. ¿Qué te apetece?

—No, me refiero a mi casa. A casa de papá y Gemma.

—Pues es que eres mi hija. Y yo soy tu madre. Así que vamos a comportarnos como tales.

Paré en el aparcamiento de una gasolinera y apagué el motor. No sabía adónde llevarla. Tenía la cabeza vuelta del lado de la puerta, no paraba de mandar mensajes, y pensé que no me habían informado de que le iban a dar su propio teléfono.

—¿A quién escribes?

—A mamá y a papá.

No le di el gusto de verme reaccionar; sabía que era lo que buscaba.

Lo que hice fue llenar el depósito del coche y entrar en la autopista.

Dos horas más tarde paramos a comprar la cena en el primer autoservicio que vi tras el desvío. No sabía que ahora era vegetariana; solo se comió las patatas fritas. En ningún momento preguntó adónde íbamos, en las dos horas de trayecto. Se limitó a apoyar el brazo en la ventanilla y retorcer entre los dedos un mechón de pelo; lo aplastaba y pasaba la mano por la sedosa cuerda como si fuera el arco de un violín. Yo también hacía eso cuando era pequeña.

Me enternecí por dentro cuando aparqué el coche y saqué un tique de la máquina. Llevaba mucho tiempo sin ir por allí. Salí fuera y la estuve esperando, muerta de frío, pero no se movió. Abrí la puerta y le puse una mano en el hombro.

—Quiero presentarte a alguien.

No dijo nada cuando dimos los datos en la recepción. Entregué mi carné de identidad y nos pusimos los pases de visita en los abrigos con una pinza. Me siguió en silencio hasta el ascensor; luego, pasillo adelante por la cuarta planta. Olía a cerrado y a desinfectante, solo llegaba de vez en cuando una ráfaga de orina. Me costaba respirar en esa atmósfera. Llamé despacio a la puerta de su habitación.

—Entre.

Estaba sentada en un sillón con una funda naranja, tenía las piernas cruzadas y un crucigrama sin rellenar en el regazo. No había encendido las luces de la habitación, y el bolígrafo tenía la capucha puesta. Se había echado sobre los hombros una manta de ganchillo. Abrió la boca para hablar, pero solo soltó un suspiro. Había olvidado lo que quería decir. Y luego dijo:

—¡Has venido! ¡Te estaba esperando!

Violet me vio abrazarla con cariño. Encendí la lámpara que había detrás de ella, y se quedó mirando la bombilla, sorprendida al ver la luz. Le hice señas a Violet para que se sentara a los pies de la cama.

—¡Qué contenta estoy de verte! —me tendió la mano, y pasé el pulgar por su piel, fina como papel de arroz. Noté que se movían las venas debajo de mis labios cuando se la besé. Olía a vaselina—. Qué guapa estás hoy —lo decía con tanto fervor que de repente me sentí guapa de verdad. Le di las gracias. Tenía los labios secos, alcancé el vaso de agua de la mesilla y se lo ofrecí—. No, gracias, querida. Bebe tú. Siempre has tenido mucha sed. Hasta de pequeña.

Violet me miraba, y por cómo torcía la boca yo veía que estaba molesta. Se sentía incómoda en aquel edificio que no conocía y olía raro, en compañía de aquella desconocida. Se removió encima de la cama y miró la puerta.

—Quiero presentarte a alguien. Esta es Violet, mi hija —Violet dirigió una rápida mirada a la desconocida del sillón y dijo hola sin apenas despegar los labios.

—Huy, qué encanto de niña, ¿a que sí?

—Vaya si lo es.

—¿Sabes cómo he llegado aquí? —me preguntó. Le vi la preocupación en la cara.

Le acaricié la mano de nuevo y asentí.

—Te trajeron en coche. Vivías cerca de aquí, en una casa en la calle Downington, ¿te acuerdas?

—No me acuerdo.

Entró una enfermera con una bandeja cubierta y la puso en una mesita de ruedas.

—¡A cenar!

—Leda, quiero presentarte a mi hija —me tiró de las manos y miró toda orgullosa a la enfermera—. ¿A que es guapísima?

Violet me miró por primera vez. Se puso de pie y fue hasta la puerta; se sujetaba los codos con las manos. Agachó la barbilla y llegué a pensar que se iba a poner a llorar. La enfermera me sonrió y luego bajó la cama y ahuecó la fina almohada. Dejó dos pastillas en un vaso de plástico sobre la mesilla y entonces levantó la tapa de la bandeja. La habitación se llenó de un olor espantoso a verduras de lata recalentadas. Violet nos dio la espalda.

—Huy, tengo que cenar y prepararme para acostarme —se levantó despacio del sillón e hizo amago de doblar la manta que se había echado sobre los hombros. Entró al baño y cerró la puerta. Le dejé dispuesta la cena y puse el crucigrama encima del aparador. Violet me miraba sin decir nada. Sonó el agua de la cisterna, y vimos las dos cómo volvía a instalarse en el sillón.

—Nosotras nos vamos ya —me agaché y le di un beso en la mejilla—. Vendré a verte en vacaciones. ¿Has visto a Daniel o a Thomas? ¿Han venido a verte últimamente?

—¿Quiénes son?

—Tus hijos —hacía tiempo que yo había perdido el contacto con ellos.

—Yo no tengo hijos. Solo te tengo a ti.

La besé otra vez y se quedó mirando los cubiertos, sin saber qué hacer con ellos. Le puse el tenedor en la mano y la ayudé a pinchar una judía verde. Asintió y se la llevó a la boca.

De vuelta en el coche, dejé el motor en marcha unos instantes. Esperaba que Violet sacase el teléfono y empezara a escribir mensajes. Pero no lo hizo. Por el contrario, miró al frente mientras volvíamos a la autopista, bajo un cielo oscuro. No sabía si se había quedado dormida. Por fin, a mitad de camino a casa, me habló.

—¿Quién era esa mujer? No puede ser tu madre porque es negra —lo dijo con rabia, como si hubiera intentado engañarla, como si hubiera pretendido que se sintiera una estúpida de alguna manera.

—Es lo más parecido a una madre que he tenido nunca.

—¿Por qué no buscas a tu verdadera madre?

Me quedé pensando, sin saber cómo responder siendo fiel a la verdad.

—Porque me da miedo saber en qué se convirtió.

Aparté la vista de la carretera y busqué su silueta en la penumbra. La tristeza me oprimía la garganta. Llevaba casi catorce años intentando encontrar algo que no existía entre nosotras. Había salido de mí. Yo la había creado. Esa cosa preciosa allí a mi lado la había creado yo, y hubo un tiempo en que la quise con locura, un tiempo en que pensé que sería todo mi mundo. Ahora parecía una mujer. Le ardía la sabiduría de una mujer en los ojos y estaba a punto de echar a volar sin mí. Estaba a punto de optar por una vida que no me incluía. Yo me quedaría atrás.

1975

Cecilia supo desde el principio que no había nacido para ser madre. Lo notaba en los huesos según se iba haciendo mujer. Miraba para otra parte cuando veía a un niño de la mano de su madre, arrastrando los pies. Se trataba de una reacción física, como torcer el gesto cuando el agua sale ardiendo del grifo. Hasta donde ella sabía, no tenía eso que tenían otras mujeres, no se veía criando a un hijo ni la llenaba de contento un muslito regordete. Y tenía claro que no quería verse reflejada en otro ser vivo.

Le había venido la regla todos los meses desde los doce años, como una amiga fiel que le recordaba: «Sangras. Mudas tus células. No te hace falta un bebé dentro. No hagas caso cuando el mundo te diga que sí».

Albergaba sueños de libertad. Pero luego renunció a todo.

Cuando sentía moverse al bebé dentro de ella, Cecilia se preguntaba a veces si sus sentimientos no estarían cambiando. Una vez, desnuda delante del espejo, vio el bulto del pie del bebé que cruzaba la parte superior de su tripa, como una media luna. Soltó una risa, y el bebé se movió un poco más. Ella volvió a reír. Se lo estaban pasando bien, los dos.

La anestesiaron para dar a luz. El bebé no quería salir, así que le hicieron tres escisiones y emplearon fórceps que le dieron forma de triángulo a la cabecita. Cuando Cecilia volvió en sí, el bebé ya estaba arropado con una manta en el nido, con el resto de recién nacidos.

—Has tenido una niña —le dijo la enfermera, como si fuera justo lo que Cecilia quería oír.

Seb la llevó en silla de ruedas a verla y dio unos golpes en el cristal para llamar la atención de la enfermera.

—Es esa —Cecilia la señaló sin dudar, la cuarta por la derecha en la tercera fila.

—¿Cómo lo sabes?

—Porque lo sé.

La enfermera cogió a la bebé en brazos y la sostuvo en alto para que la vieran. Tenía los ojos abiertos y estaba tranquila. Cecilia pensó que era igualita que su vieja muñeca, Beth-Anne.

La enfermera le hizo señas por el cristal por si quería darle de mamar. Cecilia miró a Seb y preguntó por qué mejor no salían fuera. La llevó a las puertas del hospital, en zapatillas, camisón y con el traqueteo del palo del suero por el asfalto. Le dio sus cigarrillos, y Cecilia se quedó mirando el aparcamiento mientras fumaba.

—Nos podíamos montar en el coche e irnos. Solos tú y yo —Cecilia apagó el cigarrillo en la rodilla.

Seb soltó una risita irónica y dijo que no con la cabeza.

—Se nota el efecto de los calmantes —le dio la vuelta para llevarla dentro—. Venga. Que hay que elegir un nombre.

Cuando les dieron el alta, fueron con la bebé a casa de los padres de él y la metieron en un moisés encima de la mesa de la cocina. A Cecilia no le subía la leche. La bebé engordó enseguida a base de biberones, y Cecilia pensó que se parecía a Etta. Casi no lloraba, ni siquiera por la noche como hacían otros bebés. Seb le decía a Cecilia casi a diario: «Menuda suerte tenemos».

83

Tenía su cepillo enredado en mi pelo, largo y mojado. Mi madre estaba sentada en la taza del váter y quitaba las hebras que habían quedado entre las púas. Le dije que podía cortármelo; yo tenía once años y no le daba mucha importancia al aspecto físico. Pero ella no hacía más que decir que no me gustaría el pelo corto. Yo no entendía por qué le importaba tanto eso, y tan poco otras cosas. Me quedaba quieta mientras ella me daba tirones en la cabeza. Sonaba la radio de fondo, y había interferencias cada equis segundos. Yo miraba los arcoíris descoloridos de mi camisón.

—Tu abuela tenía el pelo corto.

—¿Tú te pareces a ella?

—La verdad es que no. Éramos parecidas, pero no en el aspecto físico.

—¿Yo seré como tú cuando sea mayor?

Dejó de tirarme del pelo un momento. Alcé la mano para tocar el cepillo enredado, pero la apartó de un manotazo.

—No sé. Espero que no.

—Yo también quiero ser mamá algún día —mi madre volvió a parar y guardó silencio. Me puso una mano en el hombro y la dejó ahí. Arqueé la espalda. Se me hacía raro notar su tacto.

—¿Sabes?, no tienes por qué. No tienes por qué ser madre.

—¿Tú no querías ser madre?

—A veces me habría gustado ser otro tipo de persona.

—¿Quién te habría gustado ser?

—Huy, no sé —volvió a tirar del enredo. Hubo una interferencia en la radio, pero dejó que chisporroteara—. De joven soñaba con ser poeta.

—¿Y por qué no lo eres?

—No era nada buena —y luego añadió—: No he vuelto a escribir una palabra desde que tú naciste.

Eso no tenía ninguna lógica para mí, el que mi existencia en el mundo la hubiera apartado de la poesía.

—Puedes intentarlo de nuevo.

Soltó una risita forzada.

—No. Ya no me queda nada dentro.

Se detuvo, con mi pelo todavía en la mano. Apoyé la espalda en sus rodillas.

—Es que, ¿sabes?, hay muchas cosas de nosotros que no podemos cambiar..., porque nacemos así y ya está. Pero hay otra parte que se va formando con lo que vemos. Y también depende de cómo nos trate la gente. De lo que nos hagan sentir —por fin desenredó el nudo y pasó el cepillo por un mechón de mi pelo que no opuso resistencia. Me estremecí cuando dejó de cepillarme. Me dio el cepillo por encima de mi hombro y descrucé las huesudas piernas para ponerme de pie.

—¿Blythe?

—¿Sí? —me volví desde la puerta.

—No quiero que aprendas a ser como yo. Pero no sé cómo enseñarte a ser distinta.

Nos dejó al día siguiente.

84

La mañana después de ir a ver a la señora Ellington, oí que Violet llamaba por teléfono a Gemma desde el baño, mientras abría el grifo de la ducha para que no se oyera lo que decía. No me quedé a la puerta para escuchar la conversación, fui a la cocina y le hice el desayuno. Me senté enfrente de ella con un café y estuve mirando cómo desayunaba.

—¿Qué pasa? —levantó la cuchara, molesta, y cayó leche en la mesa. No me había vuelto a hablar desde que estábamos en el coche. Vi que le asomaba un tirante del sujetador en el hombro, por el cuello abierto del jersey que llevaba.

—Me alegro de que Gemma esté en tu vida. Te llevé a conocer a la señora Ellington para que vieras que lo entiendo. Quiero que te sientas amada por alguien en quien tú confías. Que tengas a alguien a mano. Y esa persona no tengo por qué ser yo, si tú no quieres.

Dejó caer la cuchara en el cuenco de cereales y se apartó de la mesa dando un empujón a la silla, con el consiguiente meneo de platos y tazas. Se me derramó el café. La detuve cuando estaba ya en la calle e iba a cerrar la puerta.

—Espera, te has olvidado el abrigo. Yo te llevo —dije, y quise darle la vuelta. No me había esperado una reacción así; pensaba que le estaba haciendo una ofrenda de paz, la comprensión mutua: yo no era la persona que ella quería que fuera y así se lo reconocía.

—Y te quedas a gusto encasquetándole tu hija a Gemma. Soy el error más grande que has cometido, ¿a que sí?

—Sabes que eso no es cierto.

—Eres una mentirosa. Tú me odias —quiso zafarse de mí, pero le tenía cogido el brazo con fuerza. Pensé en Sam. En su cuerpo aplastado en el carrito. En lo que pasó o no pasó. En el dolor. En lo mucho que echaba de menos a mi bebé. En lo mucho que había echado de menos a mi madre. En la culpa y el miedo y la duda que me paralizaron años enteros. La acerqué más a mí, le retorcí el brazo más de lo que debía. Me subió la adrenalina y volví a tirar de ella con fuerza, pegué mi cara a la suya. Nunca antes había sentido la necesidad física de hacerle daño así. Te lo prometo.

Me di cuenta de la cara de satisfacción que ponía. En plena mueca de dolor, esbozó una sonrisa con la comisura de los labios. «Adelante. Tú sigue haciéndome daño. Déjame marcas.» La solté. Y entonces echó a correr.

Cuando fui a recogerla, no estaba en los escalones del colegio. Dejé el coche al ralentí y entré en la secretaría para preguntar dónde estaba. Me dijeron que se encontraba mal y se había marchado a casa. Que tú habías ido a por ella.

Te puse un mensaje. «Yo creía que habíamos acordado estas visitas.»

Dijiste: «Creo que no va a funcionar».

Esa noche dieron unos golpecitos en la puerta, tan bajo que estuve a punto de no oírlo desde la cama. Me puse la bata y bajé con cuidado la escalera a oscuras. Abrí la puerta. No había nadie. Pero vi un paquete de gran tamaño envuelto en plástico de burbujas, con una nota grapada. Lo abrí en el suelo frío. El cuadro. El cuadro de Sam. La nota era de Gemma.

> *Lo justo es que lo tengas tú. Estaba colgado en el cuarto de Violet desde que se lo dio Fox, pero esta tarde ella misma lo ha descolgado. El marco está roto. Y el lienzo tiene algún pinchazo. Siento que esté dañado.*
>
> *No sabía que significara tanto para ti.*
> *Por favor, dale espacio a tu hija.*
> *Espero que lo comprendas.*
> *Feliz Navidad.*
>
> *Gemma*

No habías llegado todavía al coche. Reconocería tu silueta en cualquier parte, la forma redondeada de tus hombros, cómo levantabas los codos al caminar. Te llamé a voces, sin pararme a pensarlo. Te giraste, sin pensarlo. Y allí estábamos, mirándonos el uno al otro. Como dos extraños que eran familia. Esperaba que te dieras la vuelta y siguieras caminando hasta el coche. Pero regresaste. Al porche que habías reformado, a la casa que amaste. La casa que todavía compartíamos sobre el papel. Miraste por encima de mí, a la moldura de la puerta que se había levantado en una junta; la astilla sobresalía como una cuchilla.

—Tienes que arreglar eso.

—Gracias. Por devolvérmelo —señalé el cuadro detrás de mí, el paquete apenas desgarrado en el pasillo.

—Dáselas a Gemma.

Asentí.

—No puedes volver a llamar a mi mujer. Tienes que seguir con tu vida. Lo sabes, ¿verdad? Por el bien de todos.

Lo sabía. Pero no quería oírlo de tus labios.

Me diste la espalda y pensé que te irías entonces. Estuve mirando tu cara de perfil, para saber qué sentía por ti ahora. Llevábamos tanto tiempo sin estar cerca el uno del otro. Me parecía que no eras real, que eras como un personaje de una vida que nunca había sido mía. Quería tocarte la barbilla, rozarte la piel, ver qué sentía al tenerte entre los dedos, ahora que amabas a otra persona, ahora que eras padre de un hijo que no era nuestro.

—¿Qué pasa? —dijiste, al notar mi mirada clavada en ti.

Dije que nada con la cabeza. Los dos meneamos la cabeza al mismo tiempo. Y entonces cerraste los ojos y soltaste una risita.

—¿Sabes?, por el camino venía pensando una cosa —te sentaste en el primer escalón y le hablaste a la calle. Tomé asiento a tu lado, arropándome con la bata—. Hubo algo que nunca te conté —volviste a reír y dejaste caer los hombros. No tenía ni idea de qué ibas a decir.

—¿Te acuerdas de aquel día, al poco de nacer Sam, que desapareció toda tu ropa elegante del armario? ¿Que no la encontrábamos por ninguna parte?

—Fueron los de esa compañía de limpieza que contrataste, aquel sitio que estaba de oferta —dije en tono de mofa. Me acordaba. Pensé que me estaba volviendo loca; de buenas a primeras, todas mis blusas y jerséis de vestir habían desaparecido. Me pasé meses en chándal después de que naciera el niño, así que no estaba segura de cuándo había sucedido, aunque aquella desaparición fue de lo más extraña. El cansancio podía conmigo y no le di demasiada importancia entonces. Me dijiste que no me preocupara, que nos lo devolverían.

Bajaste la cabeza y te echaste a reír.

—Pues el caso es que un día... —te apretaste con dos dedos el puente de la nariz, te temblaban los hombros—, un día fui a tu armario a por un jersey que me habías pedido que te llevara y... —no pudiste acabar. Se te saltaban las lágrimas. Llevaba años sin ver a nadie reír así.

—¿Y qué? Me tienes en ascuas, ¡cuéntamelo ya!

—Abrí la puerta de tu armario y estaba todo..., estaba todo hecho trizas —casi no podías pronunciar las palabras, te corrían las lágrimas por la cara. Sacudiste la cabeza, entre grandes jadeos—. Las mangas las habían pasado a cuchilla; y las camisas, todas reducidas a jirones. Yo tocaba una cosa detrás de otra y pensaba: «¿Qué narices...?» —te pasaste el dorso de la mano por la cara—. Y entonces bajé la vista y allí estaba Violet, escondida entre las faldas de tus vestidos, con una de esas cuchillas que tenía en la mesa para hacer maquetas. Lo había hecho ella. Se había entregado a fondo, como el puto Eduardo Manostijeras. Así que tiré la ropa a la basura y no te dije nada.

Me quedé boquiabierta. Mi ropa. Se había cebado con mi armario. Mientras estaba dando de mamar al bebé en el sofá en la planta de abajo, ella estaba allí arriba, haciendo pedazos todo cuanto era mío. Y tú la encubriste.

—Qué locura —fue lo único que se me ocurrió decir. Me miraste y te volviste a reír, una risa disparatada. Me sacabas de quicio. Negué con la cabeza mientras me convencía de que eras un imbécil. No debería haberte hecho tanta gracia.

Pero entonces esbocé una sonrisa. No pude evitarlo. Yo también me eché a reír. Era ridículo. Tenías todavía ese poder sobre mí, eras capaz de infundirme las ganas de emularte. Estuvimos aullándole a la noche como dos perros viejos. Nos reíamos de que se le hubiera ocurrido hacer algo tan descabellado, de lo absurdo que era habérmelo ocultado. De que, después de todo, pudiéramos estar los dos allí, esa noche, en el porche frío, juntos.

—Tenías que habérmelo dicho —me soné la nariz en la bata y dejé que remitiera la risa.

—Ya lo sé —te habías calmado, y algo en tu cara cambió. Fue la primera vez en años que me miraste a los ojos. Nos quedamos los dos allí, bajo el manto doloroso de lo que no queríamos decir. Tuve que apartar la vista. Dejé caer los párpados pesados y pensé en nuestro hijo. Nuestro precioso hijo. Pensé en Elijah, el niño de los columpios. Pensé en los niños a los que nuestra hija pudo haber maltratado. En las noches en que se quedaba mirando a Sam a oscuras mientras dormía. En su indiferencia. En las cuchillas. En la mamá leona que tiró por la ventana cuando volvíamos a casa del zoo. En los secretos de mi madre y en su vergüenza. En mis expectativas. En mis miedos paralizantes. En cosas que eran normales, en lo que yo había leído entre líneas. Lo que había visto. Lo que no había visto. Lo que tú sabías.

Carraspeaste y te pusiste de pie.

—No fue una niña fácil. Pero se merecía más de ti —miraste calle abajo, donde habías aparcado, y te subiste la cremallera de la cazadora. Con las manos en los bolsillos, bajaste un escalón, te alejaste un escalón—. Y tú te merecías más de mí.

Cuando entré en casa, había un mensaje en el buzón de voz. Era de una mujer mayor, no decía quién era. Hablaba con la voz cascada, y había un ruido seco de fondo. Llamaba para decirme que mi madre había muerto ese mismo día. No decía dónde, ni cómo. Tras una pausa había tapado el auricular con una mano; puede que la interrumpiera alguien. Y luego había dejado su número de teléfono. Los dos últimos números los cortó el pitido del contestador, había tardado demasiado en dejar el mensaje.

85

Mientras se acerca a la ventana el día de Nochebuena para echar la cortina, salgo del coche con estas páginas entre las manos. Plantada en mitad de la calle bajo la nieve, iluminada por la luz amarilla de una farola, la miro.

Quiero que sepa que lo siento.

Violet deja caer los brazos. Y entonces levanta la barbilla y nos miramos a los ojos. Me parece que veo ternura en sus mejillas. Creo que a lo mejor va a poner la mano en la ventana, como echándome en falta. Su madre. Me pregunto, una décima de segundo apenas, si estaremos bien.

Veo que mueve la boca, pero no logro descifrar lo que dice. Me acerco más a la ventana y encojo los hombros, niego con la cabeza: «Dilo otra vez —le pido—. Dilo otra vez». Vocaliza sílaba a sílaba esta vez. Y luego se lanza a la ventana y pone las manos en el cristal, como si quisiera romperlo, y allí las deja. Veo su pecho agitado.

«Yo lo empujé.»

«Yo lo empujé.»

Son las palabras que me parece oír.

—¡Dilo otra vez! —grito. Estoy desesperada. Pero no vuelve a decirlo. Se fija en las páginas que llevo en mis brazos. Yo también las miro. Volvemos a mirarnos, y en su cara ya no hay rastro alguno de ternura.

Aparece tu sombra al fondo del salón y ella se aleja de la ventana, se aleja de mí. Es tuya. Se apagan las luces de tu casa.

Año y medio más tarde

Han pasado muchos veranos desde que se dio cuenta de lo bien que sientan en los pulmones las bocanadas de aire cálido a primeros de junio. Antes de entrar en casa, respira otra vez, hasta lo más hondo de su tripa mullida, tal y como practica al final de cada sesión de terapia. Echa el aire con un resoplido, cuenta una, dos y tres, y entonces busca las llaves en el bolso.

Los sábados por la tarde son como otro día cualquiera. Arranca las hojas a medio kilo de fresas, las parte por la mitad y se las come para almorzar, despacio, sentada a la mesa de la cocina. Enseguida subirá un vasito de agua al cuarto que una vez fue de su hijo. Cruzará las piernas y ocupará el cojín de meditar justo delante de la ventana. Estirará la espalda y se quedará ahí sentada cuarenta y cinco minutos a la luz de la tarde, no pensará en nada. Ni en él. Ni en ella. Ni en los errores que ha cometido como madre. Ni en la culpa que acarrea por el daño hecho. Ni en lo insoportable de su soledad.

No, no pensará en nada de eso. Se ha esforzado mucho, no va a perder el control ahora.

«Soy capaz de ir más allá de mis errores.»

«Soy capaz de sanar del daño y el dolor que he causado.»

Pronunciará en alto esas afirmaciones llevándose las manos al pecho, luego sacudirá los dedos para soltarlo todo.

Cuando llega la hora de la cena, cierra el portátil y prepara una ensalada. Se permite a sí misma poner algo de música, solo tres canciones; tiene todavía algunos placeres racionados. Pero esta noche moverá los hombros un poco, dará unos golpecitos con el pie en el suelo. Lo está intentando, y cada vez le cuesta menos intentarlo.

Después de cenar, como hace cada noche, enciende la luz del porche. Lo hace por si su hija decide que por fin es hora de ir a verla.

En la planta de arriba, tararea la letra que ha oído en la cocina. Se quita la ropa. La bañera va llenándose de agua caliente y el vaho cubre el espejo. Apoyada en el lavabo, pasa una mano por el cristal, quiere verse la cara sin maquillar, palpar la piel floja de las ojeras, cuando suena el teléfono.

Sorprendida, se tapa los pechos con una toalla, como si hubiera un intruso fuera del baño. Brilla la luz del teléfono a los pies de su cama. «Mi hija —piensa—. Podría ser mi hija», y flota un instante en el aire de esa esperanza.

Pasa el dedo por la pantalla y se lleva el teléfono a la oreja.

La mujer está histérica. La mujer no encuentra palabras y parece que nunca las va a encontrar. Ella va hasta el otro extremo de la habitación y luego a un rincón, como buscando un punto con mejor cobertura, como si eso fuera a ayudar a la mujer a hablar. Intenta calmar con susurros a la persona que está al teléfono, y en ese momento se da cuenta de a quién está calmando. Cierra los ojos. Es Gemma.

—Blythe —dice por fin con un hilo de voz—. Le ha pasado algo a Jet.

Agradecimientos

Gracias a Madeleine Milburn por ser una agente y un ser humano excepcional, y por tu pasión, visión, cariño y consideración. Le cambia a una la vida contigo.

Al equipo tan especial de Madeleine Milburn Literary, TV & Film Agency, sobre todo a Anna Hogarty, Georgia McVeigh, Giles Milburn, Sophie Pélissier, Georgina Simmonds, Liane-Louise Smith, Hayley Steed y Rachel Yeoh, gracias por lo que hacéis.

A Pamela Dorman, gracias por creer en esta novela y en mí. Ha sido un honor y un placer aprender de ti, y me siento tremendamente afortunada de ser una de tus autoras. Gracias a Brian Tart y al equipo de Viking Penguin, en cuyas manos he tenido la suerte de dejar esta novela: Bel Banta, Jane Cavolina, Tricia Conley, Andy Dudley, Tess Espinoza, Matt Giarratano, Rebecca Marsh, Randee Marullo, Nick Michal, Marie Michels, Lauren Monaco, Jeramie Orton, Lindsay Prevette, Andrea Schulz, Roseanne Serra, Kate Stark, Mary Stone y Claire Vaccaro.

Gracias a Maxine Hitchcock, otra mamá de Oscar, gracias por tu certidumbre, por la cuidadosa mano que te has dado para sacar una novela mejor y por ser un encanto en dicho proceso. Gracias a Louise Moore y al maravilloso equipo editorial de Michael Joseph, por su apoyo desde el principio: Clare Bowren, Claire Bush, Zana Chaka, Anna Curvis, Christina Ellicott, Rebecca Hilsdon, Rebecca Jones, Nick Lowndes, Laura Nicol, Clare Parker, Vicky Photiou y Lauren Wakefield.

Gracias a Nicole Winstanley por servir de faro guía, en mis facetas de editora y de madre, y por haber derrochado confianza en mí por el camino. Que hayas creído en este libro lo significa todo para mí. A Kristin Cochrane y el equipo fantástico de Penguin Canada y Penguin Random House Canada, gracias por ser tan magníficos paladines de este libro y por hacer realidad los sueños de esta expublicista, sobre todo a Beth Cockeram, Anthony de Ridder, Dan French, Charidy Johnston, Bonnie Maitland, Meredith Pal y David Ross.

A Beth Lockley, cuya genialidad no tiene parangón y cuya amistad he atesorado más de una década, gracias por animarme a escribir este libro desde que era apenas el embrión de una idea, por los sabios consejos que siempre acepto y por el apoyo sincero que ojalá toda mujer pudiera tener en la vida.

A los editores internacionales que con tantas ganas se sumaron al proyecto, gracias.

A Linda Preussen, gracias por ayudarme a aprender a escribir una historia mejor, y a Amy Jones, gracias por ese voto de confianza que tanto significa para mí.

A la doctora Kristine Laderoute, gracias por prestarme de tan buena gana tu experiencia en psicología.

A Ashley Bennion, impagable otra mitad de nuestro tándem de escritoras, gracias por leer los innumerables borradores, por los cientos de correos electrónicos que nos hemos mandado y por los años de apoyo, oral y escrito.

Tengo la suerte de ser amiga de algunas mujeres fuera de lo común. Gracias a todas vosotras por el apoyo y por preguntarme siempre: «¿Cómo va el libro?», aunque, por lo general, yo tienda a evitar la respuesta. Gracias en especial a Jenny (Gleed) Leroux, Jenny Emery y Ashley Thomson. Y gracias a Jessica Berry por la perspicaz ayuda con esta historia y el increíble entusiasmo que ha hecho que este viaje sea todavía mejor.

A la familia Fizzell, gracias por vuestro cariño y apoyo.

A Jackelyne Napilan, gracias por cuidar de mí y ser leal y cariñosa.

A Sara Audrain y Samantha Audrain, gracias por la ilusión que os ha hecho y por hacer que los lentos días de verano entre libros fueran el pan nuestro de cada día. A Cathy Audrain, que se aseguró de que todas amáramos la lectura, gracias por ser el ejemplo de madre más entregada y cariñosa que pueda haber jamás. A Mark Audrain, gracias por el gen de escritor, por creer contra viento y marea en mí y por estar tan orgulloso. Es un regalo que me hayan criado padres como los míos que me animaron a soñar a lo grande y a trabajar duro, y se lo agradezco todos los días.

Empecé esta novela cuando mi hijo tenía seis meses. La maternidad y la vida de escritora comienzan a la vez para mí, y las dos han sido una alegría y un privilegio. Oscar y Waverly: me inspiráis sin cesar y este libro está dedicado a vosotros. Y, por último, gracias a mi pareja, Michael Fizzell, por hacer que todo sea posible y que todo sea mejor.

ASHLEY AUDRAIN (1982) ha sido directora de Comunicación de Penguin Books Canadá. Antes trabajó también como relaciones públicas. Vive en Toronto, con su marido y dos hijos pequeños. *The Push (El instinto)* es su primera novela.